ケルベロスの肖像

海堂尊
Kaidou Takeru

宝島社

ケルベロスの肖像　目次

第一部……ケルベロス・タワー

序章　親愛なる犬たちへ…8
1章　断固たる決意…10
2章　変化球の依頼…18
3章　亡霊狩り…25
4章　ファンキー・ヒロイン…40
5章　無茶振りの時間差多重攻撃…47
6章　東城大の阿修羅…55
7章　廊下トンビの墜落…66
8章　モンスターとプラシボ…75
9章　マサチューセッツ医科大学上席教授・東堂文昭…83

10章　東堂サプライズ…102
11章　霞が関のアリジゴク…111
12章　碧翠院の忘れ形見…123
13章　ラッキー・ペガサス…132
14章　天馬・参戦…142
15章　4Sエージェンシー、不発…150
16章　内科学会理事・陣内宏介教授…158
17章　錯綜する思惑…171
18章　呉越同舟会議…186
19章　バックヤードの火喰い鳥…194

第二部……綿毛の行方

20章　ツートップ漫才…210
21章　晴れ舞台の朝…222
22章　憧れの戦車隊司令官…231

23章　ピーキーヤンキーの跳梁…236
24章　リヴァイアサンの心臓…246
25章　司法解剖が見落とした虐待…256
26章　プラシボの結末…267
27章　Ａｉセンター、始動…278
28章　ライスケーキの悲劇…284
29章　サプリイメージ・コンバート（ＳＩＣ）…291
30章　暴かれた陰謀…304
31章　運命の日…316
32章　Ａｉシンポジウム開幕…322
33章　ブラックペアン…330
34章　天馬、飛翔す…336
35章　飛べ、綿毛…350
最終章　東城大よ、永遠に…364

ケルベロスの肖像

装画　赤津ミワコ
装幀　松崎理（yd）

第一部……ケルベロス・タワー

序章　親愛なる犬たちへ

ケルベロスは地獄の番犬、冥界の犬と呼ばれる。三つの頭を持つ異形の犬である。

弟のオルトロスは双頭の犬で、雌牛の番犬に格下げされていることはよく知られている。

ところが、彼らは三兄弟だった、という事実はほとんど知られていない。

長兄が三つ頭のケルベロス、次兄が二つ頭のオルトロス。

では、三番目は？

実はその末弟は名前すら散逸してしまっている。

その代わり彼はその後、世界中でさまざまな名前で呼ばれることになった。彼が生きていた時代には、本当の名はかろうじて人々の記憶の中にとどめられていたのだが、それから数世紀を経て人々に語り継がれているうちに、オリジナルの名前は消失してしまった。

今では彼はさまざまな名前で呼ばれ、現代に生きている。

シロ、ロン、シンノスケ、ソウイチロウ、ネロ、ポチ、バウワウ、キョロ、横綱。

まだまだ他にもたくさんある。そう、三番目の末弟こそが現在、この世界の街角をうろついている「イヌ」という種族の起源なのだ。

彼はオリジナルの名を失ったが、そのために普遍化した。

歴史上の名声は得られなかったものの、世界中に自分の子孫を広げたわけだ。

人々は、彼がかくも莫大《ばくだい》な財産を手にしたがために、彼を神話の中で生き存《なが》らえさせることを拒絶したのだ。

序章　親愛なる犬たちへ

普遍とは目立たないことである。

目立たなければ、誰も神話に耳を傾けない。

人は、残酷なもの、美しいもの、すべすべしたもの、耳障りなもの、そうしたありとあらゆる、五感を揺さぶるものを愛するが、その評価は、もたらされる感情の振れ幅に依存する。

感情の方向性はどうでもよく、地震計の針の揺れの大きさがすべてなのだ。

その意味で名もなき末弟は、自らの名を「イヌ」という一般名詞に溶け込ませることで、真の勝利を得たのかもしれない。だがその前に彼は、目の前に立ちはだかる異形の兄弟、ケルベロスとオルトロスを倒さなければならなかった。

これは、語られることがなかった神話である。

だが確実に起こった事実である。

なぜ、そう断言できるのか？　理由は簡単だ。

現在、ケルベロスとオルトロスの子孫は存在しない。そのことから逆算的に明らかになる。

名もなき末弟による、異形の兄弟の粛清劇は酸鼻を極めたに違いない。

だからこそ、青史に痕跡すら残されていないのだ。

なぜなら歴史というものは、すべからく勝者に都合良く書き換えられるからだ。

我々は、ケルベロスとオルトロスという異形が、社会から粛清されたことを喜んでばかりもいられない。惨劇の立役者は今日、我々の周囲に、忠実な友人のような顔をしながら、我が物顔で闊歩《かっぽ》し、徘徊《はいかい》している。

決して油断してはならない。

次に「イヌ」に寝首を掻《か》かれるのは、我々なのかもしれないのだから。

1章　断固たる決意

7月10日午前9時
付属病院4F　病院長室

時が経《た》つのは早いものだ、と窓の外の景色を見ながら、しみじみと思う。

東城大学医学部付属病院で最も優遇されている場所、四階の病院長室。

確かに窓からの景色は素晴らしい。だが今は、右半分が白い布で覆われている。

来年完成予定の新病院が隣を覆っているその様は、傷ついた風景に当てられた包帯のようだ。

完成が近づくにつれ、ホワイト・サリーという愛称だったビルは、ＶＩＰ棟という、味気ない名称で呼ばれるようになった。包帯を取るには工事を終えなければならないのだが、先日、工事の中断が決定された。

大学病院の経営が危険水域に達しているというウワサは、組織の末端構成員であるこの俺《おれ》でさえ耳にしていたが、ホワイト・サリーの工事中断は、上層部しか知り得ない経営状況を共有できる、貴重な機会となった。

ところで俺は、この窓から見る景色が好きだった。この文章が過去形なのには理由がある。

それは俺がこの部屋に呼び出され、窓の外の景色を見るたびに、途方もない無理難題を丸投げされてきたせいだ。だから窓の外の景色を見ると、そうした過去を思い出し、パブロフの犬よろしく、反射的に胃のあたりが重苦しくなってしまう。

この状態に労災保険はおりないのだろうか。

……などと絶対に認められるはずのないような、他愛のないことを考えて、気を紛らわせていた俺に、静かな声が語りかけてきた。

「お久しぶりですね、と言っても今回はそれほど久しぶりでもありませんが」

声の主は小柄な男性だ。

ロマンスグレーの髪、年は五十代半ばを過ぎた頃だが、若々しい外見で十歳は若く思える。その声を聞けば、大怪我で七転八倒している患者さえも、和んでしまいそうだ。

そんな穏やかな声を聞いていると、この高階《たかしな》病院長が稀代《きたい》の策士だというウワサなど、とても信じられない。だがそのウワサが、それでもまだ過小評価だということを、誰よりも知っているのは、この俺自身だ。なので俺は緊張しながら、高階病院長の言葉にうなずく。

そう、ここまでは素直にうなずいても実害はない。世間話の延長線上の挨拶《あいさつ》なのだから。

だがこうしたところにもリスク感知の触手を伸ばさなければならないほど、高階病院長の話には危険がいっぱいなのだ。

俺が凝視する中、高階病院長は凪《な》いだ海のように穏やかな声で問いかける。

「実は、ささやかなお願いがあるのですが……」

「お断り、します」

高階病院長の言葉が終わるのを待たずに、言い放つ。肩で大きく呼吸をし、息を荒らげた。

高階病院長は、俺の顔をまじまじと見つめた。

反旗を翻すには、ここしかない。

いつも俺は、高階病院長が持ち出す無理難題を聞いてから、どうするか考えていた。結果、俺は地獄の淵《ふち》でウサギ跳びやら、五十メートルダッシュをさせられる羽目になってしまうのだ。

だが今回、俺は過去の事案を洗いざらい復習し、問題点を浮き彫りにした。

これまで何がいけなかったのか。

答えは簡単だった。

高階病院長に依頼内容を語らせてはダメなのだ。

高階病院長の論理は怜悧《れいり》、かつ滑らかで、一度口を開かせたらどこにも隙《すき》を見つけることができない。天女の衣服は縫目が見えないから無縫と呼ばれるが、高階病院長の依頼は、まさに無縫だ。一度袖を通したらその着心地のよさにうっとりさせられ、気がつくと戦乱の地のど真ん中へ移送されてしまっている。天衣のような護送服というのが実態、というわけだ。

ならば対策は簡単なこと、高階病院長の依頼を聞かなければいいわけだ。

最初のひと言からきっぱり耳を塞ぐ。これ以上、確実な拒絶はない。

しかも実に清潔だ。利益を一切考えない、清々《すがすが》しいまでの決意だということが明白だからだ。

これなら時の権力者、高階病院長も気を悪くしたりしないだろう。

逆に俺が条件によって右往左往すれば、高階病院長もむっとしてしまうに違いない。

そんなわけで、俺は生まれて初めて、高階病院長の丸投げ依頼を正面からきっぱり断った。

一瞬、足が震えたが、俺の身に降りかかってきたことは、ただそれだけだった。やってみると意外に大したことがなかったので、拍子抜けしたくらいだった。

高階病院長は机の上に肘をつき、両手を組んで口元を隠しながら、俺を見上げた。

沈黙が重苦しい。洗面器に顔をつけ、息の止めっこ競争をしているみたいだ。

こういう戦いは、意地と決意がものを言う。俺は、いつもこの無言の圧力に自ら膝を折ってきた。だから今日は絶対に……。

と思っていたら、ふわりと空気が緩んだ。

高階病院長が、組んでいた指をほどいて微笑していた。

「中身も聞かずにお断りになるというのは、田口先生にも相当の覚悟がおありなのでしょう。依頼を説明する代わりに、ひとつ伺ってもよろしいでしょうか」

俺は、高階病院長の言葉をかみしめるように吟味する。

うん、この程度なら大丈夫。

俺はおそるおそる、「どうぞ」とうなずく。

「なぜ田口《たぐち》先生は、今回は依頼内容も聞かずにお断りになるのでしょう？」

質問の真意を考える。裏はなさそうだ。言葉を字面のまま受け取り、素直に答えても差し支えなさそうな質問だ。

俺は、危険物探知機の警報が鳴らないことを確かめながら、うなずく。

「私は最近オーバーワークです。特にＡｉセンターのセンター長という重責を拝命してからは、その重圧に日夜耐えることで精一杯、気がつくと本来業務の不定愁訴《ふていしゅうそ》外来さえ投げやりになっています。なのでここで本義に戻り、日常業務を徹底し、いたずらに手を広げるのは慎もうと反省したのです」

言い終えて、俺は高階病院長をちろりと見る。

高階病院長は腕組みをして考え込む。

俺は鼓動が速まるのを感じながら、無言の時間の重さに耐える。

やがて高階病院長が顔を上げ、言った。

「わかりました。そこまで決意されているのでしたら、今回はすっぱり諦めます」

高階病院長はあっさり申し出を撤回した。あまりのあっけなさに、俺はつんのめってしまいそうなくらい、拍子抜けした。

ふと不安が胸をよぎる。

だが俺は弱気な自分を吹き飛ばそうと首を振る。高階病院長は、淡々と続ける。

「この件の適役は他にはいませんが、いつも私の依頼に万難を排し対応してくださってきた田口先生の、衷心からの依頼拒否は無下《むげ》にできません。他の方策を検討することにします」

高階病院長の言葉を聞いていると、なんだか依頼を断った俺が悪人みたいな気がしてくるが、そんなことをいちいち気にしていられない。

高階病院長は深々とため息をつく。

「もっとも、私が田口先生にお願いしようとしたことは、先方からの名指しの依頼でしたので、代役を見つけるのは至難の業ですが、事情を説明すれば先方にもわかってもらえるでしょう」

先方からの名指し？

俺の好奇心の触手がぴくりと動く。

俺は意志薄弱な男だ。好意的に言えば好奇心旺盛とも表現できるが、そんな風に評してくれる人は病院内部にはほとんどいない。

やめろ、という心の声を押しつぶし、俺は、緊急避難所からひょっこり顔を出す。

「先方というのは、どちらの方ですか？」

「おや、依頼先がわかったら、対応してくださる心づもりがおありなんですか？」

俺の中で〝イヤな予感センサー〟の針が大きく振れた。

おっとあぶない。俺は思いきり首を振る。

「今のは忘れてください。絶対に引き受けるつもりはありませんから、依頼先は教えていただかなくて結構です。受けない依頼は存在しないのと同じですから」

高階病院長は肩をすくめて、吐息をつく。

「私は、依頼を拒否されたからと言って田口先生の、ほんのささやかな疑問に答えないような、そんなケチな野郎ではありません。ですので質問にお答えさせていただきます。今回の依頼元は厚生労働省の中立的第三者機関設置推進準備室です」

俺の中で警戒警報が最大限に鳴り響き、危険センサーの針は極限まで振り切れてメーターの右端にへばりつき、さらにその先まで逃亡しようとしているように思える。

赤色の点滅灯はバブル時代のディスコのミラーボールみたいに狂ったように点滅を繰り返す。

同時に俺は、自分の戦略が功を奏したのを感じていた。

あぶなかった。

俺の脳裏には、その肩書きを流暢《りゅうちょう》に述べ立てる、小太りの男性の姿が浮かび上がる。

——厚生労働省医療安全推進室中立的第三者機関設置検討委員会準備室長の白鳥圭輔《しらとりけいすけ》、でえす。

〝でえす、じゃないだろう、この野郎〟と自分の妄想に罵詈雑言《ばりぞうごん》を浴びせかけそうになる。

俺の中で、すさまじい拒絶反応と、最大の危機を首の皮一枚で回避した安堵《あんど》感が入り交じり、めまいを覚えた。これは決して過剰反応ではない。

一度でもヤツと会話を交わしたことがある人なら、俺の罵詈雑言が被害妄想でないことを理解してくれるはずだ。そして、何かしら業務を一緒にやったことがある人物なら、誰もが同じ反応を示すだろう。

あるいは俺は今、ヤツの肩書きを少し間違えて言ってしまったかもしれない。

だがそんな瑣末《さまつ》なことはどうでもいい。

何しろ俺はかつてヤツ自身が自分の肩書きを言い間違えて、赤の他人から指摘されても平然としていた現場に居合わせたことがある。自分自身ですらきちんと復唱できない、たわけた肩書きの部署のヤツの名指し依頼を、俺は冴《さ》えた嗅覚で事前に察知しリスクを封殺したわけだ。

いつも重荷に感じている肩書きである、リスクマネジメント委員会委員長にふさわしい仕事を、初めて自分自身に対してやれたなあとしみじみ思い、俺は自分を褒めてあげたくなった。

「他にご用件がなければ、これにて失礼いたします。日常業務が立て込んでおりますので」

俺は頭を下げ、向きを変える。

背後で高階病院長のため息が聞こえた。

「田口先生の返事を聞いたら、さぞがっかりするでしょうねえ、彼女は」

それは俺に向けての捨て台詞《ぜりふ》ではなく、心底吐息と共に吐き出された、ひとり言だった。それは間違いない。決してこの依頼を何とかしようなどという、病院長お得意の姑息《こそく》なテクニックでなかったことは、その言葉を直《じか》に聞いた俺が断言する。

だが、その呟《つぶや》きは絶大な効果をもたらした。

俺はぴくりと立ち止まる。

「彼女、ですって？」

高階病院長は、振り向いた俺を見て、驚いた表情になる。

「おや、どうされました？　田口先生はご多忙なのでは？」

「いえ、今、彼女っておっしゃいましたよね。依頼相手は女性なんですか？」

「そうですけど」

俺は驚きのあまり、腰を抜かしそうになった。まったく念頭になかった、想定外の展開だ。

「あの、でも、依頼相手は厚生労働省の中立的第三者機関設置推進準備室の室長なんでしょう？　室長は確か男性でしたよね。人事異動でもあったんですか？」

高階病院長はまじまじと俺の顔を見た。

「どうして田口先生は、そんな風に短絡的にお考えになるんでしょう。あの部署には白鳥室長の他にもスタッフがいることは、田口先生だってご存じのはずでしょうに」

「というと、依頼相手は……」

「そう、お察しの通り、白鳥室長の部下の姫宮《ひめみや》クンです」

お察しの通り、などと言われても、たったいま短絡的で察しが悪いと言われたばかりだから、素直には受け取れない。だが、気持ちとは裏腹に、俺の中で好奇心が脈動し始める。

天敵の白鳥は、部下の姫宮と俺を引き合わせようとしなかった。妨害が入ると燃え上がるのは恋心の常。俺の中にある、姫宮にお目に掛かりたいという願望は、ありきたりの表現など軽々と飛び越え、今や渇仰《かつごう》という言葉にふさわしい領域にまで高められていた。

障害は恋の燃料《コークス》だ。

今回、中身も聞かずに即攻で断った依頼こそ、まだ見ぬ彼女からの直接依頼だったとは。

俺はうつむいて唇を噛《か》む。そして密かに自分の軽率な回答を後悔する。

だが次の瞬間、俺はあっという間に翻意した。

君子豹変《ひょうへん》す、と口の中で言い訳しながら、つかつかと高階病院長に歩み寄り、机に手をついた。

「ちょっとだけ、お話を伺いましょう」

2章　変化球の依頼

7月10日午前9時30分
付属病院４Ｆ　病院長室

思いもかけない俺の申し出に、高階病院長は穏やかな笑顔で首を振る。

「姫宮クンには申し訳ないですが、田口先生があそこまではっきりお断りになった以上、今さらお話ししても、却《かえ》って先生のご負担になりかねないので、差し控えた方がよろしいかと……」

俺はすごい勢いで首を振る。

「とんでもない。依頼内容を伺うだけでしたら、まったく支障ありません。お話を伺うくらい、全然平気です」

高階病院長は不思議そうな表情で俺を見上げる。

「おや、何だか先ほどとは、かなり話が違いますね」

この人はわずかなエラーも見逃さないな、としみじみ感心しながらも、強引に切り返す。

「どうでもいいじゃないですか、そんなこと。不定愁訴外来の要諦は、とにかく相手の話にまず耳を傾ける、ということなんですから」

支離滅裂な論理展開だが、高階病院長は真に受けたらしく、ふうむ、と腕組みをして考え込む。

やがて、顔を上げると、俺の顔を覗《のぞ》き込む。

「わかりました。田口先生がそこまでおっしゃるのであれば、お話しすることくらいは、決してやぶさかではありません。ただし……」

高階病院長は小声で続けた。

「私も依頼内容を詳しくは聞いていないんです。姫宮クンが言うには、田口先生と直接お話をさせてもらえれば、すぐに真意は伝わるだろうということでしたので」

引き返せ、という声が聞こえる。だが俺はもう半分、地獄の淵に足を踏み入れてしまっていた。そんな俺に、今さら他の選択肢が見えるはずがない。

俺を惹《ひ》きつけてやまない、巨大隕石《いんせき》級の引力は、今や俺の心をがっちり摑《つか》んで離さない。

俺は前のめりで尋ねる。

「結局、姫宮さんは高階病院長に、どんな依頼をしてきたんですか?」

高階病院長は窓の外を見た。そしてため息をつくように言った。

「虚実がはっきりしない事柄をあちこち触れ回り、いたずらに職員を心配させてはならないと思い、これまで黙っていたのですが、実は先日、こんなものが病院長宛に送られて来まして」

高階病院長は、俺に一通の封筒を差し出した。

封筒の中身を見た俺は、呆然《ぼうぜん》と高階病院長を見つめて言った。

「これって脅迫状じゃないですか」

「よくおわかりですね。どうもそのようです」

そりゃあんた、『八の月、東城大とケルベロスの塔を破壊する』という文面が、大小不同の新聞の切り抜き文字で貼り付けられていれば、幼稚園児だって一発で脅迫状だとわかるだろう。

ただし、すべてが明白だというわけでもない。たとえば「ケルベロスの塔」が何を指すのか、ということは、まったく見当がつかない。

そう言うと、高階病院長は首を左右に振る。

「ケルベロスの塔が何なのかなんて、私にもとんとわかりませんねえ」

そんな無責任な。

非難の視線を投げかけるが、高階病院長は飄々《ひょうひょう》と受け流す。

仕方なく俺は別の疑問、それは核心を衝《つ》いたという自信があったが、その疑問を投げかける。

「なるほど、脅迫状が送られてきたことはわかりましたが、そのことと姫宮さんの依頼は、どう結びつくのでしょうか？」

高階病院長は、その謎をあっさり解き明かしてみせる。

「脅迫状について厚労省の白鳥さんに相談したんです。警察庁の加納《かのう》警視正に取り次いでもらおうと思いまして。そしたら何を勘違いしたか、いきなり姫宮クンを派遣してきたんです」

脅迫状への対応として、氷姫の派遣、だと？　何を考えているんだ、アイツは。

人の問いかけに〝でえす〟なんてイカれた語尾で返したりするから、そんなとんちんかんな対応になってしまうんだぞ、などと俺の中の妄想の白鳥に対して、怒りをぶつける。

だが白鳥は恐ろしいヤツだ。素っ頓狂で的外れなことをしているなあ、などと思ってにやにやしながら、あるいはあわあわ引き立てられながらヤツの行動を眺めていると、いつの間にかその、とんちんかんな行動が真相のど真ん中を射ていたりする。

いけ好かないヤツではあるが、長所はきちんと認めてやらずば不公平だろう。

だが、これですべての謎が解けた、というわけでもない。

「その流れがどうして、姫宮さんから私への依頼へとつながるんですか」

「今回の一件を解き明かすには、過去の複雑に絡み合った事象が関連しているのではないか、という推測を彼女はしているのです。その最大の問題が碧翠《へきすい》院の事件だそうでして」

何だと？

声にもならない俺の疑問など、全く意に介さないように、高階病院長は続ける。

「碧翠院桜宮《さくらのみや》病院の炎上事件に重大な疑惑がある。それについて田口先生のご協力を得て、真相を明らかにしたい、というのが姫宮クンの依頼だったんです」

俺は雷に打たれたように、全身を硬直させる。

碧翠院。

まさか、こんなところで、そしてこんなタイミングで、その名を耳にするとは。

脳裏に一瞬、華やかな笑顔が浮かび上がる。

——田口先生って、ほんとにヘタレよね。

その言葉の響きは、俺の胸を貫いた。

とうの昔に忘れ去った、懐かしくも甘い痛みを伴う響き。

そんな俺の様子を勘違いした高階病院長は、両手で口を押さえて言う。

「あ、いけない、ついうっかりしました。田口先生は依頼をお受けにならないんでしたっけね。今のは忘れてください」

俺は天井を見上げて、目を閉じる。そして深く息を吸い込む。

ああ、俺ってヤツは、なんて優柔不断で、意志薄弱で、弱腰で、そして、そして……。

思い浮かぶ、ありとあらゆる消極的な形容詞を羅列した後で、大きく息を吐いた。

目を開ける。眼前には高階病院長のロマンスグレーの髪が見えている。

おのれ、悪党め。

俺は、諦めの吐息をつく。

そしてずい、と身を乗り出し、高階病院長の目を見ながら言う。

「その依頼、お引き受けします」

高階病院長は首を傾《かし》げて、両手を振る。

「どうか無理はなさらないでください。先ほどの田口先生の剣幕を見て、私も反省しました。考えてみたら不定愁訴外来責任者として臨床現場のプチ不祥事の尻ぬぐいをさせながら、リスクマネジメント委員会委員長に任命して病院のシステムエラーに対応させ、医療と司法の境界線の紛争地帯であるＡｉセンターのセンター長まで押しつけてしまった。私は無意識のうちに、田口先生に頼りすぎてしまう傾向があるようです。部下のストレスを把握していなかったなんて、病院長失格です。今回は私が何とかします」

俺は思いきり首を振る。

「高階先生こそ、忠実な部下である私に対し、無用な遠慮をなさらないでください。東城大学医学部付属病院は、高階先生の舵《かじ》取りによって今日まで生き存えたんです。その高階先生のご依頼を無下に断るだなんて、大学病院に勤務する部下として、あってはならないことですから」

俺の言葉を真顔で聞いていた高階病院長の顔にうっすらと笑みがこぼれた。

その途端、俺の背筋に、ひやりとした汗が一筋流れる。

高階病院長は机に肘をつき、両手を顔の前で合わせ、笑みを浮かべた口元を隠しながら、俺を見上げて言う。

「超多忙の田口先生がそこまで言ってくださるのなら、この依頼を田口先生にお任せすることはやぶさかではありませんけど。でも本当にそれって本心なのですか？」

「もちろんです。喜んでやらせていただきます」

あれ？　どうしてこんなことに……。

自分の態度が百八十度変わってしまったことを我ながら情けなく思いながらも、ここまで来たら今さらもう、中途半端な撤退はできないと腹をくくる。

高階病院長はしげしげと俺を見つめていたが、やがてうなずいた。

「それではこの一件はご希望通り、田口先生に対応をお願いします」

ありがとうございます、と言って頭を下げながら、俺の中に違和感が芽生える。

知らなかった。この依頼を受けるのって、実は俺の希望だったのか。

いつの間にか主客転倒し、俺が懇願して依頼に対応させていただく形になってしまった。

少し前まで、高階病院長に対し、生まれて初めて完全勝利を収めたと思っていた俺は結局、話を聞かずに頭から完全拒否する、という最終兵器を無駄に浪費してしまったわけだ。

だがこれが姫宮からの依頼で、しかも俺とは因縁浅からぬ碧翠院絡みの事案というのであれば致し方がない。

すべては運命。つまり……、
俺はツイていなかったのだ。

とはいえ、俺の胸はときめいていた。

——ついに、姫宮にお目にかかれる。

かつて白鳥が、俺は姫宮と同じタイプだから会わせるわけにはいかないと言ったことを思い出す。同時に、白鳥の部下でありながら、姫宮から直接の依頼だという点が、俺にかすかな違和感を呼び起こす。

——厚生労働省内部で異変が起こっている、とか？

俺の中の嫌な予感が、先ほどから積み重なってきている不運の多重奏の中、万華鏡のように錯綜する。そしてどれが不幸の本流だか、すっかりわけがわからなくなっていた。

高階病院長は、そんな風に千々に思い乱れている俺の様子を冷ややかに見遣りながら、あっさりと告げた。

「ではこの件は姫宮クンに直接お話を聞いてください。今、ここにお呼びしますので」

「え？　もうお見えになっているんですか？」

驚愕し、見開いた俺の目を見つめ、高階病院長はうなずく。

「そうですよ。事態はそれくらい切迫しているらしいんです」

ちょ、ちょっと待ってくれ。いきなり憧れのヒロインとご対面だなんて。

俺の心の準備は、全然できていないというのに。

すっぴんでくつろいでいたら、いきなり想い人が訪問してきた時の乙女みたいに、俺はあわてふためいてしまう。だからと言って今さら何ができるわけでもなく、こうした時にお化粧タイムを持てる女性はつくづく幸せだなあ、などと思う。

とまどっている俺を放置して、高階病院長は院長室の隣にある来客用の応接室の扉を開いた。

3章　亡霊狩り

7月10日午前10時
付属病院4F　病院長室

隣の部屋のソファに、スーツ姿の女性が膝を揃《そろ》えて座っていた。

俺と高階病院長が部屋に入ると、女性はぜんまい仕掛けの人形のようにぴょんと起立する。

立ち上がった姫宮は、俺と視線の高さがぴったり一致していた。つまり俺と同じくらいの身長だ。男性としてはさほど長身ではない俺だが、女性だと途徹《とてつ》もなく大きいという印象になる。

長い髪、長い手足。スタイルは抜群だ。スケートのフィギュアの選手かバレリーナみたいだと思いながらも同時に、いや、こんなでかいプリマドンナなんて絶対いない、とも思う。

リフトしたら男性スケーターが潰れてしまいそうだ。その潰れる相手役としてふと、小太りの白鳥の姿が浮かび、俺は思わず噴き出しそうになるのを、かろうじてこらえた。

そこまで妄想を暴走させた後、俺は姫宮に対する第一印象の総合評価を集約した。

――でかい女性だな。

そんな俺の妄想をものともせず、姫宮は淡々とハンドバッグから名刺入れを取り出した。

「私、このように申します」

そしてお辞儀をしながら、俺に向かってその名刺入れごと差し出した。

そこは〝このように申します〟ではなく、〝このような者です〟だろうと思い、だが、そんな自己紹介が妙にしっくり板についているのを見て、ふと思う。

ひょっとしたら姫宮はいつもこうやって自己紹介をしていて、いつも相手にこんな風に変てこに思われながら、それを誰にも指摘されずに今日まできてしまったのではないだろうか。

名刺入れから名刺を取り出すことなく、名刺入れごとこちらに差し出し、頭を下げ続けている姫宮の頭のてっぺんを、途方に暮れながら眺める。

こんな風にされたら、名刺を頂戴するわけにはいかない。こうしてヒロインは自分の個人情報を周囲にまき散らさずに済ませているのかもしれない。

姫宮は、自分が長い時間、名刺渡しポジションのまま放置されていることに気づき、怪訝《けげん》そうに小首を傾げる。それから自分の手元を見て、名刺入れをそのまま差し出していることに気づいて、あわてて名刺入れから、今度こそ一枚の名刺を取り出し、俺に丁寧に手渡した。

受け取った名刺には、懐かしくもおぞましい肩書きがずらずらと並べたてられていた。

『厚生労働省医政局中立的第三者機関医療事故調査委員会設置推進準備室室長**補佐**・姫宮香織《かおり》』

俺は、文字の数を指折り数えながら、しみじみと名刺を眺める。そして改めて、肩書きの末尾にぽつんとおかれた「補佐」という文字だけがフォントを変え、太字のゴチック体になっているのに気がついた。

「あの、不躾《ぶしつけ》な質問ですが、どうしてこの名刺は、補佐という文字だけ太字なんですか?」

姫宮はまじまじと俺の顔を見た。

このまじまじと、という形容詞は俺の思い込みで、彼女にしてみれば単に俺の顔を見ただけなのかもしれない。だが、なぜかそうした形容詞をつけたくなるような、凝視の仕方だった。

身体と心が同時にレーザービームでスキャンされているみたいな気分になる。

やがて、数秒間の凝視《スキャン》を終えて、姫宮は俺の問いに答える。

「上司の指示に従いました」

姫宮の上司は、本名は白鳥圭輔という洒落《しゃれ》た名前であることを、俺は知っている。厚生労働省内外では火喰《ひく》い鳥と呼ばれる傍若無人な人物で、俺は多大なる迷惑を蒙《こうむ》っていた。だから、姫宮の告白もすんなり理解できた。

たぶん、最近更新したであろうヤツの最新版の名刺では間違いなく、肩書きの末尾の「室長」という文字がゴチック体にされているはずだ。

こうした他愛なく微笑ましい会話が終了すると、俺と姫宮は互いにもじもじしてしまう。

白鳥がかつて言った言葉が脳裏に去来した。

――田口センセと姫宮はキャラがかぶるドッペルゲンガーだから、直接出会ってしまったら寿命が短くなってしまいます。ふたりを会わせないのは、僕のささやかな思い遣《や》りというもんです。

そんな温かい配慮にもかかわらず、こうして俺たちはボーイ・ミーツ・ガールしてしまった。そして互いにはにかみ合うばかりでちっとも会話が進まない状況に陥ったため、白鳥の判断が適切だったことが証明されてしまった。

呆《あき》れ顔をした高階病院長が、仲介の労を執ってくれた。

「おふたりともお忙しい身でしょうから、姫宮クン、さっさと本題に入ってください」

仲人みたいな話し振りだな、と思いながら、見合いをしたこともないのにそんなことを思ってしまうような雰囲気に、思わずどぎまぎしてしまう。

姫宮は、びくり、と身体を震わせたが、すぐにこくりとうなずく。そのうなずき方を、糸が切れてこんがらがったマリオネットみたいだなあ、などと思いながら、俺は姫宮の言葉を待った。

「二年前に起こった、碧翠院桜宮病院の事件はご存じですか?」

俺はうなずく。

「桜宮家の一家四人が焼死した事件ですよね」

俺は遠い目をして呟く。

「そうか、あれからもう二年が経つんですね」

自分の言葉の響きを耳にして、胸にかすかな痛みが走る。

すると姫宮があっけらかんとした口調で言う。

「概《おおむ》ねはだいたいその通りなんですけど、正確に言うと少し違うんです。実はあの時、桜宮家は五人家族だったんです」

俺は首をひねる。何が〝概ねはだいたいその通り〟なのだろう。そもそも四人家族を五人家族というのは、〝概ねはだいたいその通り〟という範疇《はんちゅう》を明らかに逸脱している。

目の前に佇《たたず》む姫宮の巨体を見つめた俺は、次の瞬間、姫宮の言葉に愕然《がくぜん》とした。

「あの火災が起こった時、実は白鳥室長はまさにその現場にいらしたのです」

「えええ？」

姫宮の無機質な表情は俺の驚きの声を耳にしても、まったく変わることはない。俺はその平静さを見て動揺しながら、その動揺を隠そうとして、思わずマヌケな質問をしてしまう。

「すると姫宮さんは、白鳥調査官から碧翠院の最期について詳しい話を聞いてきたんですね？」

そんなことは聞くまでもないだろうと、すぐに気がついて後悔したが、俺の調子外れの質問は、驚いたことに重要な事実を白日の下に晒《さら》すことになった。

姫宮はふるふると首を横に振る。

「いいえ、私は碧翠院の最期の瞬間について、白鳥室長から詳しい話は何ひとつ聞かされてはおりません」

俺は唖然《あぜん》として、次の瞬間、思わず詰《なじ》るような口調で言う。

「どうして聞かなかったんですか？　上司と部下の関係なんだし、今回の件でここにやってくるくらいだから、たとえ白鳥調査官がどんなにケチでへそまがり野郎でも、あなたが頼めばきっと教えてくれたはずです」

畳みかけるように尋ねる俺に、姫宮は真顔でうなずく。

「おっしゃる通りです。たぶん私が質問したら、白鳥室長は不思議そうな顔をしながらも、きちんと教えてくれたとは思います。でも、私の方がお尋ねしなかったんです」

「おかしいですよ。外部調査に来るのなら、それくらいのことは、やって当たり前でしょう」

なんて気の利かない対応だろう。事前に簡単に入手できる情報を入手してから、未知の領域に挑戦するというのは、人生のあらゆる局面での常識的対応だろう。俺にしてみれば珍しい非難だが、ことが碧翠院の最期に関わることだったので、つい感情的になってしまったのだ。

それにしても、あちこちから漏れ伝え聞いていた姫宮の評判はきわめて高かったが、これではただのデクノボウではないか。

姫宮はうつむいて、言う。

「私が白鳥室長に詳しく事情をお尋ねしなかったのには、実は理由があるんです」

俺は、その秘密めいた告白に身を乗り出す。ここで明らかになるのは、横暴な上司、白鳥との確執か、それともクールビューティ・姫宮自身の隠された過去に起因する欠落なのか。

そんな俺の女性週刊誌的好奇心を、姫宮はあっさりひと言で破壊してくれた。

「私が室長に事情をお尋ねしなかったその理由、それは私もその場に居合わせたからです」

俺は脱力して、へなへなとソファに沈み込む。

そりゃ、現場に一緒にいたら、わざわざ白鳥から事情を聞く必要はないわなあ。

思わず姫宮を責めようとしたが、その前に一連の会話を振り返ってみる。

すると姫宮が、何一つ偽ることなく誠実に俺の問いに対応していることを理解してしまった。

こういう女性だったのか、姫宮は……。

俺は目の前の大女に対し、即座に素直に屈服することにした。

どうやらこの相手は、俺の一枚どころか、数十枚上の領域にいらっしゃるようだ。

正面切ってやりあったらとても敵《かな》わないとわかったので、俺は別の観点から姫宮にアプローチしてみようと考える。すると姫宮が、それまでとはまったく別の姿に見えてきた。

目の前の姫宮は、すみれと最期に会った女性だ。その女性が今、俺の目の前にいるわけだ。

長い年月を越え、いきなりすみれの息づかいが俺の耳元で蘇る。

頭を振って、ノスタルジーを追い払う。それから、姫宮の言葉を思い出しながら言う。

「先ほど、最期の時に病院にいた桜宮一族は五人家族だとおっしゃいましたね。でも私が知る限りでは、当時の桜宮家は四人家族でしたが」

「世間的にはその認識で間違いありません。でも事実は五人家族なんです。一般的には桜宮一族とは、桜宮巌雄《いわお》先生と華緒《はなお》奥様。その下に一卵性双生児の小百合《さゆり》さんとすみれさん。これで正真正銘四人家族です。そういえば、この方たちは昔、田口先生とお知り合いだったそうですね」

俺はぎょっとする。なぜそんな昔のことを姫宮が知っているのだろう。

だが、ごまかす必要もないので、素直にうなずいた。

「それじゃあ、五人目のご家族とは誰なんですか？」

俺の、実に素直な問いかけに、姫宮は答える。

「双生児のお嬢さんの上に、葵《あおい》さんというお姉さんがいらしたんです」

「そのことは知っています。でも、ずいぶん前に不幸な事件に巻き込まれて亡くなった、とお聞きしましたが。あれは確か十年以上前の事件だったはずです」

「おっしゃる通りです。そのあたりの事情につきましては、碧翠院最期の瞬間についてご説明しながら、ご理解いただくのがわかりやすいかと存じます。ですので、再現フィルム的にお話しさせていただきますが、確か田口先生は下のご姉妹ふたりとは旧知の間柄だと仄聞《そくぶん》しております。するとここから先の話は生々しくて、田口先生のトラウマになってしまう恐れがありますので、そうした事態を忌避すべく、以後、碧翠院桜宮病院の最期の光景を描写してお伝えする際には、登場人物のイニシャルで話させていただこうかと思います」

いや、別に本名で話してくれても、さほど気にならないのだが。

却《かえ》ってイニシャルにされた方がいわくありげで、心の傷になってしまいそうだ。

だが俺は、姫宮の流麗に繰り出される無機質な言葉の羅列に、異議を唱える意欲さえ喪失させられて、力なくうなずいた。

姫宮の使う妙な敬語と同様に、話の流れもおかしな方向に向かいつつあった。

「あの時、燃えさかる部屋の中にいらしたI先生が、突然言いました。〝おい、S〟」

低い声音で言った後、姫宮は両手で口を押さえる。

「あ、いけない、双子の姉妹のお名前は小百合さんとすみれさんだから、イニシャルにすると両方ともSさんになってしまいますね。このままでは、何が何だかさっぱりわけがわからなくなり、こんがらがってしまいます。どうしましょう……」

姫宮は人差し指を頰に当て、小首を傾げて考え込む。

その表情は、自分が途轍もないエラーを犯してしまい、収拾がつかなくて呆然としている、というよりも、よくやるケアレスミスをどう処理しようかと考えているように見えた。

やがて姫宮は、両手をぱちんと打ち合わせた。

「そうだ、双子の姉妹をＳ１さんとＳ２さんにすればいいんだわ。ナンバリングは人物鑑別の基本手法ですから」

そしてひとりぼそりと呟く。

「どうしてこんな簡単な方法に気がつかなかったのかしら、私ったら。こんなだと、また室長に叱られてしまいます」

俺の脳裏には、気の回らない部下に向かって〝このすっとこどっこいのおたんこなすびめ〟という具体的にしてかつ抽象的な匂いを漂わせつつ、べらんめえ口調で徹底的に罵倒している白鳥の姿が、生き生きと立ちのぼる。

どうやら、いつの間にか俺の内部に棲《す》みついてしまったらしいパラサイト・白鳥。

その瞬間、俺の中では激しい拒絶反応が湧き上がる。

だが、話を聞いている俺の、そんな変化にはまったく気づかず、姫宮は淡々と物語を続ける。

「するとＩ先生がおっしゃいました。Ｓ２、一緒に来い。そうすれば桜宮の血脈は生き存えることができる。Ｈ奥様も言いました。みんなここにいるわ。なのであの時、燃えさかる部屋の中にＩ先生、Ｈ奥様、それにＳ１さんとＳ２さんが勢揃いしていたと思われたのです」

「なるほど。そこまではよくわかります」

俺の胸はちくりと痛んだが、話の流れの理解を阻害するほどの痛み、というわけでもなかった。

「ところが焼け跡から見つかった遺体は全部で四体でした。男性一体、女性三体、です」

姫宮の言葉に俺は思わず尋ね返す。

「それのどこがおかしいんですか？」

姫宮は、すうっと目を細めた。

「あの時、お部屋には桜宮一族が勢揃いしていました。そう、以前お亡くなりになった桜宮一族の長姉、Aさんの遺体も安置されていたんです」

「Aさんが亡くなったのは十年以上前ですよね。そんな長持ちするんですか、遺体って？」

驚愕して尋ねると、姫宮は、重々しい風情でうなずく。

「実は、Aさんの遺体にはエンバーミングが施されていたんです」

「ということは……」

その言葉を引き取り、姫宮がうなずく。

「本当は焼け跡には五体、遺体がなくてはならなかったのです。でも見つかった遺体は男性一体、女性三体の四体でした。男性は当然I先生ですが、女性の遺体はH奥様、Aさん、S1とS2の姉妹という四人の女性のうちの三人、ということになります」

「つまりそれって……」

呆然とした俺に、姫宮はこくりとうなずく。

「火災のどさくさに紛れ、誰かひとりがその場から逃走した、ということです」

俺は質問するというよりも確認するという気持ちで、姫宮に尋ねる。

「逃亡者はS1、S2のどちらだとお考えなんですか？　その根拠は？」

畳みかけるように質問する俺に、姫宮は首をひねりながら、俺に問い返す。

「ええと、すみれ先生って、どっちでしたっけ」

「確かS2さんだったかと」

するとと姫宮は、大きな瞳を見開いて、両手をぱちりと打ち合わせて、言った。

「でしたら私たちはずっとS2さんが逃げ出したと考えていました」

〝でしたら〟なんてひとごとみたいに。もとはと言えばアンタが設定したんだぞ、と思わず詰《なじ》りたくなる。これではわざわざイニシャルにする意味がないではないか。

するとと姫宮は、俺の不満を察知したかのように、ひとつ前の質問に律儀に答える。

「S2さんが逃げ出したと思った理由は、I先生がS2さんにお前は桜宮一族の切り札だから部屋に戻れと命令し、後でその部屋に秘密の抜け道があったとわかったからです」

「つまり燃えさかる炎の中でI先生は、桜宮の次期当主としてS2さんを指名したんですね？」

こくりとうなずく姫宮。

すみれが生きている？

俺の中で、冥界に沈めてしまった女性が、いきなり生々しい息吹と共に舞い戻ってきた。まさに今の俺は、亡くなった恋人を追って冥界に下りていくオルペウスの気分だ。もっとも俺には竪琴《たてごと》を弾くなどという甲斐性《かいしよう》はないけれど。

昔のスナップショットの一場面が蘇る。

あれは赤煉瓦《あかれんが》棟の屋上で無理やり撮影された記念写真だった。

左に小百合、右にすみれを従え、両手に花状態の俺は、照れていた。

写真は対照的な双子の姉妹の印象を写し出していた。ちょっぴり不機嫌な顔をして、唇を尖《とが》らせながらつん、と胸を張るすみれ。そして俺の左肩の陰に華奢《きやしや》な身体を隠すようにして寄り添い、生真面目にカメラのレンズを見つめる小百合。

すみれの明るい鳶色《とびいろ》の瞳と、小百合のアルカイック・スマイルを湛えた赤い口唇。

そう、碧翠院の名花、若き日のふたりはかつて、俺がいた神経内科学教室に研究生として在籍していたこともあったのだ。

あの写真はどこへ行ってしまったのだろう。

あの頃、目立っていたすみれはなぜか、小百合には劣等感を抱いていたように見えた。

その理由はよくわからなかったし、あるいは俺の思い過ごしかもしれない。

碧翠院火災では、姉妹はふたりとも死んでしまったものと思い込んでいた。それがいきなり、どちらか片方が生き残っていると告げられたものだから、すっかり動揺してしまった。

姫宮は、そんな俺を見つめながら、静かに言う。

「……と私も上司も、事件の後思っておりました。ところがその後、情報を再スクリーニングした結果、もうひとつの可能性に気がついたのです」

「といいますと?」

「生き残っているのはＳ２さんではなく、Ｓ１さんなのでは、という可能性です。最近はむしろその可能性の方が高いのではないか、と思えるようになりました」

姫宮は俺の顔を凝視するが、その視線は俺を見ていないようにも見える。

「結局、桜宮一族最強の切り札はＳ１さんではないか、というのが現在の上司の最終見解です」

姫宮の言葉に、俺の胸が、ずきりと痛む。

胸に浮かんだ色鮮やかなスナップショットが、ガラス細工のように砕け散っていく。

冥界を出るまで、振り返ってはいけない。それなのに俺は振り返ってしまった。

俺は現実の味気ない世界に舞い戻り、姫宮の言葉をもう一度咀嚼《そしゃく》する。

生き残ったのは小百合であって、すみれは、この世にはいない。

姫宮は続ける。

「確かなことはこれだけです。ふたりのどちらかが生き残っている。でも問題はそこではありません。今後を考えると、生き残ったのがどちらかを、確定しておかなければならないのです」

「どうして生き残りがどちらか確定することが必要なんですか？」

「桜宮一族は東城大学になみなみならぬ恨みを抱いています。まず、そのことを事前の知識として心得ておいてください」

隣で、高階病院長がうつむいて爪を弾《はじ》き始める。姫宮は淡々と続ける。

「すると生き残りの次なる行動は、東城大破壊工作であり、ターゲットはおそらく田口先生率いるAiセンターになる可能性が高い、というのが上司の見解でした。そんな予想をしていたところに、高階病院長から今回の脅迫状に関する調査依頼があったのです」

脳裏に『八の月、東城大学とケルベロスの塔を破壊する』という脅迫状の文面が浮かぶ。

なるほど、これで話はつながった。

ケルベロスの塔という言葉が何を示すのかわからなくても、文面から明瞭に読み取れることがある。脅迫犯は「八月に東城大を破壊する」と宣言しているのだ。

「つまり白鳥さんは、脅迫状の送り主は碧翠院の生き残りかもしれないとお考えなんですね？」

姫宮はこくり、とうなずく。俺は続けて尋ねる。

「ならば碧翠院の生き残りを同定することはあまり重要ではないのでは？　どちらが生き残っていても破壊工作を仕掛けてくることは同じでしょうから、ディフェンスも一緒でしょう？」

するると姫宮は、首をふるふると横に振る。

「全然違います。S1さんとS2さんでは攻撃手法ががらりと変わってしまうのです。ですので相手のタイプに合わせて防御策を練らなければなりません」

姫宮は俺の目を凝視し、続けた。

「どちらが生き残っていても、その攻撃力は以前よりグレードアップしていることは必定です。でもふたりのアタッカーの性格は正反対。S1さんは暗い情念を道連れに冷徹な攻撃を、S2さんならば明るい絶望を武器に、思い切り派手な仕掛けを炸裂《さくれつ》させることでしょう。というわけで、ディフェンス・ラインは相当変わってしまうんです」

——同じ人生なら、ド派手にいかないと、ね。

かつて耳にした、若い女性の笑い声がひかりのかけらのように煌《きら》めいて、消えた。

「田口先生にお願いしたいのは、本件について東城大学に残存するデータを徹底的に洗い直し、どちらが生き残っているのか、ずばり確定していただきたいのです」

俺は途方に暮れた。一見、とりつく島のない依頼のようにも思える。

だがその時、ひとつの成算がひらめいた。俺はうなずきながら、尋ねた。

「その件をお引き受けする前に、ひとつだけ確認させてください。この依頼は、白鳥調査官からの直接の依頼なんでしょうか」

するると姫宮はしばらく考えて、答える。

「その答えは、イエスでもありノーでもあります。室長から私への命令は、東城大に行き、桜宮一族の生き残りが誰か、調査してこいというものでした。田口先生に依頼しようと思ったのは、現場におけるミッション遂行のために熟慮した、私自身の独断の結果です」

俺は姫宮を見つめながら、質問を重ねる。

「ではもうひとつ。どうしてこの件を、高階先生ではなく私に依頼しようと思ったんですか」

姫宮にとって想定外の質問だったようで、滑らかに淡々と動いていた唇が、ぴくりと引きつれ、非常停止ボタンを押された車両のように、急速な動作停止をした。

だがすぐに復旧に成功したかのように、姫宮は言った。

「田口先生にお願いすれば、何らかの手がかりが得られるかもしれないと思ったからです。私の上司の、田口先生への評価がとても高いということも、その判断の補強材料になっています」

まったく、不肖の弟子を持つと師匠は苦労させられるよね、という白鳥の口癖が脳裏をよぎる。あれでも高い評価をしていたつもりだったのか、アイツは。

俺は唖然としてしまった自分の表情を隠しながら、別の質問を投げかける。

「亡くなったと思われていた女性が、実は生きていたなどとわかったら、大騒ぎになるでしょう。でも逆に、そうなればむしろ安全なのではとも思うんですが。もしも彼女の存在が確認されたら、すぐ当局に通報されるでしょうから」

姫宮は、ふるふると首を振る。

「他人の空似だと主張されたら、捜査権を持たない私たちには、なす術《すべ》がないのです。死亡届が受理されているため、S1さんもS2さんもこの世に存在しない存在ですので」

「つまり今回の依頼は、私に亡霊狩りをしろ、ということなんですね」

姫宮はうなずくと、無表情に言う。

「田口先生って物事を適切にまとめるのがお上手ですね。まさに上司の評価した通りの方です」

そのひと言を耳にして俺は、水蜜桃を口にした時のような甘美な陶酔と、二日酔いの朝のような胸焼けを、同時に覚えた。

姫宮はすぐにひと言、付け加える。

「あ、いけない、今のは秘密の裏指令でした。建前上の依頼は桜宮Ａｉセンターを破壊工作から守るということですので、さっきの言葉は忘れてください。そうしないと室長から大目玉を頂戴してしまいます」

心なしか、姫宮の大きな目が潤んでいるように見えた。

俺はうなずく。

「ご心配なく。東城大を破壊工作から守ることも、碧翠院の亡霊狩りも、どのみちやることはそれほど掛け離れていなそうですし、建前ミッションの方が病院に対しても説明しやすいですし」

俺は、俺と姫宮のやり取りをぼんやりと眺めていた高階病院長に言葉を振る。

「ねえ、そうですよね、高階病院長？」

密かな姫宮のファンらしい高階病院長は、突然話を振られて、こくりとうなずく。

心なしか、その頬が赤らんでいるように見えたのは、たぶん俺の気のせいだろう。

4章　ファンキー・ヒロイン

7月10日午前10時30分
付属病院4F　病院長室

姫宮は言いたいことを伝え終えてほっとしたのか、おずおずと一枚のメモ紙を差し出した。

そこに書かれているのがメールアドレスであることは一瞥《いちべつ》してわかったが、そのアドレスは数字が羅列されているだけで、まるで乱数表のようだった。

「私、田口先生のＡｉ委員会をお手伝いするように言われています。オブザーバーとして参加する上司の代理を務めろ、とのことです。参加できる見込みは多くありませんが、一応メアドをお渡ししますので、今後ともよろしくお願いします。ちなみにそれは私の携帯アドレスです」

そのアドレスをためつすがめつ眺めている俺の手元を覗《のぞ》き込み、高階病院長が言う。

「おや、ｅの底数ですね」

疑問がひとつ解消されほっとする。ところでｅってなんだっけ、と考えていると、文字の隣にぼんやり丸太（Ｌｏｇ）という単語が浮かんできた。そうだ、対数のなんちゃらだと思い出し、同時に、そんな数字が即座に思い当たる高階病院長の教養の奥深さに感心させられる。

俺なら、せいぜい円周率が関の山だ。

「無理数がお好きなんですか」

そう尋ねると、姫宮はこくりとうなずく。

「ええ、好きです。割り切れない、ご無体なところが、とても」

姫宮は立ち上がると、両手を膝にあてて、ぺこりとお辞儀をする。保育園のお遊戯の時間の最後に、保母さんがオルガンで弾く和音が響いているような気がした。

長々としたお辞儀から顔を上げると、姫宮は言う。

「では今回の用件は完了いたしましたので、これにて失礼します。ご不審な点がありましたら、遠慮なくメールしてください。可能な限り迅速に駆けつけて参る所存ですので」

ご不審な点といえば、あなたの挙動や言動の一切合財《いっさいがっさい》がご不審そのものなんですけど、と軽口を叩《たた》こうとして、かろうじて抑制する。そんなことを口走ったりしたら、次に姫宮の口から何が飛び出してくるのか、想像もつかなかったからだ。

なので代わりにごくごく常識的な社交辞令的挨拶を返す。

「心強いですね。よろしかったらこの後、私の居室においでになりませんか？　わかりにくい場所にあるものですから一度ご招待さしあげた方がよろしいかと思ったもので」

すると姫宮はきっぱり顔を上げ、横に振る。

「いえ、この病院の地理的な状況認識は終了しております。田口先生の愚痴外来がどちらか、ということも、すでに把握済みです」

そう言って姫宮はなぜか恥ずかしそうな表情でうつむいて、小声で言った。

「実は私、この病院で看護研修をさせてもらった経験がありますので」

そうだった。そういえば姫宮はオレンジ病棟の救命救急センターのセンター長だった速水《はやみ》の夕フな業務に、それなりについていった強者《つわもの》だったっけ。

これで話がすべて終わったと思ったのに、姫宮はもじもじして、なぜか立ち去ろうとしない。

やがて、思い切って顔を上げると、意を決したように言う。

「あの、大変不躾ですけど、実は私、初対面の方に必ず伺うようにしていることがあるんです。プライベートな話題になりますけど、差し支えなければ伺ってもよろしいでしょうか」

「どうぞ。差し支えのない範囲で、できるだけお答えしますよ」

そうは答えてみたものの、もともと俺にはプライベートに差し支えのある話など、あるはずがない。たとえば、この年になってなぜ未だに独身なのか、過去にどんな女性とつきあったのか、そしてどんな女性が趣味なのか、くらいのことだし、それは俺に下心がなければそのまま答えても差し支えはないから、差し支えは実は皆無だと断言してもいい。

だが一応、こんな俺にも、多少は男としての矜持《きょうじ》があるので、そう答えたのだった。

姫宮はしばらく、顔を真っ赤にしてうつむいていたが、突然顔を上げて、言う。

「あの、田口先生のお誕生日と血液型を教えていただきたいのです」

そんな風に顔を赤らめながら聞くような内容でもなかろうにと思いながらも、そんな風に尋ねられたら、思わず誤解してしまいそうな質問の仕方に、俺はどぎまぎする。

「ええと、ですね、血液型はB型で、誕生日は六月の……」

もじもじしながら言いかけた俺の言葉を、姫宮は突然、片手を上げて制止する。

「ストップ。そこまでで結構です。そこから先は第一種個人情報になってしまいますから。六月生まれということは双子座か蟹《かに》座のどちらか、ということでよろしいですね」

「え？　ああ、そうですけど」

「ちなみにどちらですか？」

「えと、蟹座、です」

それなら最初から星座を聞けよ、と思いながらも俺は素直に答える。

すると姫宮は天井を見上げて、しばらく何やらぶつぶつ小声で唱えていたが、唐突に滔々《とうとう》と喋り出す。それはまるでコンピューターの暴走みたいだった。

「蟹座のB型。アナロジーは猫、ラッコ、クラゲ、シメジ、レタス、キュウリ。そよ風、真珠、そして……螺鈿《らでん》」

俺はぎょっとした。なぜここで螺鈿がからんでくるのだろう。

いや、その前にそもそもコイツは、一体何を言っているのだろうか。

姫宮はなおも滔々と続ける。

「さらに鏡とリンパ液。オパール、いぶし銀。青白い白、水っぽい陰鬱《いんうつ》な味。その寓意《ぐうい》は、矢を放ちながら逃げる子ども。悪と同様、善にも強い感情の絶大な権力……」

「あのう、一体何をおっしゃっているのですか?」

とうとう我慢しきれずに、俺は口をはさむ。

すると姫宮は、はっと我に返り、小声で言う。

「田口先生って、ほんとにウワサ通りの方だったんですね」

姫宮が連ねた言葉には、あまり生き生きとした印象を持てなかったので、俺はその感想をどう受け取っていいのか、とまどってしまう。

そんな俺を、気分を害したと思ったのか、姫宮は付け加える。

「ちなみに、この評価は私がしたものではなく、国文社刊の『占星術の鏡』からの引き写しですから、どうかお気を悪くなさらないでください」

「いや、別に気を悪くしたりはしませんけど、気になることがひとつだけあります。今のお話は単に蟹座のアレゴリーであって、血液型の要素がすっぽり抜け落ちているようですが」

すると姫宮は自分の額をぺちん、と叩く。

「すみません、またやってしまいました。だからいつも室長に叱られてしまうんです。お前はいつも最後まできちんとしないからダメなんだ、と」

そしてぺこりと頭を下げる。

「では血液型を総合評価に反映させていただきます。蟹座の長所は鋭い感受性、繊細な心、想像力、短所は二重性、中傷、羨望、そこにB型の周囲の状況を顧《かえり》みない、自己中心と呼ぶにはあまりにも幼すぎる突進力を加味しますと、田口先生の性格とは……」

そこで姫宮は、はっと息を呑《の》む。俺は思わず引き込まれて尋ねる。

「……私の性格とは？」

「おしりぺんぺんしながら校長先生に刃向かうガキ大将……」

「おしりぺんぺんのガキ大将？」

「……のホサ役です」

途端に隣でこれまで必死に何かをこらえていた高階病院長が、ついに大爆笑する。

俺は、怒ればいいのか喜べばいいのかわからないまま、呆然とする。

姫宮が言う。

「ちなみに私は魚座のA型です」

「へえ、魚座のA型と蟹座のB型の相性はどうなんですか？」

俺は引き込まれるように質問する。思えばこの時、俺はすでにウツボカズラに引き寄せられたみつばちハッチ状態になっていたのだが、姫宮マジックの術中に陥っていたその時の俺には、そんなことを考えるゆとりさえなかった。

姫宮は、眉をひそめて、答える。

「魚座のA型と蟹座のB型の相性は……」

「……相性は？」

「それほど悪いものではありません……残念ですが」

最初の言葉でぬか喜びし、最後の言葉で不安のどん底に叩き落とされる。

たった一分間のやり取りの間に、俺は完全に姫宮ワールドの被支配民と化していた。

俺は、隣で大笑いを続けている高階病院長を睨《にら》みつける。

「そんなにおかしいですか。ちなみに高階先生との相性占いはどうだったんですか」

高階病院長は笑いすぎて出てきた涙をぬぐいながら、言う。

「それは言わぬが花、というものでしょう」

姫宮は小首を傾げて、言う。

「いずれにしましても、田口先生との初お目見えは、白鳥室長がご心配するほどのこともなく、無事に完了しましたことをここにお伝えして、改めて失礼させていただこうと思います」

ぺこりと頭を下げた姫宮は、俺と高階病院長の返礼を受けることもなく、部屋を出て行った。

俺はため息をついた。

いつの間にやら、俺にも美人の部下ができたらしい。しかも彼女との相性は決して悪くはないらしい。なぜか、それは残念なことらしいが。

まあ、創設委員会の委員長とそのオブザーバーという間接的で紙のように薄い関係性だから、こんなファンキーガールが相手でも何とかなるような気もする。

そう思うと、何やら華やかな空気に包まれる。

その時、ふと思い出した。姫宮が血液型と星占いによって初対面の人物像を描き出すという情報は、かつて白鳥が教えてくれたことだったはずではないか。

しかも……。

それは俺が、初対面の人の名前の由来を尋ねる、という手法と同じ範疇に属していると、解説まで加えてくれたはずだ。

そう、俺は姫宮の一方的なペースに巻き込まれ、俺自身のスタイルをすっかり忘れていた。

——姫宮の名前の由来を聞くべきだった……。

だが考えてみたら今日の俺は、主体性というものを完全に破壊しつくされていた。

姫宮の依頼だと言いながら、その大本は、高階病院長が白鳥に丸投げした脅迫状問題がそっくりそのまま木霊《こだま》返しで跳ね返ってきただけ。しかも裏指令はとりとめがない。

ふと思う。今朝、開口一番で完全拒絶しなかったら、高階病院長は臨機応変に脅迫状問題の方を最初に丸投げしてきたのではないだろうか、と。そしてそれを俺が受けていたら、果たして高階病院長は、俺に姫宮を引き合わせただろうか。

だが、今となってはそんなささやかな俺の疑問など、もうどうでもよかった。どこをどう流れても、川の流れは最後は最下流の大海原にたどりつくものなのだ。

そう、結局、この俺は東城大学医学部付属病院においては大河の最下流、大海原のように広い心を持つ最終清掃人（ラスト・スイーパー）なのだ。

5章　無茶振りの時間差多重攻撃

7月10日午前10時40分
付属病院4F　病院長室

ファンキー・ヒロイン・姫宮が退出した後に続いて、院長室を辞去しようとした俺を、高階病院長は呼び止める。

「そうだ、実はもうひとつお願いがあったんです」

俺はびくりとして立ち止まる。

なんてことだ。まさか無茶振りの時間差多重攻撃という戦略だったとは。

こういう態勢になってしまったら、今さら完全拒絶という切り札はもはや使えない。

つまり、この依頼も引き受けざるをえない、ということだ。まさに絶体絶命だ。

高階病院長はそんな俺を、目を細めて見ながら笑う。

「ご心配なさらずとも、今度の依頼はこれまでみたいな無茶振りではありませんからご安心を」

なんだ、いつもの依頼は自分でも無茶振りだと自覚していたのか、このお方は。

俺は啞然としながらも、黙って高階病院長の言葉を待つ。

「Ａｉセンター建築も終了し、あとはこけら落としを済ませ、本格稼働を待つばかりとなりました。つきましては先日のアリアドネ・インシデントで中途で停滞しているＡｉセンター創設委員会を再起動していただきたいのです」

俺は、その言葉を噛みしめてから、うなずいた。

それはきわめて妥当な命令であり、俺に対してはルーティンの業務命令に近い。

Ａｉとはオートプシー・イメージングの頭文字で、死亡時画像診断と訳される。ずばり、画像診断による死因検査だ。現在、日本の死因究明制度は解剖が主体だが、現代の日本は解剖率がたった二パーセント台しかないので、実質的には死因不明社会になっている。その特効薬として期待されるのがＡｉだが、画像診断領域が死因究明制度に参入するという、既得権益を侵す側面があり、解剖主体の死因究明制度の責任学会・法医学会や病理学会からは蛇蝎《だかつ》のように嫌われている用語でもある。しかもその延長線上には死因究明領域を自らの手中に無監査状態のまま収めておきたいという、捜査現場との軋轢《あつれき》も生じている。

画像診断とまったく無縁のこの俺がセンター長に収まった経緯は、語り出せば一冊の本になりそうなくらい混沌《こんとん》として噴飯物の話なので、ここでは詳細は割愛する。

ただしここで、そうした問題が噴き出したのが、アリアドネ・インシデントという、つい先月に東城大を襲った事件だったことだけは述べておこう。なのでこういう形で投げかけられてみれば、決して無茶な依頼ではなく、むしろ当然やるべき義務の督促だった。そしてこのタイミングで高階病院長に指令を受けなければ、再開しにくい案件でもある。

確かにこれは無茶振りではない。

「了解しました」

素直にうなずいた俺はふと、ひとつの懸念に思い至る。

「アリアドネ・インシデントのせいで、警察庁関係の委員が空席になっています。そこはどうすればよろしいでしょうか」

俺は警察庁のお偉いさんの伝手《つて》はない。なのでお伺いを立てたのだが、高階病院長は言った。

「それが問題ですね。こちらではどうしようもありませんので、先方に一任する、というお知らせをオブザーバーの私から投げておきます」

俺はほっとした。警察関係が最も難儀だったからだ。

「ありがとうございます。何から何までお世話になりっぱなしで」

高階病院長は大きくうなずく。だが、その後に続いた言葉に、俺は青ざめる。

「つきましては、本日最後のお願いです。田口センター長に、Aiセンターのこけら落としを記念して開催される、シンポジウム実行委員会の委員長をお引き受けいただきたいのです」

俺は呆然とした。

これこそまさに、俺が戦略的に断固断ろうとしていた類の依頼ではないか。


少し考えれば、Aiセンターのセンター長なのだから、シンポジウム実行委員長に任命されるのは自然だ。だがこうした実行委員会は主に事務部門の仕事で、たいてい実行委員長はお飾りで周囲の者がやることになる。だが……。

Aiセンターの実態は、副センター長の人数ばかり膨れあがった、イビツな構造になっている。しかもその副センター長たちの肩書きは、誰一人として俺より格下のヤツはいない。

つまり世間的にみたら、センター長である俺が一番下っ端なのだ。

本道とまったく無縁の雑用が、下っ端にのしかかってくるのはこの世の常。そして俺は、この会の中では事実上、一番の格下なので雑用を他に丸投げできない。

なんてこった。

俺ははかない抵抗をする。

「シンポジウム実行委員長を拝命するのは、実務方面で助っ人がいないと、無理です。たった今、拝命した厚生労働省からの依頼についても業務量が未知数ですし」

ちろりと高階病院長を見ると、高階病院長はうなずいて立ち上がる。

「ご心配なく。シンポジウム実行委員会では、田口先生には、ふつうの委員会同様、お飾りの委員長として君臨していただくつもりです」

「それでは、実際に作業を実施してくれる実施部隊がいなくなってしまうのでは？」

「その点も大丈夫です。有能な実務者をふたり、おつけしますから」

ふたりも？　そいつは気前がいい。

そう思いながらも、俺は首をひねる。

「もうひとりはもうじき、ここにお見えになるはずです」

腕時計をちらりと見た高階病院長の言葉が終わるか終わらないうちに、ノックの音が響いた。扉を開けて顔を見せたのは、ストライプの背広を着込んだ三船《みふね》事務長だった。

高階病院長は得意げに俺を振り返る。

「ね、これでご満足でしょう。実務者が勢揃いしたので早速、打ち合わせを始めましょうか」

俺は高階病院長の言葉に半分納得し、半分違和感を覚え、その違和感の根源を口にする。

「三船事務長に補佐役をお願いできれば、もちろん文句なんてありません。でも先ほど、高階先生は有能な実務者をふたりつけてくれる、とおっしゃいました。もうひとりはどなたですか」

高階病院長は目をくるくると回して、悪戯《いたずら》っ子のような笑顔を浮かべる。

「わかりませんか？　さっき私はシンポジウム実行委員会の実務者がこの場に勢揃いした、と申し上げたんですけど……」

「ええ、確かにそうおっしゃいましたが……」

「それでもまだわからないんですか？」

俺はうなずく。誰がどう見ても、この場に俺の下についてくれる有能な実務者は三船事務長ひとりしかおらず、ふたりめの姿は影も形もない。

すると高階病院長は両手を広げて、くるりとひと回りして、笑顔になる。

「田口先生はまだ、すべてをあるがままに見つめる修練が足りません。ここまでしても、まだお気づきにならないとは」

俺は両手を鷹《たか》のように広げた高階病院長の姿をぼんやりと見つめた。

「まさか……」

はっと目を見開くと、高階病院長は笑顔でうなずく。

「そう、そのまさか、です」

高階病院長は両手を収め、俺に向けて直立不動の姿勢をとった。

「田口実行委員長の下で実務を務《つと》めさせていただくふたりめは不肖、高階です。実行委員長、どうぞよろしくお願いします」

俺は呆然と、高階病院長を見つめた。三船事務長は、何が起こっているのかわからないという様子で、俺たちの挙動を凝視していた。俺は咳《せ》き込むようにして言う。

「ちょっと待ってください。高階病院長が私の下につくなんてそんなこと……」

「おかしいですか？」

俺の疑問を先取りして、高階病院長が言う。俺はうなずく。

「当たり前です。高階病院長は、最高責任者なんですよ。誰かの下につくなんて……」

「あり得ない、というのですか?」

俺は再びうなずく。すると高階病院長は、やれやれ、というように両腕を広げてみせた。

「よくまあ、そんな風に次から次へと優柔不断な疑問ばかり羅列できるものですねえ。どうして田口先生はそんなに石頭なんでしょう。少しは融通というものを身につけないと、他人さまを手足のように使っていけませんよ」

確かに俺は融通が利かないが、融通の権化みたいなあんたに言われると釈然としないんだよ、と思わず指差して言い返したくなる。もちろん、そんなことが言えるはずもないのだが。

その上、俺は他人さまを手足のように使いたいなどという、大それたことを思ったことなど、一度もない。だから高階病院長の指摘はまったくの的外れで、俺には全然こたえなかった。

なので冷静に言い返した。

「私はひとさまを使おうだなんて、そんな大それたことなど考えたことはありません。ただ、高階病院長を私の下につけるなど、掟破《おきて》りの下克上行為なので、もしもそんなことをすれば姦《かしま》しい廊下トンビ共が何を言い出すか、ちょっと心配になっただけでして……」

高階病院長はうなずく。

「ふだんなら私も、こんな形で表舞台にしゃしゃり出て来たりはしません。でも、今は非常時、もはやタヌキ寝入りを決め込んでもいられなくなったんです」

俺は高階病院長の言葉を耳にして、身震いをした。つまり東城大最大の危機を前にして、これまで本陣深く布陣していた最強の猛将が、自ら最前線に出陣しようというわけだ。

「今は、そこまでの危機的状況なのでしょうか」

俺が尋ねると、高階病院長は少し考え込む。そしてぽつんと言う。

「今がそこまでの危機かと問われれば、まだそれほどではない、と答えるしかないでしょうね。でも、ここで何かが起こった時にひと呼吸、対応が遅れれば間違いなく危機的状況になる。そうなったら好むと好まざるとにかかわらず、私に出番が回って来ますが、その時はもう手遅れなんです。というわけで、このタイミングで打って出るしかないんです」

「高階先生がシンポジウム実行委員会の実務者になることは、そんなにも有効なんですか？」

俺の違和感はマックスだ。高階病院長はうなずく。

「そうなんです。今、私はできるだけ身軽な肩書きがほしい。動くために病院全体の了承がいる、病院長という肩書きは、臨機応変の判断が何より重視される戦場の最前線では、邪魔でしかない。身軽な肩書きにライト・ヘッド。これ以上のポジションは望み得ないでしょう」

……ライト・ヘッド。直訳すれば、軽いおつむ。

へい、それは誰のことを差しているのかな。

俺の憮然《ぶぜん》とした表情にはまったく気づかず、高階病院長は続ける。

「これは医療と司法の闘争の最終局面における前哨戦《ぜんしょうせん》です。善悪定かならざる不定形の戦闘において、最後にものを言うのは情報量と瞬発力なのです」

高階病院長は俺を覗き込む。その表情は、これまで俺が見たこともない厳しいものだった。

これが、この人の本当の顔なのかもしれない。

「アリアドネ・インシデントで医療と司法の破断点が明白になりました。以後はＡｉという重要ポイントを奪取のため熾烈《しれつ》な争奪戦になる。そこでは何よりも迅速な情報戦が機先を制する。というわけで、望むと望まざるとにかかわらず、我々はＡｉセンターのシンポジウムをテコにして、この社会の奥深くに巣食う闇に宣戦布告することになるでしょう」

三船事務長は話についていけない様子で、ぼんやり話を聞いている。

高階病院長は、俺を見た。

「田口先生はこれまで、私にこき使われることを辛《つら》く思っていらっしゃる節が見受けられましたが、他人に丸投げしての我慢というのも、なかなかにキツいものなんです。そのあたりのことを身を以《もっ》て体験していただくには、ちょうど手頃でいい機会かとも思いますね」

「どういう意味ですか?」

「田口先生には、シンポジウムでは神輿になっていただきます。神輿はかつがれるもので、自分の意思ではどこへも行けません。その歯痒《はがゆ》さ、もどかしさを思えば、まだ私にこき使われていた時の方が幸せだったと気づくでしょう」

俺はその時、ひとり高みに立たざるをえない高階病院長の孤独を感じ取った。だからと言って高階病院長の言葉は俺にとっては釈然としない。

三船事務長はそんな俺たちのやり取りを聞きながら、持参した資料をごそごそ探していたが、顔を上げて言う。

「すみません。高階病院長にご説明するための資料を一部忘れてきてしまいましたので、取ってきます。すぐに戻りますので」

三船事務長は慌ただしく、病院長室から一旦退場した。

6章　東城大の阿修羅

7月10日午前10時45分
付属病院4F　病院長室

病院長室には再び、俺と高階病院長がふたりきりで取り残された。

こうした流れは、釈然としない俺の思いをそのまま高階病院長に直接ぶつけてみるチャンスを、天が与えてくれたように思えた。なので思い切って尋ねてみた。

「あの、ひとつだけ教えていただきたいんですが、どうして私がそんな思いを経験しなくてはならないのでしょうか」

すると高階病院長は真顔で答えた。

「私もそろそろ引退を考えています。年齢が年齢ですからね。でもその時までに、東城大の魂を引き継いでくれる、後継者を育てなければならないのです」

後継者だって？　まさか、それがこの俺だというつもりではあるまいな。

冗談じゃない。こんな腹黒タヌキ、もとい、東城大学の黒幕ともいうべき巨人の跡目が、本当にこの俺に務まるだなんて考えているのだろうか、このオッサンは。

俺は、これ以上この方面に深入りするのは危険だと考えて、話を変えてみる気になった。そしてふと、一度聞いてみたかったことを尋ねてみようという気になった。

これもたぶん、ここまでの話の流れがなせる業だろう。碧翠院から脈々と続いている桜宮の負の歴史と、そこでの俺との因縁がこうした問いを語らせたのかもしれない。

「今までの話はひとまず置いてですね、実は私は先生にずっと伺ってみたいと思っていたことがあるんです。これまで桜宮の医療に携わってきて、高階先生には、何か心残りはありますか？」

高階病院長は、ふ、と笑う。

「過去の自分の行状に心残りがない人物なんて、いませんよ」

「でしたら質問を変えます。もしも先生が今、過去に遡《さかのぼ》ってひとつだけやり直せるとしたら、何をしたいですか」

俺は妙に意固地になっている自分を感じていた。それも、目の前の高階病院長がこの俺に跡目を継がせようなどという途方もないことを考えているとわかったせいかもしれない。

すると高階病院長は肩をすくめ、ふうっと笑顔になる。

「何だか田口先生は、いまわの際《きわ》の告解を聞き遂げようとしている神父さまみたいですねえ」

それからふと、遠い目をする。

「せっかくですから告白させていただきましょうか。やり直したくなるような心残りは、ひとつではなくふたつあります。ひとつは取り出し損ねたブラックペアン、です」

「それってどういうことですか」

「先代の国手《こくしゅ》、佐伯《さえき》教授が患者の腹部に留置したペアンを、私ともうひとりの外科医で取り出そうとして失敗したことがあるんです」

「手術器具の置き忘れですか」

高階病院長はうなずく。

「表面上はね。でも、何もできなかった。ペアンを外すと出血が止まらなくなってしまう患者でしたので。私たちはヒヨッ子で、再開腹しようとした判断こそが未熟だったんです」

「今の先生の技術なら、取り出せる、と？」

高階病院長は首を振る。

「いえ、今でもあのペアンを摘出するのは不可能でしょう。私の後悔とは、あの時に患者本人とご家族に、その事実を伝えずに閉腹してしまった、ということです。あそこで、すべてを包み隠さず事実を説明すればよかった」

「それは今からでも遅くないのでは？」

俺が言うと、高階病院長はさみしそうに微笑する。

「残念ながら、その機会は永遠に失われました。その患者さんが碧翠院で看取られて十年以上が経ってしまいました」

高階病院長は遠い目をして、窓の外に視線を投げる。

この人は、十年以上も前の、医療ミスともいえないようなことを未だに引きずっているのか、と思い、呆然とした。そしてその立たずまいに密かに感動してしまう。

その時、ふと気がついた。その患者が碧翠院で亡くなったなら、火葬されたに違いない。だとしたら、ペアンが焼け残って問題にならなかったのだろうか。

そう尋ねると、高階病院長は言った。

「それこそがブラックペアンを使った理由です。カーボン製ですから、火葬の際には燃えてしまうので、後には残りません。もともと止血のために使い、外せば出血してしまうわけですから、そのペアンは置き忘れではありませんので、そこはあまり気に病んではいないんです」

「確かにそれなら、患者さんが亡くなった時、一緒に燃えてしまったとしても、後ろめたく思うことはありませんね。その行為は、医師として恥じるものではないんですから」

俺の相づちに高階病院長は、うなずく。

「そうかもしれませんね。でも、だからこそ本人とご家族にきちんと事実を伝えるべきでした」

俺は高階病院長の言葉に同意しながらも、心の中で反芻《はんすう》する。

つまりブラックペアンという名の災厄は、炎の中に消え失せてしまったというわけだ。

その時、俺は気がついた。

「そう考えると、ヒヨッ子が精一杯断行したその手術は、結果的に東城大を救ったことになりますね。ブラックペアンと置き換えなければ、患者さんが火葬された時にそのペアンが発見され、大騒ぎになるところでしたから」

「なるほど、言われてみればその通りですね。私は、あれは単に腹部を開けて閉じただけのまったく無意味な手術だとばかり思っていましたが……」

俺は首を左右に振る。

「とんでもない。その手術は〝ペアン置換術〟だったんです」

「なるほどねえ。今日、田口先生に指摘されるまで、そんなことは考えもしませんでした」

ほっとした表情をしている高階病院長に、俺は言う。

「ひとつ目の心残りは単なる説明不足ですし、行為そのものには問題がないので、いざとなったら不定愁訴外来で対応させていただきます」

ここまでやってようやく何とか、高階病院長へのリクエストに応えることができた気がする。

高階病院長は、ふ、と笑顔になる。

「今のひと言で肩の荷が軽くなりました。でも、あの後悔の本質は違うんです。私はあの時、本当は正面から打ち倒さなければいけなかった偉大な敵を、戦わずして葬り去ってしまったのです」

東城大外科のトップとして君臨し続けてきた高階病院長にライバルがいたとは。

「その偉大な敵って、一体誰のことなんですか」

「手術室の悪魔、渡海征司郎《とかいせいしろう》という外科医です」

俺の中で、学生時代の外科実習の一場面が鮮やかに蘇った。医学生相手に容赦ない言葉を浴びせかけてきた、常識はずれの外科医。その暗い瞳を思い出す。

——医者はボランティアではない。慰めの飴《あめ》玉が欲しいならカウンセラーにでもなればいい。

そして、俺が懸命に言い返した言葉に返した言葉。

——好きにしろ。世の中、そういう物好きな医者だって必要かもしれないからな。

俺が今、この病院にこの立ち位置で残れているのも、あの言葉が原点だった気がする。

あの渡海先生と、高階病院長との確執はかくも深かったのか。

俺はしばし、追憶の世界に引き戻されていた。


俺はふと我に返り、質問を続けた。

「心残りはふたつ、とおっしゃっていましたが、ふたつ目はどんなことですか」

俺は今や高階病院長の告白にすっかり心を囚《とら》われていた。なぜならそれは東城大学医学部付属病院に脈々と流れてきた、膨大な歴史の一部に触れることに他ならなかったからだ。

「ふたつ目の心残りは、ひとつ目よりもはるかに大きく、深いのです」

高階病院長は窓から遠く、海原を見た。

「昔、あの岬に桜の樹を植えようとした人がいた。私はそれを引っこ抜いた。当時はそれが正義だと信じていました。でも、長い時を経て今、自分の間違いに気がついたのです」

それは以前も桜宮岬で耳にしたことがある言葉だった。だがその時は詳しく聞けなかった。でも、今なら聞けるかもしれない。

「桜の大樹とは何のことですか」

「スリジエ・ハートセンターという大輪の花です。私はあの時、夜空に燦然《さんぜん》と輝くモンテカルロのエトワールを、地に叩き落としてしまったのです」

天才心臓外科医、モンテカルロのエトワール、天城雪彦《あまぎゆきひこ》。

その話は、医師になりたての頃、悪友の速水から聞かされたことがある。

天城が創設しようとした心臓疾患センターが頓挫したことを、速水はとても残念がっていた。時を経て救命救急センターのセンター長に就任した時、スリジエではなくオレンジになったが、それでも桜宮に一本、大樹を植えることができたと喜んでいたものだ。

「それはたぶん大丈夫です。オレンジ新棟のトップに就任した時、オレンジはスリジエの生まれ変わりだ、と速水のヤツが言っていましたから」

「そうですか、あの速水君がねえ……」

高階病院長はほう、と深いため息をついた。

こうして考えると、確かに俺は、東城大の歴史のど真ん中に近い場所にいるのかもしれない。高階病院長の跡目を継ぐなど、とんでもないことだが、少なくとも俺は東城大の一隅を支えていかなければならない宿命にあるような気がしてくる。

高階病院長は大きく伸びをした。

「田口先生に告解したら、気分が軽くなりました。若返った気分です。久しぶりに封印を解き、前線に参戦し、私の本当の姿をお見せしましょう。こう見えても私はかつて、帝華《ていか》大の阿修羅と呼ばれたこともあったんですよ」

その話はよく知っている。

東城大内部で、高階病院長ほど数多くの言葉で語られている人物は他にいない。

高階病院長にはさまざまな悪名が垂れ流されている。

臓器統御外科の黒崎《くろさき》教授との確執、その原因であるかつての恩師・佐伯前教授に掲げた反旗。

そのために外科の名門、国手率いる総合外科学教室が分裂したというウワサ。

穏やかな風貌とは裏腹に、この人はいざとなったらどんな手段を使ってでも、自分の思い通りに物事を敢行するという印象が、廊下トンビ共のウワサによって裏付けられている。

そしてそれは東城大学医学部付属病院の一員としてのコンセンサスでもある。

その高階病院長が、今回は自ら最前線に身を投じ、東城大の最終防衛ラインを率いるという。

俺は、湧き上がってくる高揚感に身震いをした。


話の継ぎ穂を見失って、黙り込んでしまった俺と高階病院長が、ぼんやり窓の外の景色を眺めていると、そこへ資料を手にした三船事務長が戻ってきた。

俺と高階病院長は、東城大の過去から、いきなり現世に引き戻された気分になる。

高階病院長は、三船事務長から書類を受け取ると、言った。

「それでは、Ａｉセンターのこけら落としのシンポジウム実行委員長には田口センター長に就任していただきますが、実際の指揮は私がお引き受けします。そして三船事務長には実務を円滑に実施していただけるよう、最大限のご協力をお願いします」

「了解しました」

俺と三船事務長は声を揃えて答えた。

病院の最高権力者に従いなさい、という当然の依頼には異論を差し挟む余地などない。

高階病院長は俺を見ると、にいっと笑う。

「さあ、これから忙しくなりますよ。シンポジウム実行委員会の委員長はマリオネットですけど、Ａｉセンター創設委員会の再構築は田口先生が早急に対応する必要がある、重要なパーツです。特に警察庁の人員派遣部分と法医学分野の増強は必須です」

「でも、彼らはＡｉのアンチなのでは？」

「確かに彼らはＡｉを自分たちに都合のいい丁稚《でっち》のように扱おうとしている。そんなことを許したら、司法界の暴走を止められなくなってしまいます。ここはひとつの分水嶺《ぶんすいれい》、彼らの思うようにさせるわけにはいかないんです」

「ならばいっそのこと、彼らをメンバーから外した方がいいのではありませんか？」

「それではダメなんです。この闘いは天下白日の下、堂々とすべてを凌駕《りようが》していく聖戦です。なのであちらが仕掛けてきたような姑息な対応をしたら、聖戦の心意気が萎《しな》びてしまいます」

高階病院長が意気軒昂《けんこう》なのはよくわかったが、世の中はそんな風にきちんとしていないのでは、と斜に構えてしまう俺は危惧してしまう。

その危惧を別の角度から、つついてみる。

「でもこの前のように、刺客が送り込まれてきたら、大変なことになるでしょうね」

高階病院長はうなずいた。そしてうっすらと笑う。

「その点は私に考えがありますので、お任せくださいませんか、田口センター長」

上司に肩書きで持ち上げられて、俺の背筋に寒気と痒《かゆ》みが同時に走る。

「何でも言うことを聞きます。ですからその慇懃《いんぎん》無礼な嫌がらせはやめてください」

「慇懃無礼？　嫌がらせ？　一体何のことでしょうか？」

高階病院長の無邪気な表情を見て、俺は悟る。

もはや何を言ってもムダだ。この人は天然なのだ。

矢継ぎ早の高階病院長の指令は止まらない。

「そうだ、一番喫緊の依頼を失念していました。今回最大の目玉企画があるんです。ですので、今日の午後一時以降、スケジュールを空けてください」

俺は呆然とした。これだけ山のように依頼を羅列した後で、まだ他にも依頼が残っていたとは。まるで底なし沼のような奥深さだ。

俺は当然の返答をした。

「今日の午後とはずいぶん急な話ですね。ヒマそうに見えますけど、実はこんな私にも不定愁訴外来という日常業務があるんですが」

「申し訳ありませんが、午後の業務は延期してください。午後一時、病院玄関前に集合です」

そこまできっぱり言われてしまったら否も応もない。俺はうなずき、肩を落とす。

こんな調子では、神輿として祭り上げられた気分になど、全然なれないではないか。

それどころか俺の心象風景では、事態は悪化しているようにさえ思える。

俺は、負け犬よろしく尻尾を丸め、すごすごと病院長室を出て行く。背後から俺を見つめる三船事務長の視線を感じながら、とぼとぼとエレベーターホールへ向かった。

✡

田口の後ろ姿を見送った三船事務長は開口一番、言った。

「何だか、少しお顔の色が冴えませんでしたね、田口センター長は」

高階は首をひねって答える。

「おや、そうでしたか？　私には、そんな風には感じられませんでしたが」

「また、いつもみたいに無茶な依頼を丸投げしたんじゃないんですか？」

高階はむっとした表情を浮かべて、首を振る。

「私はこれまで一度たりとも、無茶な依頼の丸投げなんてしたことはありませんよ。現に今日の依頼だって、私が依頼内容を説明する前から、是非やらせてほしい、と田口先生の方から言い出してくれたくらいなんですから。それだけではありません。今回、私は田口先生の手となり足となって粉骨砕身するつもりです。一体、どこが無茶で丸投げなんでしょうか」

三船事務長は疑わしそうな顔で高階を見つめていたが、これ以上追及しても無意味だと思ったのか、矛《ほこ》を収めた。そして手にした書類を手渡しながら言った。

「先月のバランスシートは、いつにも増してひどいものでした」

「でしょうね。いろいろとバタついていましたから」

しみじみと書類を見ながら、三船事務長が言う。

「病院長専属の公認会計士を雇いたいと言い出された時は、とんでもないと思いましたが、いざこうして問題点を指摘されてみると、何をすればいいか、考えるようになりました。導入の効果は抜群です」

高階はうなずく。

「財務の素人の私がいくら財政危機を訴えても、誰にも理解してもらえません。モチは餅《もち》屋、ですからね」

「翌月に前月の収支がわかるという即時性がいいです。これまでの会計は、保険収入は翌月にわかりますが入金は二カ月後、収支は三カ月後でしたから、問題点がわかっても、だから何？　と言われてしまうのがオチでした」

「私も病院長の役職にありながら、財務諸表の意義さえ理解できていませんでしたね」

高階の言葉に三船事務長もうなずく。

「改革は理解してもらいやすくなりましたけど、その分、財政危機もすぐ実感でき、心臓によろしくないです。でも、これまでは誰も危機感を持っていなかったのだと思えば、かなりの改善なんでしょうね。何も知らされず過ごしてきた時間を考えると、恐ろしく思えてきます」

高階は煙草に火を点《つ》けながら、言う。

「現在も綱渡り経営だという事実は、病院スタッフに共有してもらいたいですね」

三船事務長もうなずく。

「バランスシート導入の成果が、ホワイト・サリーの建設中断でしたが、さすがにあの一件は相当インパクトがあったようです。私は二年以上前から大学病院が破綻する可能性を申し上げてきました。当時は脅し文句でしたが、この頃は脅しが現実になりつつある恐怖を感じています」

高階病院長は胸に深く吸い込んだ紫煙を天井に向かって吐きながら、言った。

「いろいろありましたからねえ、東城大も……」

高階は窓の外を見た。

「今度、スキャンダラスな事件が起これば、その時は東城大の存亡の危機になるでしょうね」

その言葉に、三船事務長は息を呑み、すぐには応じることができなかった。

7章　廊下トンビの墜落

7月10日午前11時
付属病院1F　不定愁訴外来

エレベーターを待つ間、俺は高階病院長から投げられた業務を、ひとり復唱していた。端目《はた》には、うつろな視線で中空を見つめながら、何やらぶつぶつと呟く、あぶないおじさんに見えたかもしれない。だが幸い、その復唱にはさほど時間を要さなかった。

試しに俺が今日、丸投げされた業務をここでもう一度、列挙してみよう。

碧翠院桜宮病院が崩壊した時の事実の洗い直し。これは姫宮からの依頼。

Ａｉセンター運営連絡会議の再開。これはこれまでの業務の遂行。

Ａｉセンターシンポジウムの実行委員長就任。これは実質的にはお飾り業務。

そしてＡｉセンターに対する曖昧模糊《あいまいもこ》とした破壊工作宣言に対する防御策策定。これは、正式には依頼されていないが、センター長として遂行して当然の義務。

指折り数え、いつの間にか片手の指が埋まりそうになっているのに気づき、ため息をつく。

もしも俺の意志が強ければ、これらすべてを完全に拒絶できていたわけだ。

姫宮にお目に掛かってみたいという、ささやかなスケベ心が俺をここまで追い詰めてしまったわけで、つくづく自分の意志の薄弱さを呪いたくなる。

だが、よく考えてみればＡｉセンター運営連絡会議はどのみちやらなければならなかったわけだし、シンポジウム実行委員長だって、どうせいつかは俺に振られただろう。

となれば今回の件での実害はかなり少ないのではないか。俺は自分にそう言い聞かせて、心のアタラクシアを守ろうとした。

散々待たされた後で、満員のエレベーターにようやく身体を押し込むことができた。そして、二フロア下がった二階で、俺はエレベーターを降りた。

背中に、大勢の乗客の視線が痛いくらいに突き刺さる。

背中を丸めて、その鋭い視線をやりすごす。それから気を取り直し、愚痴外来へ向かう。

ここを開設してからというもの、実にいろいろなことがあった。

俺の一身上の変化もそうだし、東城大を襲った数々の災難もそうだ。バチスタ・スキャンダルに始まり、ナイチンゲール・クライシス、オレンジ・ラプチャー、アリアドネ・インシデントなど、数え上げてみただけでも枚挙に暇《いとま》がない。

よくこれだけのトラブルを抱えながら、今日まで生き存えてきたものだ。

だが変化と言えば、悪いことばかりでもない。いい変化も、それなりにあった。

たとえば愚痴外来の設備投資にしてもそうだ。

俺の根城であるこの部屋は、設計時のミスでできた袋小路のような部屋で、長年物置として使われていたが、俺がこの地に不定愁訴外来を立ち上げて以降、状況が激変している。

最近では外付けの非常階段に風よけの覆いがつけられた。さらに驚いたことには、この外付けの非常階段の二階の扉を自動扉にして不定愁訴外来という麗々しい看板をつけよう、などというオファーがあったりもした。さすがにそれは全力を挙げてお断りした。

看板をでかでかと掲げることほど、不定愁訴外来の実存と意義から掛け離れたことはない、というのが表向きの理由だったが、実は本音の理由もそのままだった。

不定愁訴外来は日陰の花。人に知られずひっそりと咲く。

それが俺のモットー、いや、不定愁訴外来の理念、というヤツだ。

それも今、俺がふと思いついただけなのだが。

階段を下りていくと、何やらぞわぞわと背筋を走る予感があった。

いつもなら不定愁訴外来の専任看護師の藤原《ふじわら》さんが淹《い》れてくれる珈琲《コーヒー》の香りに癒されながら、その日の患者のカルテをゆっくり読むことで一日の業務を始めるわけだが、今回のように朝一番で病院長室に呼び出されると、たいていはそれに付随してイレギュラーな事態が起こり、平穏な俺の一日は滅茶苦茶にされてしまう。

そして、その八割はある男の来訪であることが多かった。


扉の前に立つと、珈琲の香りが漂ってくる。

ああ、やっぱり、と思いながら扉を開けると、例によって俺の部下、と本人自身が勝手に思い込んでいるが、実態としては全然そうではない同僚、兵藤《ひょうどう》が椅子にちょこんと座っている。

そもそも、この部屋では俺が到着するのと同時に藤原さんがコーヒー豆をひき、サイフォン式の珈琲を淹れ始めてくれる。なので、俺の到着前に珈琲の香りがしている時点で、イレギュラーな来訪者の存在を事前に報《しら》せてくれるわけで、こうなると不定愁訴外来における珈琲の香りは、いわば侵入者検知センサーとしても機能しているのだった。

俺が属する神経内科学教室、実は今は名称が変わってしまい、〝臓器電気なんとかかんとか〟とかいう教室名なのだが、兵藤クンはそこの同僚だ。

まあ、自分の所属組織の正式名称を復唱できない俺も問題あるが、東城大の診療科のすべての正式名称を間違えずに暗唱でき、しかもそれを人前で得意げに語るのが趣味だという兵藤クンもまた、俺の対極にいる問題児である、とみなしてもあながち間違いではないだろう。

兵藤クンは、かつて俺が医局長の座を気前よく譲ってやった恩義を未だに忘れず、ことあるごとに、まるで俺にお伺いをたてるかのように、こうして訪問してくる。

だがそれは一面の真理にすぎず、実は東城大に存在する情報を餌に生き存える廊下トンビ一族に属している兵藤クンは、俺に対する表敬訪問ではなく、情報収集の定期巡回をしているにすぎない、とも考えられる。それでも兵藤クンは俺に好意的なのだ、と信じたい。

正直言えば、どっちでも結果的には大差がないのだが。

まあ、世間的に言えば、兵藤クンは俺になついている、ということになっているらしい。

その兵藤クンは大きな目をくりくりさせて、俺を見た。

「田口先生、何やら大変なことになっているようですねえ」

俺はぎくりとする。

まさか、さっきの病院長の呼び出しを、もう嗅ぎ付けたのか？

すると兵藤クンは言った。

「何か、Ａｉセンター絡みで画像診断ユニットで大変な事態が起こったそうじゃないですか」

俺はため息をついた。さすがの兵藤クンも、先般のアリアドネ・インシデントの一件における、情報一万メートル競歩大会では周回遅れになっているようだ。

だが、それも仕方がないことだ。何しろあの事件のケリがついたのは、ほんの一カ月前だし、その真相の大半は東城大にしてみても、深く関与した警察にとっても、絶対に表沙汰にできるような話ではなかったからだ。

「うん、まあそんな話もあるらしいな」

俺は、曖昧な相づちでさりげなくやりすごそうとした。こうした話題に一度食い付いたら離れない、スッポン兵藤クンとおつきあいするのは、今の俺には少々難儀だった。

そこで俺は無理やり、話の方向を変えた。

「そんなことより、黒崎教授が出演したテレビドラマの評判はどうなんだ？」

すると兵藤クンは嬉しそうに目を輝かせ、たちまち前のめりで撒き餌に食い付いてくる。

「『霧《きり》のロミエッタ』ですね。あれは大事件ですよ。この間、最終回の視聴率爆上げに貢献したお礼に、主演の浅田真菜《あさだまな》ちゃんが黒崎教授のお部屋を訪問したもんだから、もう臓器統御学教室は上を下への大騒ぎ、その日は仕事にならなかったみたいですね」

さらに兵藤クンは、ヒロインである浅田真菜ちゃんと平然と接したばかりでなく、最後には、あたしとクロちゃんってばマブダチよね、と天下の真菜ちゃんに言わさしめた黒崎教授の株が、院内では急騰中なのだという話を目をらんらんと輝かせて滔々と語り続けた。

兵藤クンは目をきらきらさせながら、言う。

「田口先生だからお話ししますけど、実は『霧のロミエッタ』は続編が企画されているらしくて、しかも、何と黒崎教授が準レギュラーとして出演依頼されたらしいんです。ひょっとしたら東城大からサクラテレビ・ニューフェイスが生まれる日も、そう遠くないかもしれません」

ちょっとヒットしたからと言って、すぐ続編ばかり作りたがる昨今のドラマ業界の冒険心の薄さ、射幸心の乏しさ、そしてオリジナリティの欠如に失望している俺ではあったが、関係者のおめでたい話となれば話は別だ。

俺が大きくうなずくと、気をよくした兵藤クンは一気にまくしたてた。

「そうなると、黒崎教授のことですから、いよいよ次は本丸の病院長選挙に打って出るかもしれませんね。前々回の病院長選挙に満を持して出馬しながら、高階病院長にこてんぱんにのされてしまってからというもの、院内政治の第一線から引き気味でしたが、ここは勝負処《どころ》でしょう。とすれば、この秋に行なわれる病院長選挙の結果如何では、病院の勢力地図が大きく塗り替えられることになるかもしれませんね」

しかしまあ、得意分野だと実に嬉しそうに話すものだ。俺は兵藤クンのよどみない院内勢力図の描き方を耳にしながら、素直に感心してしまう。ただし、いつものごとく、兵藤クンの読みには決定的な情報が欠落している。そんなことになったら、喜び勇んで病院長の職をとっとと下りてしまうのが高階病院長だし、そういう願望を長年抱えているということを知っている俺には、兵藤クンの読みが空回りするだろうということがすぐにわかった。

だが、結果的には俺はこうしてあっさり、きな臭い話題であるアリアドネ・インシデントから兵藤クンの目をそらすことに成功して、ほっとしていた。

さりげなく椅子に座り、机に積まれたカルテに手を伸ばす。そこへ藤原さんがタイミングよく珈琲を出してくれた。

俺はカルテをぱらり、ぱらりとめくりながら、兵藤クンに言う。

「で、今日ここにきた用件はそれだけなのか?」

ウワサ話なら、ここで早々に切り上げたい、という意思を明確ににじませながら、俺は言う。

何しろ俺は午後から、突然の外出を病院長直々に命じられ、いきなり多忙の身になってしまったのだ。すると、兵藤クンは身を乗り出し、俺が見ていたカルテを取り上げる。

「いきなり何をするんだ」

兵藤クンはカルテのあるページを開き、俺に返した。

「僕が今日、この部屋に伺ったのは、実はこの患者について、ご相談したかったからです」

俺は改めてカルテを見た。

渡辺金之助《わたなべきんのすけ》、疾患名は自律神経失調症、症状は起立性低血圧とある。

「ごくふつうの患者じゃないか。この人がどうかしたのか?」

「ええ、ちょっとトラブってしまいまして」

そうか、この患者の主治医は兵藤クンだったのか。俺はまじまじと兵藤を見た。

兵藤の院内における評価は、〝お調子者の廊下トンビ〟というものだ。

だが兵藤が患者とトラブルを起こすことは滅多になかった。口先から生まれたようなヤツだから、あることないことをぺらぺら喋りまくるものの、決して危険領域には近づかない用心深さも併せ持っている。だから患者受けがとてもいい。

どの医者にも相性が悪い患者というのはいるが、そうした患者を嗅ぎ分ける能力に優れているので、地雷を踏むことは滅多になかった。

「お前が患者ともめるなんて珍しいな」

「実はこの患者、モンスターなんです」

「クレイマーなのか?」

「ちょっと違います。何というか、医学知識おたくで、自分の病気に関して徹底的に調べ上げ、僕がちょっと違うことを言うと、途端に厳しく追及してくるんです」

「ほう、勉強家の患者、というわけか」

兵藤は首を振る。

「そうなんですけど、ちょっとばかり度を超しているんです。ナースステーションや医局で盗み聞きしたり、カルテを覗き見したりと、情報収集欲が半端じゃありません。何でも、昔は社会部の新聞記者だったらしくて……」

「なるほど、そいつは大変だ」

昨今、ネットの情報革命によって医療に対する社会の姿勢は大きく変わった。

そのひとつに専門職の地位の相対的低下が挙げられる。専門職が尊敬されるのは、専門知識を有しているということに力の源泉があったのだが、そうした知識がネットで労せずに獲得できる時代になってしまった。だが検索で得る知識は実体験の裏打ちがないため、あまり有効に機能せず、結局は経験がものを言う専門職の必要性は損なわれていない。だが、素人にはそのあたりの阿吽《あうん》の呼吸がわからないのだ。

つまり〝生兵法は怪我の元〟という格言を地で行く医療素人が増えているわけだ。

病気に罹《かか》ると、誰しも自己防衛本能に刺激されて知識欲を満たすモチベーションが異常に高まり、検索に力が入る。それがきわめて稀《まれ》で、かつ軽微な疾病だったりすると、専門職である医師の関心が低いため、意欲のある素人が知識量で凌駕してしまうこともある。すると診療現場で、主治医が患者から病気についてレクチャーされてしまうという悲喜劇が起こる。

そこまではまだ可愛《かわい》いものだ。

そうした検索知識の中には、あまりに尖鋭《せんえい》的すぎて、臨床現場ではまだとても使いこなせないようなものも混じっている。そんな専門家の説明を無視し、検索知識に固執し、声高に治療方針に異議を唱え、自分の主張を押し通そうとする患者がいる。

そうした患者は、密かに情報モンスターと呼ばれている。

「珍しいな、お前が逃げそびれるなんて」

兵藤はうつむいた。

「仕方がなかったんです。二次薬害だ、と断言されてしまったので……」

確かにそれは逃げ切れない。処方箋を切ってしまえば、確かな証拠を突きつけられ、口先ではごまかせないからだ。

俺は同情の視線で兵藤を見た。

その時、不定愁訴外来の扉ががたんと開いた。

「兵藤先生、卑怯《ひきょう》じゃないですか。私のことを、わからず屋の患者だと決めつけて陰口を叩くなんて。私が抗議をしているのは、兵藤先生の、私を非論理的に言いくるめようとする、そういう姿勢です。投薬後に出現した全身皮膚の掻痒《そうよう》感を何とかしていただくためにどうしてくれるのか、ということの答えを教えていただきたいのです」

俺は壁の時計を見た。時刻は、診療を予約した時間の五分前。

それから乱入してきた男性をまじまじと見つめた。

年の頃七十代。なのに「悲恋上等」と殴り書きされた真っ赤なTシャツを着込んでいる。そして、驚いたことにそのTシャツが妙に似合っている。

開口一番のご挨拶から察するに、どうやら廊下で密かに俺と兵藤の会話を盗み聞きしていたようだ。

なるほど、コイツは確かにモンスターだ。

8章　モンスターとプラシボ

7月10日午前11時30分
付属病院1F　不定愁訴外来

「……というわけで、現在の私が呻吟《しんぎん》している諸々の病状が、すべて兵藤先生の不適切な投薬をきっかけにして起こっている、ということは、ほぼ間違いないと思われるのです」

兵藤クンの受け持ち患者、渡辺金之助さんが延々と語る自らの病状を聞いていると、いつも患者の愚痴にはとことんつきあっているこの俺でさえ、辟易《へきえき》してくる。

自分の病状がすべてで、その他には一切興味がないという肌触り。これではいくら如才ない兵藤クンといえども、音《ね》を上げてしまうだろう。そして、そんな患者を俺の外来にたらい回しするとは相変わらずいい性格をしている兵藤クンなのであった。

兵藤クンのふだん無邪気なその表情が、渡辺さんの精神攻撃によってヘコんでいる様子を、俺はしみじみと眺めた。それからその視線をそのまま患者の渡辺さんに向ける。

七十代半ば、第二次大戦後の混乱期に幼少期を過ごし、高度経済成長と共に齢《よわい》を重ねてきたこの年代のお年寄りはとても達者で、今でも現役感を持っている人が多い。

渡辺金之助さんはそんな世代の代表者だ、とお見受けした。

——コイツは手強いぞ。

渡辺さんのカルテを確認する。発症時期は兵藤クンが薬を替えて二週間してからなので、薬が原因と考えるのは、医学的に見てもあながち的外れではない。だが……。

俺は渡辺金之助さんに言う。

「渡辺さんの依頼通りにして、お薬を切った時は起立性低血圧の病状が悪化していたために、ご自分からお薬を所望されたんですね」

「あの頃は、めまいがひどくて、とても我慢ができなかったんですよ」

それが悪いのか、と言わんばかりの口調だ。

いや、別に悪いとは申してはおりませんけどね、と俺は口の中でもごもごと呟く。

カルテをぱらり、とめくる。

「でもその間も渡辺さんは身体の掻痒感を訴え続けていますね。そしてご希望通り投薬を再開した後も、症状は悪化も改善もせず、そのまま続いています」

「確かにその通りですけど……」

「となれば、この症状は薬と関係ないのでは、と判断するのが医療界では常識なんですけどね」

「先生のお話は決してわからない、というわけでもない。だが、そんな常識で測りきれないのが薬害というものなのではないのですか」

う。

確かにそれは一面の真理ではある。だが……。

こうなると、渡辺さんは言葉が通じないタイプだ、と判断せざるをえない。こうした患者は〝ああ言えばこう言う症候群〟なので、何を言ってもムダなのだ。

カルテを見る限り、兵藤クンの投薬と対応は妥当なので、あとは患者自身を納得させるしかない。だが〝ああ言えばこう言う〟タイプを納得させるのは、実に難しい。

その時、ある妙案が浮かんだ。

「わかりました。では取りあえず、お薬を替えてみましょう」

「薬を替える？　そんなことをして新たな薬害が生じたらどう責任を取っていただけますか」

「切れば症状が悪化するから薬を出せ、出せば身体が痒くなるから薬を切れ、と言われたのでは、医者もどうしていいかわからなくなってしまいますよ、渡辺さん」

まず釘《くぎ》を刺した。

渡辺さんは黙り込む。

だが、これまでの対応から、どのような形にしてもクレームを言ってくる可能性が高い。

なので、ここは上手に凌《しの》がなくてはならない。

俺は薬の名をさらさらと処方箋に書き付ける。すると渡辺さんだけでなく、兵藤クンまで俺の手元を覗き込んできた。

「あれ？　それは……」

言いかけて、はっと口を押さえた兵藤は黙り込む。

その様子を見た渡辺金之助さんが兵藤を問い詰める。

「言いかけたなら、はっきり言ってください。そういうところから信頼をなくしていくんです」

兵藤は困ったような表情で俺を見た。

俺は仕方ない、というそぶりでうなずいた。

ご希望通り、ちゃんと説明しろ、ということを無言で指令したわけだ。

兵藤クンはぼそぼそ言い始める。

「この薬はゾロ薬です。製品名は違いますが、今出しているお薬と主成分はまったく同じです」

「ということは……」

考え込んだ渡辺金之助さんが、はっと顔を上げる。

「それじゃあ薬害は治らないじゃないですか」

俺は首を振る。

「そんなことはありません。私は、これまでの渡辺さんの症状から、ひょっとして主成分でなく、混入している微量成分が原因ではないかと考えたんです。なのでゾロ薬に替えれば、微量成分が変わる。そうすれば薬害はなくなるかもしれません。ですので替えてみる価値はあるんです」

渡辺さんは、俺を上目遣いで睨むように、言う。

「私の身体は薬そのものが悪さをしている、と声を上げている。もしこれでよくならなかったら先生はどうやって責任を取るおつもりですか？」

俺は渡辺金之助さんの顔を見た。そして静かに言う。

「責任なんて、取れませんよ」

渡辺さんは、くわっと目を見開く。

怒濤《どとう》の反論と非難が押し寄せてくる寸前に俺は、ぽん、と蓋をする。

「お薬というのは、もともと毒なんです。ですから正常の人は絶対飲みません。ではどうして毒を飲むのか。それは毒の害以上に、病気の状態が悪いからです。薬は毒だから身体には悪いんですが、同時に病気に対しても害になります。病気に対する害の度合いが、身体に対する度合いより強いので、お薬を飲む意義があるのです」

「だがしかし、そのことで私の身体がダメージを受けたりしたら……」

俺は渡辺さんの話を途中で遮る。

「ちょっと待ってください。私の話はまだ途中です」

渡辺さんは開きかけた口を開けたままで言葉を止める。どうやら根は素直なタイプのようだ。

俺は続ける。

「渡辺さんのお身体を治すのはお薬ではありません。渡辺さんの身体自身が治し、私たちはそのお手伝いをするだけなんです。今回、渡辺さんの身体を治す薬を見つけながら、副作用でその薬が使えなくなってしまうかもしれないという状態になっています。薬はこれまでの医学の叡智《えいち》の賜物《たまもの》で数も少なく、ひとつがダメならすぐに次というわけにもいきません。ですから微量成分によるアレルギーの可能性が考えられる以上、まずそれを除外してみる必要があるんです」

渡辺さんは頑迷な表情を浮かべながら、きっぱりと言う。

「それはおそらくムダですね。私の身体は、この薬が問題だと叫び続けていますから」

「では、もうひとつ。カルテには全身掻痒感とあります。でも、夜は眠れているようですから、我慢できない、というほどでもなさそうです。なので今回、新しいお薬は必ず二週間は飲み続けてください。でないと、診断できません。二週間後、もう一度、診察します」

俺はさらさらと処方箋を書き上げ、渡辺さんに手渡した。

「これは私の勘なんですけど、今回のお薬なら身体は痒くならないと思いますよ」

渡辺金之助さんは、釈然としないという表情をありありと浮かべながら俺を見つめたが、結局はその処方箋をひっ摑んで部屋を出て行った。

兵藤クンは閉ざされた扉をしばらく見つめていたが、やがてため息をついた。

「さすがですね。でも、僕、田口先生が、患者さんにあんなにキツく物を言ったのを初めて聞きました」

俺はうなずく。

「だろうな。俺もあそこまでキッパリ言ったのは、初めてだから」

俺が責任者を務めている不定愁訴外来では、相手の言葉に徹底的に耳を傾けるのが大原則だ。俺は忍耐力がある方で、そうしたことは苦にならない。だがそんな俺も例外的な対応をすることも、ごく稀にある。それがさっきのような、他人の言葉に耳を貸さない患者が相手の場合だ。

だが、そんな俺の姿は、ふだんの俺の患者に対する態度を見慣れている兵藤クンには、とても珍しかったのだろう。兵藤クンは怯《おび》えた目をして言う。

「でも、渡辺さんは二週間後に確実にまた文句を言いにきますよ」

俺はうなずいて、言う。

「それこそ思うツボなんだよ。だって、さっきの処方箋はプラシボなんだから」

「そうなんですか？　全然気がつきませんでした」

目を見開く兵藤クンに、俺は少し声を張り上げながら説明する。

「あれはプラシボ、つまり偽薬の院内コードの処方箋だ。片栗粉が主体で、薬物成分が存在しないヤツだから服用しても絶対薬害は起こらない。二週間後に予想通り、痒みが止まらなかったと訴えてきたらこう言えばいい。その痒みは気のせいで薬のせいではありません。なぜなら今回のお薬の成分は片栗粉ですから、とね」

そしてひと言、付け加える。

「念のため、渡辺さんに片栗粉アレルギーがないか、確認しておけ」

兵藤クンはしみじみと感心した表情を浮かべて、言う。

「田口先生って、水も漏らさぬお仕事をなさりますねえ」

兵藤クンの的外れの評価を盗み聞きして、後ろで藤原さんがくすりと笑う。

どうしてこの女性は、ほんのわずかな行動で、相手に絶大な印象を与えることに長《た》けているのだろう。俺はげんなりしながら、兵藤クンの続けた言葉に耳を傾ける。

「これなら、さすがの渡辺さんも説得できそうですね。でも、もし痒みを訴えてこなかったら、どうすればいいんですか？」

「その時は、副作用もない、身体に合ったお薬が見つかって、本当によかったですねと言えばいいだけさ」

兵藤クンは呆れ顔で俺を見た。

「いつの間に田口先生はそんな腹黒くなってしまったんですか。そんな先生じゃなかったのに」

「こうみえても、俺もいろいろ苦労をしてる、ということさ」

その時、扉の外で、かたり、と小さな物音がした。俺は藤原さんに尋ねる。

「次の患者さんですか」

藤原さんは首を振る。

「今日は今の渡辺さんで終わりです」

「それじゃあこのカルテの山は何なんですか？」

「それは三船事務長からのお届け物です。レセプトの記載漏れらしいですよ」

俺はげんなりして、病院長室で同席した三船事務長の顔を思い浮かべる。

俺のような弱小ユニットにまで、こんなささやかな取りこぼしの見直しがされているとなると、東城大学の経営が相当ピンチだというウワサはどうやら本当らしい。ホワイト・サリーの建設中断と、俺の部署の小さな取りこぼし防止が同時にやってきたことから、俺は確信した。

でも、内外共に悪いことばかりに思える中にも、いいこともあった。今日の俺は多忙だと認識していたが、見事にヒマだ。これなら高階病院長の突然の同行要請にも無理なく対応できそうだ。

そう思いながら、俺は扉の外にもう一度、意識を振り向ける。

だが、扉の外に一瞬感じられた人の気配はすでに消えていた。

俺は立ち上がると藤原さんに言った。

「島津《しまづ》のところへ行ってきます。ひょっとしたらその後、そのまま外出するかもしれません」

うなずく藤原さんを見ながら、兵藤クンも立ち上がった。

「ありがとうございました。厄介事がひとつ、解決してほっとしました」

俺は兵藤クンの肩を叩いて、言う。

「まだ、解決したわけじゃないから油断するな。二週間後の渡辺さんの再診には、お前も一緒に来るんだぞ、いいな」

「はいはい。仰せのままに」

こういう素直なところが、兵藤クンを憎みきれない部分ではある。

俺は兵藤クンを残して、一足先に部屋を出た。

自分の部屋を出た俺が向かった先は、放射線科准教授にしてAiセンター副センター長、そして俺の昔の雀友である島津が棲息する地下の画像診断ユニットだった。

9章　マサチューセッツ医科大学上席教授・東堂文昭

7月10日午後3時
羽田空港国際線ターミナル

島津の地下ユニットを訪れるのは、およそ一カ月ぶりだった。

以前と寸分たがわず、特別ユニットには立ち入り禁止の黄色い規制線が張られたままだ。

ここは特別な検査のため急遽《きゅうきょ》しつらえられた場所で、縦型ＭＲＩ・コロンブスエッグを設置したものの、稼働しないままトラブルになり結局、一度も使われず廃棄されてしまった、といういわくつきの場所だった。

だがもともと、この部屋はコロンブスエッグが搬入されるまでは島津のおもちゃ箱と呼ばれた物置だったし、コロンブスエッグ搬入後は一度も稼働しなかったから、ユニット奥の部屋が規制で立ち入り禁止にされても、実際の診療にはほとんど影響はなかった。

読影室に入ると、島津がモニタを前に、腕組みをして難しい顔をしていた。

「どうした？　何か悩んでいるみたいだな」

俺が声を掛けると、島津はひげ面の顔を上げ、笑顔になる。

「これはこれは、Ａｉセンター長さま直々のお出ましですか。副センター長のわたくしめに、何かご用命がおありですか？」

俺は島津を拳でこづく。

「ご挨拶だな。それじゃあまず何をそんな難しい顔をして悩んでいるのか、教えてもらおうか」

島津は一瞬、難しい顔になるが、すぐに顔を上げてうなずく。

「この件は、Ａｉセンター長には知っておいてもらった方がいいかもな。実は俺が今見ていることの画像は、虐待児のＡｉ画像なんだ」

ちらりと見て、幼児サイズのＣＴだ、ということ以外はまったくわからなかった。少なくとも俺のレベルの読影力では、異常所見はまったく認められない。

島津が言う。

「この症例は、とある県警に持ち込まれ、親が言うには単に階段から落ちたという。だが証言に不審な点がありり司法解剖になった」

「それで？」

「その法医学教室はＡｉを導入していた。そこでＣＴを撮影し骨折がないと判断、解剖結果と合わせ、虐待はなかったと結論づけたんだが……」

島津はあるポイントを示した。

「実は不自然な骨折が見つかった。頭蓋骨の一部だ。縫合線に隠されて見落としがちだが、こんなところはふつう骨折しない。明白な虐待を疑う所見だが、法医学者は司法解剖でも見逃した」

「何でそれがここに来たんだ？」

「捜査担当者の熱意の賜物だよ。司法解剖で虐待はないと判断されたから、ひっくり返すのは難しいが、現場の捜査官がＡｉでの再チェックを思いついたらしい」

「で、結局Ａｉが、司法解剖が見落とした虐待所見を発見してしまったわけだな。どうするつもりなんだ、これ？」

「もちろんすぐ依頼者の捜査官に事実を伝えたさ。だが捜査本部も対応に苦慮してるらしい」

俺はしみじみと画面を見る。

「こんな微細な所見だと、臨床医の俺でも見落としてしまうかもな」

「だからこそ専門の放射線科医が読影しないととんでもないことになる、と警告し続けているんだ。臨床医の行灯《あんどん》だってそう思うだろ？　それは当然だ。ましてや法医学者は普通の臨床医よりも読影力が低い。法医学者が眺めただけで誰にもコンサルトしなければ、とんでもない見逃しが山のように出るだろう。だが問題の本質はそれだけじゃない」

まだあるのか、とげんなりしながら、俺は島津の言葉を待つ。

島津は続けた。

「法医学者が仕切ると捜査情報ということで画像情報が隠蔽されてしまう。本来ならこうした情報を共有することで、医学界全体の診断能を高めていくことが必要なのに、司法解剖領域だと情報が閉鎖系に閉じ込められてしまうから、そうした医学的な進歩ができなくなってしまう」

そして島津は顔を上げる。

「だからAiセンターを創設し、そこでこうした情報を統合診断し、必要な情報は医学界全体で共有できるシステムを作るのはいいことだし、何より今、社会が必要としていることなんだ」

「事件が見過ごされてしまったら、死者は浮かばれないからな」

俺の脳裏に、ある友人の死がよぎる。島津の脳裏にも同じ面影が浮かんでいることを俺は確信していた。島津は感情を抑制するかのように、淡々と続けた。

「解剖しなければ事件を見逃すから解剖しろと法医学者は言うが、この症例でも明らかなように、解剖をしても見逃す事案がある。そんな時、別系統からAiでチェックすれば見逃しが減る。それなのに法医学者は頑として、そのシステムに同意しない。その理由がわかるか、行灯？」

俺は首を振ると、島津はモニタを指さして、言う。

「現実に、こういう症例が出現してしまうからさ。司法解剖が真実を見逃した実例だ。この件を、今の法医学者たちが望んでいるシステムで対応したらどうなっていたと思う？　Ａｉの情報は表に出ず、所見を見逃した法医学者はそれに気づかず、虐待死亡事件が一件見逃され、同じような悲劇が延々と繰り返されただろう。つまり……」

言葉を切った島津は、俺の目を見つめながら一気に言い放つ。

「Ａｉを法医学者が自分たちの領域に留めれば、真実は見逃される」

俺は反射的に尋ねる。

「どうして法医学者たちは、エラーが出るとわかり切っている、そんな未熟なシステムに執着するんだ？」

すると島津はあっさり答えた。

「その代わりに法医学領域に傷がつかなくなるからさ」

俺は唖然としてぼそりと言う。

「つまり法医学者の一部は、自分たちの保身のために、自分たちの領域に社会的に有用なＡｉを封じ込めてしまおうとしているわけか」

島津はうなずく。

「法医学者の中にはＡｉという名前にアレルギーを示し、Ａｉセンターに非協力的な姿勢を示す連中が少数いるが、なぜかそういう連中は学会の上層部に多い。彼らは、市民社会に有用な死因究明制度を作ることではなく、自分たちの領域の権益を保全したいだけなんだ」

「あさましい話だな」

「だが彼らは自分たちの姿が白日の下に晒されているという自覚がない。だからこうしたことを垂れ流しても平然としていられるわけさ」

島津は一気に吐き捨てると、立ち上がる。

「それじゃあ行こうか、行灯」

「行くって、どこへ？」

「高階病院長の命令だろ。午後一時に病院玄関前に集合って」

俺はすっかり忘れていたスケジュールを思い出す。

「ということは、ひょっとしてお前も？」

島津はうなずく。

「行灯がここに来た時から、今日の件はＡｉセンター絡みだとわかったぜ。もっとも行灯がそのことをすっかり忘れているとは夢にも思わなかったけどな」

俺は肩をすくめた。そしてふたり連れ立って部屋を出ながら俺が言う。

「ランチを食べ損ねたな」

「俺にとっちゃ、いつものことさ。放射線科医の業務は薄利多売、貧乏暇なしだからな」

そして島津はぽつんと続ける。

「行灯とそろって病院長に呼び出される時は、ろくなことがないから気をつけないといかんな」

玄関には黒塗りのハイヤーが止まっていて、俺たちが姿を現すと後部座席の窓がすうっと開いた。狭い窓から顔を出し、高階病院長が手招きをしている。

俺と島津が車に乗り込むと、車は静かに発進した。

高階病院長が言う。

「お忙しいおふたりに、突然ご同行いただいたわけですが、今日はもっと忙しくなりますよ」

高階病院長が悪戯っぽく笑う。島津が尋ねる。

「一体どこへ、何しに行くんですか」

「行き先は羽田空港。用件は客人のお迎えです」

「羽田というと、薩摩《さつま》大か極北《きよくほく》大からの客人ですか？」

島津の問いに、高階病院長はうっすら笑って答えない。

やがて、ぽつんと言う。

「おふたりには申し訳ありませんでしたが、突然こんな羽目になってしまったのは、私のせいではありません。昨晩、突然にフライトスケジュールが送られてきたんです。二週間以上も前からスケジュールを知らせてほしいと要請はしていたんですけどね」

深々とため息をついてうつむいていた高階病院長は、顔を上げると無理に明るく振る舞っているという様子がありありの顔で続けた。

「まあ、愚痴っても仕方がないですね。何しろあのお方が私の言うことを聞いてくれたことなど、これまで一度だってないんですから」

車中に一瞬、諦念と好奇心が入り交じった、奇妙な空気が流れる。東城大の阿修羅、高階病院長をしてここまで言わさしめる相手とは、一体何者なのだろう。

やがて車は首都高速を降りると、羽田空港に向かう。だがその行き先は、第一ターミナルでも第二ターミナルでもなかった。新しくオープンした国際線ターミナルだった。

俺と島津は、すたすた前を歩く高階病院長に遅れまいと、その後を追った。

午後三時。

✡

高階病院長と島津、そして俺の三人は、羽田空港の入国エントランスで賓客を待っていた。

周囲を見回した島津が言う。

「空港全体がざわついていますけど、何かあるんですかね」

銀傘の天井に多国籍語のアナウンスの声が雑音のように響いている。周囲にはテレビカメラが数台見かけられた。有名カップルが海外お忍び旅行から帰国するのかもしれない、とふと思う。

やがて大きな荷物を持ったアングロサクソンたちが続々と姿を現す。その先頭を切って颯爽《さっそう》と姿を現した大柄な男性に、俺たちの周囲にたむろしていたカメラクルーが一斉に殺到した。

立派な口髭《くちひげ》をたくわえた、カウボーイハットの男性を見た時、一瞬、ハリウッドスターが来日したのかと思った。それくらい、男性の体格は日本人離れした立派なものだった。

カメラのストロボが光る。マイクを突きつけるクルーがうわずった声で質問する。

「今回、帰国なさった理由は何でしょうか？」

「新しい研究課題はどこをフォーカスされるのですか？」

まとわりつく大勢の人々をかき分けて、男性は周囲を見回す。

その視線がぴたりと俺、島津、そして高階病院長に向けられた。

背の高い男性は、カウボーイハットと一緒に右手を挙げ、こちらに挨拶した。そしてこっちに向かってずんずん歩み寄ってくる。

インタビュワーが男性に追いすがり、問いかける。

「今年はまだノーベル財団から打診はないのですか?」

男性は振り返ると、にやりと笑う。そして一気に喋り出す。

「ソーリー、ミーはアメリイカ暮らしが長あくて、日本語よくわかりませえん」

群がるメディアクルーを吹き散らし、男性は高階病院長に右手を差し出し、ウインクをする。

「わざわざの出迎え、センキュー・ベリーマッチ」

小声でそう言われて、高階病院長は肩をすくめる。

「それは構いませんが、どうしてわざわざ香港経由にしたんですか? そのおかげで羽田到着になったものだから、メディアが大挙してやってきてこの騒ぎですよ」

カウボーイハット姿の男性は人差し指を左右に振り、ちっちっち、と舌打ちをする。

「ミーが香港みたいな、消費に塗《まみ》れた欲望の街になんか寄ったりするもんか。香港経由だが、立ち寄ったのはマカオだ。帰国ついでに、カジノで大儲《おおもう》けしてきたのさ」

「見栄を張るのはやめてください。あなたがギャンブルで勝った姿など、これまで一度も見たことないんですから」

男性は口髭を撫《な》でながら、にやりと笑う。

「それでもミーの勝ちなのさ。ミーのところに偏在する巨万の富を、適切に世界に還流するための事業に成功したんだからな」

その流暢な日本語に、思わず俺は口を挟んでしまった。

「あのう、先刻のお話では確か、日本語はあまりお得意でないのでは?」

男性は俺の顔をまじまじと見つめた。やがて、俺が真顔で言っているのだとわかると、大笑いを始めた。その笑い声がローマ字で吹き出しに書かれたアメリカン・コミックの悪役の高笑いのように、HAHAHAと聞こえたのは、単に俺の先入観のせいだろう。

男性は近くをうろつく集音マイクに拾われないように、小声で言う。

「ゴン、一体誰なんだい、このユーモアあふれるボーイは？」

「お気に召しましたか？　この方こそ東堂《とうどう》先生の上司となる、田口公平《こうへい》・Aiセンター長です」

満面の笑みを浮かべて応えた高階病院長は俺と島津に向かって、男性を紹介する。

「この方は日本人で今、ノーベル賞に一番近いと言われている、東堂文昭《ふみあき》・マサチューセッツ医科大学上席教授です」

コイツが東堂か。

かつてAi創設委員会が立ち上がった直後、委員として参加表明しながらも、身辺の整理に時間がかかるため、後日合流すると表明していた人物だった。革製ベストのチョッキの襟を両手で引っ張るその仕草は、まさしくヤンキーそのものだ。その東堂が、いきなり日本語下手のアメリカン・コミック風悪役の口調で、右手を差し出してきた。

「オウ、そうデスか。どぞ、よろしく」

俺は、差し出された右手を握りながら、東堂の後ろで回り続けているテレビカメラがどうにも気になって仕方がなかった。すると東堂は俺にウインクを投げかけ、小声で言った。

「マイボーイ、さっそく頼みがある。後ろでワンワンとやかましい銀バエ共を追っ払ってくれ」

東堂の言葉を受けて、高階病院長は、俺に言った。

「では、どうか私にそのようにご指示をしてください、センター長」

高階病院長に、〝センター長〟などと持ち上げられると、背筋がぞわぞわしてしまう。

「嫌がらせはやめて、とにかくこの場を何とかしてください」

「承知しました、センター長」

高階病院長はうなずくと、東堂の背後にいるテレビ局の取材陣に向かって言う。

「今回、東堂上席教授を招聘《しょうへい》した、東城大学医学部付属病院病院長の高階です。三時間後の午後六時、東城大で正式に合同記者会見を開催します。質疑応答はその場でお願いします」

その言葉を聞くやいなや、東堂の周りに参集していたクルーたちは一斉に姿を消した。

まったくもって、高階病院長が人々をあやつる手腕は大したものだ。


助手席には大柄な島津が座り、後部座席には大の大人が三人並ぶという、ぎゅうぎゅう詰めの車中で、来日したての東堂上席教授から、俺は質問攻めに遭わされていた。

「研究キャリアは?」「画像診断における専門領域は?」「ユーのインパクトファクターは?」「現在のターゲットは?」「Aiセンターの理念は?」「センターの経営方針は?」

驚いたことに東堂上席教授の質問に対する俺の回答は、終始一貫して同じひと言で済んだ。

「特にありません」

マシンガンのように連射される質問のほとんどに、同じ万能回答で対応できたという事実から、俺と東堂上席教授の相性の良さ（あるいは悪さ?）をひしひしと感じていた。

俺たちはうまくやれそうだ。ただし東堂上席教授が俺の存在を許容してくれれば、の話だが。

東堂はカウボーイハットを俺の頭にぽふん、と載せると、俺の左隣の高階病院長に言う。

「ヘイ、ゴン、こんなのがミーの上役になるのか?」

至極もっともな指摘だが、本人の前で〝こんなの〟などと堂々と言える点で、やはり東堂には次期ノーベル賞受賞候補の資格があるということを納得させられてしまう。

そもそも初対面の俺、しかもかりそめにも一応は上司になるであろうこの俺の頭を帽子置きにしようという発想自体、常人離れしているわけで。

雑魚は視界にすら入れず、ただ蹴散らすのみ。

蹴散らされた雑魚にさえ、その傲慢な態度を納得させてしまうのだから、大したものだ。

「東堂先生が物足りなく思うのは織り込み済みです。東堂先生であれば日本のたいていの医師を物足りないと思うはずで、その点はどうかご寛恕《かんじょ》を。でもたぶん、田口先生は東堂先生に未知なる領域の貴重な体験を提供してくれるかもしれませんよ」

手放しで褒めているようで、その実は大したこともない、皮肉のスパイスばかりがよく利いた紹介を耳にして、東堂上席教授は急に俺に興味を抱いたようだ。まったく迷惑千万な話だ。

「アイシー。ええと、田口コウエイ？」

「田口公平です」

「タグーチ、タグッチ、タグタグ、コーヘー、コー、ヘー」

なにやら人の名前を分解してぶつぶつ言っていたが、ようやく得心がいったらしく、俺の顔を見ながら、言った。

「ＯＫ、公平ボーイ、フォー・ザ・タイム・ビーング、ユーアー・マイボス」

こんなの、という不定形の代名詞から、今度はいきなり超格下のボーイ呼ばわりか、などと思っていたら、最後にはなんと最上級クラスのマイボスに一気に格上げ。そのめまぐるしいアップダウンに目眩を感じながら、ところでフォー・ザ・タイム・ビーングってなんだっけ、とぼんやり考える。こっそりポケットから携帯電話を取り出しネット翻訳してみたら、〝とりあえず〟という意味だと判明したため、とりあえず納得する。

「東堂先生、ようこそ東城大学医学部へ。私は田口の同僚、副センター長の島津です。二年前、シカゴの国際画像診断学会で、ファンクショナルMRIの時相変換の特殊公式についてシンポジストとして、同席させていただきました。覚えていらっしゃいますか?」

島津が張り合うように、そう挨拶をすると、それまでそわそわと落ち着きがなかった東堂上席教授が、ぴたりと動きを止めた。

「シカゴでのファンクショナルMRIシンポジウム……レッツ・シー……」

やがて茫漠《ぼうばく》としていた東堂の視線がぴたりと焦点があったような表情になる。

「ユーだったのか、あの時のファッキン・ファンキーなシンポジストは」

隣で聞いていた俺は、それが褒め言葉なのか貶《けな》しているのか、さっぱりわからないまま、島津の顔を盗み見る。島津は顔色ひとつ変えずに応じる。

「覚えていてくださって光栄です」

「そりゃ、忘れられないさ。といってもユーの顔のことではなくて、発表内容について、だがね。あんなプリミティヴな公式転換を思いつくだけでも大した才能なのに、それをプリミティヴなまま堂々と公衆の面前にオープンしてしまうんだからな」

大笑いで応える東堂上席教授に、島津は悪びれずに答える。

「確かに後で振り返ってみれば、あの理論は未熟なところが多すぎました。でもあれから改造して、かなり堅実なものになったと自負しております」

「C列マトリクスのリーマン変換をかました後、通常の逆演算でもかけてみたのかな?」

島津は呆然とした表情で、東堂を見る。

「どうしてそれを……まだどこにも発表していないのに」

東堂上席教授は人差し指を立てて、左右に揺らしながら、ちっちっと舌打ちをする。

「ダメダメだな、それくらいはシンポジウムの最中に気づかなくちゃ、な。ちなみにミーは、あのディスカッションの最中に、そこまでたどりついたがね」

俺はそのやり取りを聞きながら、発表者の顔は全然覚えていないのに、発表内容についてはこれほどまでに詳細に記憶している東堂上席教授の頭脳に密かに賛嘆する。

「それならなぜ、その場で指摘してくださらなかったんですか？」

島津は顔色を変え、東堂をなじる。

それはそうだろう。そうすれば二年の月日をムダにすることはなかったのだから。

すると、東堂はちゃらっと答える。

「ユーはあの逆演算でストップしてるのか。それくらいはすぐにクリアするだろうと思って放置したが、悪かったね。じゃあポイントを教えよう。あそこでもう一度リーマン変換をかませば、ミーがあの場でユーの可能性を完全否定しなかった理由はわかるはずだ」

考え込んだ島津は、あ、と小声を上げる。

「どうした？」

「なんてこった、解けた、解けちまった」

助手席でひとり頭を抱えた島津の隣で東堂上席教授は膝を抱えて楽しげに鼻歌を唄っていた。よく聴くとその旋律は、浦島太郎の童謡のメロディだ。

その時、〝ピーキー〟という単語が俺の胸中をよぎった。

ピーキーとは、車のエンジンなどが、ある限定的な状況下では高いパフォーマンスを示すが、そのエリアを外れた途端、極端に性能がダウンしてしまうという挙動を表現する形容詞だ。

東堂の言葉を聞くと、その形容が彷彿《ほうふつ》とさせられる。

まあ、ピーキーと正反対の〝フラット〟という単語がぴったりの俺には、東堂が手に余る存在になるであろうことは、今さら言うまでもないことだが。こんなピーキーなヤンキー気質の大物を部下にして、俺の胃袋は保《も》つだろうかと不安になる。

「そうだ、さっきのマイボスの質問に対する回答だがね」

誰も返事をしない。マイボスって誰だろうと考えていたら、東堂は俺の顔を見つめて言う。

「自覚がないな、マイボス。ミーを招聘したのは、たとえ実体がゴンであっても、形式上はユーなんだろ、公平ボーイ。だからミーがマイボスと言えば、ユーしかいないんだよ。ミーのボスになる以上、そのあたりはきっちり自覚してもらいたいものだ」

俺は動揺し、小さく、何でしたっけ、と問い返す。東堂上席教授は唄うように言う。

「ユーがさっき、言った質問だ。ミーの日本語は不自由じゃないのかっていう、アレだよ」

俺は、自分の短期記憶の地層の中から当該質問を発掘して、ああ、とうなずく。

「メディア対応はめんどくさいから、ミーはメディア露出しない。英語圏以外では、その国の言葉が話せないふりをしてごまかしてるのさ、ＨＡＨＡＨＡ」

東堂は口髭を撫でながら、相変わらずのローマ字笑いだ。俺の左隣の高階病院長が顔をしかめて付け加える。

「タチの悪いお方です。日常会話レベルでは、十数カ国語がぺらぺらなくせに」

「その通りなんだが、周囲の評価では、ミーの言語能力で一番レベルが低いのが日本語だというのは本当さ。日本語は非論理的なグラマー体系を有しているから、ミーのメディア対応は、その文法骨格自体が持っているレベルの低さを一般変換して、誇張して伝えてるだけなのさ」

うう、何というピーキーな説明だろう。ちっとも意味がわからない。

東堂は、周囲のとまどいを置き去りにして、運転手に話しかける。

「ヘイ、このモニタはお飾りなのか？　テレビを見たいんだが」

「お手元のリモコンでチャンネルを選べます」

高階病院長がリモコンを渡すと、東堂はチャンネルを回し始める。その手は、とある番組でぴたりと止まる。

画面の中では、もうもうと立ち上る白い煙の中、美男美女が抱擁していた。

「これはどういうドラマなんだね？」

「『霧のロミエッタ』の再放送ですね。前クールの好評ドラマの夕方の再放送枠のようです」

俺がそう答えると、高階病院長が淡々と補足説明する。

「当時、一番視聴率の高かったラブロマンスです。ラストシーンが必ず霧の中になり、こじつけで霧の中にする設定がバカ受けしていたんです。この回は『駅ホームでの霧のロミエッタ』ですね。うーん残念。たぶん二日後だったらお迎えにぴったりの回だったんですが」

それは番組の中でも特別に高視聴率だった、黒崎教授出演の回のことに違いない。いつの間に、霧のロミエッタ情報にここまで通暁したのだろう。

おそるべし、高階病院長。

「ところでこの番組がどうかしましたか？」

高階病院長がぽつんと尋ねると、東堂は満足げにうなずいた。

「ミーの目に留まった番組が、視聴率ナンバーワンでよかった」

「どうしてですか？」

「ミーにとって番組の中身などどうでもいいんだ。その番組に人気があるかどうか、番組が放つオーラで見分けることが目的だからな。ザッピングした中でこの番組が一番強いオーラを放っていた。だからこの時間帯で一番だと思ったんだが、オールタイムでもナンバーワンだったのか。それは結構だ。こうやってミーは自分の嗅覚を確かめているんだ」

「それほどまでに鋭敏な感覚を持ち合わせているお方が、どうしてギャンブルになると勝てないんでしょうかねえ」

ちくりとひと刺しした高階病院長の言葉を、東堂は軽くスルーした。

俺と島津は顔を見合わせる。

東堂の能力もさることながら、人気ドラマに通暁している高階病院長の視野の広さにも驚愕させられた俺だったが、同時にもうひとりの俺がささやきかけてくる。

それって単なるミーハーなのでは？

頭を振ってそのささやきを追い出そうとした時、ふいに横を向いた東堂が高階病院長に言う。

「ヘイ、ゴン、この要請を受けるにあたり、是が非でも認めてもらいたい条件がある」

「何でしょう？」

「さっきから話していると、マイボスはいささか頼りないし、隣のボンクラな同僚の島津ボーイはミーと同じ肩書きだが、実力差がありすぎる。これで彼らとミーを同列に扱うというのはあまりにも不適切、そしてミーに対してはいささか非礼ではないか？」

車内の東城大のスタッフ三名は、三者三様にむっとしながらも、各々の立場から東堂の言葉を検討し、そのクレームは妥当だと判断せざるを得ない。

なので俺たち三人は仕方なく、同時に一斉に首を縦に振る。こういう潔さが俺たちの美点だ、などとぬけぬけと考えるくらいしか、もはや俺たちが東堂に対抗する術は見当たらなかった。

高階病院長が代表して質問する。

「では、どうすれば東堂先生の気に入ってもらえるのですか？」

「そうだな……」

東堂上席教授は、隣に座っている俺の頭に載せたカウボーイハットの掛け紐《ひも》をいじりながら、何やら考え込んでいる。次の瞬間、目を開けてあっさりと言う。

「せめて、肩書きくらいは変えてほしいな」

「どんな風にすればいいでしょうか？」

すると、東堂上席教授はさらりと答える。

「いかにもミーらしい、カッコいいヤツがいいな」

「ではスーパーバイザー、なんていかがでしょう。スーパーなアドバイザーですから、ビッグな東堂先生にはぴったりかと」

高階病院長が即座に提案すると東堂は口の中でもごもごと復唱した後、ぽつりと言う。

「決して悪くはないが、今ひとつインパクトに欠けるな。もうひと声、ほしいな」

「では、出血大サービスでスペシャル・スーパーバイザーでは？」

何がサービスなのか、よくわからないが、高階病院長がそう言うと妙に神々しく聞こえるから不思議なものだ。ピーキーヤンキー・東堂は再び考え込む。

「できればもう一歩踏み込んでほしいな。そうだな、例えばウルトラ・スーパーバイザーなんてどうかな？　あまり押しつけがましくないし、責任を取らなくてもよさそうだし、はるばる米国からやってきました感もあってよさげだと思うんだが」

ウルトラ・スーパーバイザー、直訳すれば超上席相談員、か。

なるほどねえ、と俺はひとり呟く。

だが、東堂の意思とはうらはらに、その響きはかなり押しつけがましく聞こえる。

でもまあ、本人がよければ構わないのだろう。

というわけで高階病院長は即答する。

「私は、マイボスが了承さえすれば一向に構いませんが」

間髪入れずに島津も同意を表明する。こうして決定権は最終的には俺に委ねられた。

もとより俺が文句を言えるはずもない。俺はうなずきながら東堂に語りかける。

「もちろん承認します。よろしくお願いします、東堂スーパーバイザー」

「ノウ。ウルトラ・スーパーバイザー、だ」

「OK。ナイス・トゥ・ミーチュー、ウルトラ・スーパーバイザー・トードー」

すると東堂スーパーバイザーは、再び不機嫌な顔つきになって、言う。

「その発音だとローマ字表記はTODOになってしまう。ミーはトドではない。トウドウ、だ。TOUDOUとしっかりとUを入れて発音してほしい。もちろんウムラウトはナシで、だ」

トドと呼ぶな、と言うなど案外、肥満気味の体格を気にしているのかもしれない。

俺はそのことを後部座席の真ん中の席で実感させられていた。俺の身体は煎餅《せんべい》状態にされていた。もっともそれは身体的圧迫感もさることながら、精神的重圧感も加味されていたのだから。

だが、ドイツ人でもないのに、ウムラウトが出てくる理由はまったく不明だ。十数カ国語を自在に操るうちに言語の境界線が溶け、スクランブルエッグ状態になっているのかもしれない。

でも、東堂が俺にそういうクレームをつけるのなら、こっちにも言いたいことがある。

俺の名は〝コウヘイ〟であって、〝コーヘー〟ではない。それはトードーと同等の言い分のはずだが、東堂は俺に非礼を働いたことなど微塵《みじん》も感じていないようだ。

だが俺は、東堂の滑ったジョークと、俺に対する無配慮はスルーし、社交辞令と依頼事項だけに応答した。

「ＯＫ。グラットゥ・ミーチュー（お目にかかれてうれしいです）、ウルトラ・スーパーバイザー・トウドウ」

東堂は満足そうにうなずいて、右手を差し出した。

「よろしくな、マイボス」

隣で聞いていた高階病院長が重ねる。

「よかったですね、マイボス」

げんなりした俺は、高階病院長に言う。

「私もひとつ、お願いしたいんですが」

何でしょう、と表情で返してきた高階病院長に、俺は言った。

「高階先生までマイボスと呼ぶのはやめていただけませんか？」

場が静まり返った。次の瞬間、車中は大爆笑の渦となった。その中で、高階病院長が言う。

「わかりました。以後は田口先生のご意思を尊重しますよ、マイボス」

車は夜の闇の中を、俺の不安、島津の絶望と希望、高階病院長の吐息混じりの諦念、そしてひとりご機嫌な東堂ウルトラ・スーパーバイザーの鼻歌を一緒くたにして運びながら、まっしぐらに桜宮へ向かって走って行くのだった。

10章　東堂サプライズ

7月10日午後5時
桜宮岬

桜宮岬に建設されたAiセンターに、我々を乗せたハイヤーが到着したのはそれから二時間後、陽が傾き、夕闇の帳《とばり》がほんのりとあたりを包み始めた頃だった。

夕闇の中、薄青い空にグレーに浮かび上がったのは、天空に屹立《きつりつ》するジャックナイフのような塔の輪郭だった。東堂はしみじみと塔を眺めていた。

やがてぽつんと、「スネイル（かたつむり）」と呟くと、俺に向かって言う。

「このタワーはシャープにしてグロテスクだな」

その言葉に俺は呆然とする。

この塔のフォルムが、かつてこの岬を睥睨《へいげい》していた碧翠院のフォルムを踏襲したらしい、ということは、当然ながら東堂は知る由もないはずだ。にもかかわらず、碧翠院が持っている秘められた怨念を一発で、そのフォルムのミミックから嗅ぎ当ててしまうとは。

俺は東堂の鋭い嗅覚に感心する。

車から降りる時、東堂ウルトラ・スーパーバイザーは、とりあえず俺の頭に載せていたカウボーイハットを取り上げ、自分の頭に載せた。その行動の真意を忖度《そんたく》すれば、どうやら俺は単なる帽子置き場から、マイボスという名の地位に多少なりとも近づいたところまでは出世させてもらえたようだ、とも思ったが、あるいはそれは単なるうぬぼれかもしれない。

それにしても、記者会見の開始時間まで一時間を切っている。

気が気ではない俺の隣で、東堂ウルトラ・スーパーバイザーと高階病院長は、のんびり海風に吹かれながら、完成したばかりのＡｉセンターを見上げていた。

目の前に聳《そび》え立っているのは、ガラス張りの瀟洒《しょうしゃ》な塔だ。そのガラスはジュラルミンが裏打ちされ鈍い銀色に輝いていて、重厚感が強い。その姿が目の前に広がる平べったい桜宮科学捜査研究所と合体すると、尾を屹立させたサソリにしか見えない。

「ファンタスティック。ここがミーの職場なのか？」

東堂が両手を広げて言うと、高階病院長はうなずく。

「ここも拠点になりますが、東城大学の画像診断ユニットに遠隔診断ネットを構築しますので、大学でも業務が可能になります」

「ＷＡＯ（ワオ）、そいつはすごい。一発で気に入りはったどすえ」

なぜに京都弁？　東堂の常人離れした独自の言語体系についていくので精一杯の俺ではあったが、とりあえずノーベル賞候補最右翼の大物に気に入ってもらえたようで、ほっとする。

東堂スーパーバイザーは高階病院長に尋ねる。

「そういえば先日送ってもらった設計図を検討したが、一階にムダな空間があったよな。たぶん居室だと思うんだが」

「そんなもの、ありましたっけ？」

「間違いない。それとゴン、お前はＡｉセンターのブラッシュアップのため、メディアの注目を集めたい、という話もしていたはずだが」

「いかにも、そのように申し上げましたけど」

「それならリクエストがある。一階奥の部屋を三つ、潰してミーにくれ」

「え？」

太っ腹で鳴らしている高階病院長も絶句した。東堂は、続ける。

「帰国前に、センターの設計図を見たが、一階に無意味な居室がいくつかある。それをまとめて大部屋にして、そこにマンモスを投入するんだ。そうすればリピーターが増えるだろ」

Ａｉセンターはアミューズメント・パークではないから、マンモスの剥製《はくせい》なんか展示してリピーターを増やそうと考えること自体、的外れに思える。それに冷静に考えればＡｉセンターは死者の死因を検査するセンターだから、そこのリピーターとはゾンビになるだろう。

そんなくだらないことを考えながら隣の高階病院長の顔を横目でちらりと見ると、呆然として東堂スーパーバイザーをぼんやり眺めている。

やがて我に返った高階病院長は息を整え、東堂に語りかける。

「それは難しいですね。Ａｉセンターのこけら落としの記念祝賀会を一カ月半後の八月末に予定しています。そこで内外のメディアにアピールするつもりなんですが、今から改装工事をしていたら、とても間に合いません」

「ドント・ウォーリー、突貫工事をすれば間に合う。材料もマサチューセッツで調達済みだ」

高階病院長は唖然として、東堂を見る。

「それはつまり設計変更の許可を得ずに改築準備を勝手に決めてきたということですか？」

「まあ、そういうことになるのかな。余計な手間が省けて嬉しいだろ、ゴン？」

「いい迷惑です。すべては八月のシンポジウムに照準を合わせていたんですから」

東堂スーパーバイザーは夕闇の中、高階病院長に言う。

「オウ、ゴンよ、相変わらず肝っ玉が小さいヤツだなあ。それでは遅い、トゥー・レイトなんだ。ミーの提案を呑めば、センターの注目度が格段にアップすることがまだわからないとは」

そんな風に罵《ののし》られても、俺たちはまだ肝心の中身を聞かされていないんですけど。

この俺でさえすぐに気づいた、そんな初歩的なツッコミなのに、なぜか高階病院長は口にしようとしない。その代わり、深々と大きなため息をついた。

「またいつもの大ボラですか」

高階病院長がそう言うと、東堂は大仰に両手を広げて言う。

「失礼なコトを言うな。大ボラとは実現しない、でかい話を言う。ミーの話は気宇壮大なだけで、いつだって実現させてきたから大ボラではない」

「う。まあ、そう言われればその通りですが」

高階病院長が一方的にやりこめられるという図は、つきあいが長い俺も初めて見た気がする。

高階病院長は気を取り直して、言う。

「一応、お話は伺いましょう。一階奥の三部屋を潰してマンモスを投入する、というところまでは理解しました。ですが、そもそもそのマンモスはどこから連れてくるんですか？」

東堂スーパーバイザーは高階病院長を見つめて、言う。

「ゴン、ユーはアナロジーという修辞法を知らないのか？　いくらミーが常識はずれでも、さすがにAｉセンターという医学施設に本物のマンモスを住まわせようなどとは考えないぞ。まさかそんなことを本気で信じていたわけではあるまいな？」

まさしく、ああ言えばこう言う、の見本みたいなやり取りだ。

高階病院長は出かかったしゃっくりを無理やり飲み込まされたような顔になる。

小声で島津が俺にささやく。

「高階病院長がここまで軟弱で弱腰だったとは意外だな」

いや、いくらなんでもそれは違うだろう。

東堂がマンモスを連れてくると言えば、本当に連れてきそうに思えるし、そのあたりの論理破綻だって、いくらでも言いくるめてしまいそうな強引さが感じられた。なので、高階病院長の受け答えを軟弱だと決めつけてしまうのはちょっと気の毒だ。

だからと言って、俺は高階病院長を声高に擁護するつもりでもないのだが。

東堂は、俺たちが黙り込んでしまったのを見て、意外そうな顔で言う。

「なんだなんだ、シケた面して。もっと喜んでくれよ。Aiセンターというスリリングな企画に一枚噛ませてもらう手土産に、ミーがこうしてビッグなプレゼントを用意してきたんだから」

ピーキーヤンキー・東堂はハイウインドに乗って突っ走るマニッシュ・タイプの天才らしい。

俺は、暮れなずむ灰色がかった空を見上げながら、そのジェットコースターみたいなスピードについていけなくて、途方に暮れる。

高階病院長はかろうじて、東堂ウルトラ・スーパーバイザーの言葉に口をはさむ。

「ビッグマウスの東堂さんに、ビッグなプレゼントなどと言われると、小心者の私など、それだけでビビってしまいます。ところで我々は、肝心のプレゼントの中身をまだ教えてもらっていないので、喜びようもないんですけどね」

すると東堂は満足げにうなずいて、言う。

「そうだろう、そうだろう。聞いて驚くなよ。ミーのプレゼントはマンモスの剝製などではない。マンモスＭＲＩマシン、『リヴァイアサン』だ」

「何ですって？」

これまで黙って話の経緯に耳を傾けていた島津が、いきなり悲鳴を上げる。

「世界に3台しかない9テスラのマンモスマシン、リヴァイアサンがやってくるのですか？」

東堂スーパーバイザーは島津の興奮に触発されたように、早口で言う。

「その通り。これで日本の核磁気共鳴研究は飛躍的に進歩することだろう」

すると島津が高階病院長に向き直って、言う。

「これは東城大学医学部の総力を挙げて実現すべき企画です。このチャンスを逃したら、日本には二度と超高磁場核磁気共鳴研究は根付くことはないでしょう」

ふだん、院内政治にはきわめて恬淡《てんたん》としている島津の熱を帯びた言葉に、高階病院長は驚いたような表情になる。さらに追い打ちを掛けるように、東堂が口髭を捻《ひね》りながら言う。

「どうやら島津ボーイは共に語るに足る相手らしいな」

ひとり取り残された気分の俺は、話の流れに追いつこうとして、こっそり島津に尋ねる。

「リヴァイアサンって、この間壊れた縦型MRI・コロンブスエッグの兄貴分なのか？」

島津は俺に向かって一瞬、心の底から蔑んだような視線を投げかけてきた。

その一瞥で俺は、問いかけが見当外れであることを悟った。仕方なく俺は、〃マイボス〃として状況を把握するため、おそるおそる東堂文昭ウルトラ・スーパーバイザーに尋ねる。

「あのう、9テスラのMRIって、どれくらいすごいんですか？」

「愚問だな、マイボス、ふつうのMRIをこれくらいだとするとだね……」

そう言いながら、東堂スーパーバイザーは、自分の人差し指と親指で一センチほどの隙間を作る。それから両手を勢いよく広げて、胸を張って言う。

「愛しのマンモスMRI、我がリヴァイアサンはこれっくらい、すごいワケですよ」

その違いがどれくらいか、というイメージはばりばりに伝わってきたが、人差し指と親指の隙間の一センチと、両手をめいっぱい広げたすごさの違いは具体的に理解できないまま、俺たち三人はきょとんと、ピーキーヤンキー・東堂の熱狂を眺めていた。そんな冷ややかな俺たちの空気を肌で感じ取ったか、東堂は、突然に熱狂を強制終了させられたような、しらけた表情になる。

島津に顎で指し示す。

「ヘイ、島津ボーイ、この無知蒙昧《もうまい》なマイボスに簡潔かつ適切な解説をしてやってくれ。何しろミーは日本語が不自由なものでね」

ウソをつけ。〝無知蒙昧〟などという、厳《いか》めしくてややこしい単語をすらりと適切に使いこなしているようなヤツの、一体どこが日本語が不自由だというのか。単に説明するのが面倒だから島津に振っただけだろ。

短いやり取りを交わしているうちに、新しい部下となったこの超大物の性格を、俺は正確に把握してしまった。

今や東堂の忠実で従順な下僕と化してしまった島津が、俺に言う。

「ひと言で言えば解像度が桁違いだ。通常の3テスラのMRIでは解像度の限界は1ミリ程度だが、9テスラだと二点分別最低距離は100ミクロンになると言われている」

「それって結局どういうことなんだ？」

「簡単に言えば、顕微鏡レベルの画像までMRIで撮像できる、ということだ」

ふうん、と相づちを打ってから、改めて具体的にその中身を考えてみたら、そのすさまじさが理解できた。ミクロ検査ができるということは。病理標本は組織を取り出して薄く削り、スライドグラス上に載せ、特殊染料で染めたものを顕微鏡で観察し診断する。その処理時間は二、三日以上かかる。それが画像撮影をするだけで瞬時に可能になるわけなのだから革命的だ。

門外漢の俺にさえ、マンモスを収容したＡｉセンター出現の衝撃が伝わってきた。するとＡｉセンターは解剖が要らないセンターになりうる。そしてＡｉセンターの意義を完成させるため、リヴァイアサンが必須なことが、ジグソーパズルのパーツとして当てはめてみて、初めて理解できた。

Ａｉセンターはリヴァイアサンの降臨によって画竜点睛《がりようてんせい》するのだ。

俺はしみじみと東堂の顔を見た。彼が今、ここにいる偶然の奇跡を思い、Ａｉセンターの完成は世の流れなのだと実感させられた。

うっとりとした表情で完成間近のＡｉセンターを眺めていた東堂は、ふと隣の平べったい建物に目をとめる。

「ところで、あの陰鬱な建物は何なんだ？　あれも東城大学の付属施設なのか？」

高階病院長が首を振る。

「いえ、あれは桜宮市警のＳＣＬ、科学捜査研究所です」

途端に東堂の表情が険しくなる。

「シット。ここまで司法の走狗《そうく》が見張っているわけか」

その窓がちかり、と光った気がした。

高階病院長が気を取り直し、言う。

「そろそろ記者会見の時間ですので、お暇《いとま》しましょう。会見が終了したら、美味しい寿司でもごちそうしましょう」

「グレート」

東堂スーパーバイザーは嬉しそうに言う。島津がおそるおそる尋ねる。

「ところで、リヴァイアサンの搬送は大丈夫ですか?」

東堂スーパーバイザーは大きくうなずき、島津の肩を両手でばんばんと叩く。

「さすが画像診断医だけあって問題の本質を理解しているな、島津ボーイ。心配いらない。当然ミーはそこまできっちり考えているから安心しろ。それは同時にゴンに依頼された別件に対する回答にもなっているのだよ」

俺と高階病院長は、画像診断のスペシャリスト同士の高度な会話についていけず、ぼんやりとふたりの顔を交互に見ていた。

高階病院長が言う。

「大急ぎで東城大に戻り、記者会見場を設定してもらいましょう」

三船事務長が高階病院長の無茶振りを受けて、半泣きでばたばたする未来図が脳裏に浮かんだ。

「車に戻ったら、鞄《かばん》の中にあるリヴァイアサン絡みの申請書類をマイボスに謹呈しよう」

高階病院長はうなずく。

「手回しがいいですね。ではマイボス、書類を東堂先生から受け取ったら、即座に私にご下賜たまわりますよう。あとはこちらで手配いたします」

もはや俺は、彼らにクレームをつける気力さえ失っていた。

11章　霞が関のアリジゴク

7月10日午後7時
霞が関合同庁舎5号館

午後六時三十分。

東京・霞が関合同庁舎五号館最上階のスカイレストラン、星・空・夜《スターリーナイト》の片隅で、ワンセグで夕方のニュースを眺めていた男性が、両手を打って大笑いをしていた。

ストロボが光る中、本来ならば堂々とした東堂上席教授の受け答えに質疑応答が集中するはずと思われたのに、なぜか隣にちょこんと座った田口Aiセンター長に、Aiセンターという施設に対する質問が立て続けになされ、立ち往生するのを高階病院長がサポートしている様を眺めながら、大喜びをしている小太りの男性。

それは、田口の師匠にして天敵でもある、厚生労働省大臣官房秘書課付兼医療過誤死関連中立的第三者機関設置推進準備室室長にして、火喰い鳥のニックネームを持つ、白鳥圭輔だった。

「相変わらず派手だねえ。どうして田口センセの周囲って、あんな風になっちゃうんだろう。これも人徳なのかなあ、なあ姫宮、どう思う?」

白鳥の隣でメロンソーダをストローですすっていた姫宮が、ぎくりと身体を震わせ、ごぼりとストローから泡を逆流させてしまう。そしてストローから口を離すと、言った。

「田口先生には初めてお目に掛かりましたが、えもいわれぬ不思議なパワーを感じました」

「ふふん、姫宮の桃色眼鏡に適ったってわけだな、さすが僕の不肖の弟子だな」

それから手元にあった書類を、テーブルの上にばさりと投げ出す。

「今回のA・iセンター運営連絡会議にはできるだけ参加したいと思うけど、主要業務は縁の下の力持ちになりそうだ。さっき早速、高階センセから無理難題がふっかけられてきたし」

「まあ、高階病院長から、ですか」

心なしか、姫宮の頬が赤らんだように見えた。それを目敏《めざと》く見つけた白鳥が言う。

「あ、お前、ひょっとしてあの腹黒タヌキ親父に籠絡《ろうらく》されたんじゃあるまいな」

「籠絡だなんて、そんなご無体なことをなさるお方ではありません」

「じゃあ、自分から陥落しちゃったわけか」

いよいよ姫宮は身を小さく縮め、固まってしまう。

「ま、いいや。それなら、この書類申請に関わる一切は、以後すべて姫宮に任せようか」

姫宮はこくりとうなずく。

その時、電話が鳴った。白鳥は電話の相手の言葉を遮って、ぺらぺらと喋る。

「はいはい、わかりました、わかりましたよ、今からすぐにご説明に参りますから」

白鳥は残ったハンバーグ定食のライスに未練がましい視線を投げかけながら立ち上がる。

「困ったもんだなあ、あのガサ入れ以来、坂田《さかた》局長もすっかり神経質になっちまったからな」

そして姫宮に言う。

「たった今、姫宮に出した指令は撤回する。坂田さんがややこしいことになってるので、仕方ないからこの申請は僕が仕切る。わかったな」

姫宮は無表情でうなずいた。

厚生労働省の火喰い鳥、白鳥圭輔技官は体型に似合わない軽い足取りでレストランを後にした。

合同庁舎五号館五階。節電が徹底されている廊下はうす暗い。それでもまだ、一階上にある旧社会保険庁跡のフロアよりははるかにマシなのだが。

白鳥は医政局の局長室の重厚な扉をノックした。部屋に入ると、局長室とは名ばかりで、内装はみすぼらしい。そんな机にフィットするように、肩をすぼめた男性がしょんぼり座っていた。

白鳥が入ってきたのを見ると、その顔がみるみる真っ赤になる。

「白鳥、今回の申請書類、ありゃ一体何なんだ」

「何なんだ、と言われましても……。坂田局長のご学友、高階センセからの無茶振りですよ」

「いくらゴンからの指定でもな、何でもひょいひょい通されたら示しってもんがな……」

「じゃあ、不許可にしますか？　坂田局長がぜえったいにダメだと言ってます、と言ってしまえば高階センセもあんな無茶な申請書は引っ込めてくれるかも」

ぐうっと詰まってしまった坂田局長に、ずい、と白鳥が一歩進める。

「さあ、では上司であらせられます、局長らしく断固たる指示を。さあ、さあさあさあ」

坂田局長は立ち上がり、大見得を切った白鳥の頭を平手ではたく。白鳥は頭を押さえながら、涙目で坂田局長を上目遣いに見る。

「いきなり叩くこと、ないじゃないですか」

「お前が調子こくからだ」

白鳥は自分の頭を掌で撫でながら、ぼそぼそと言う。

「まあ、いいです。とにかく指示をくださいな。命令通りにしますから」

坂田局長は腕組みをして考え込む。それからはっと顔を上げる。

「いかん、うっかりしとった。考えたらワテはお前の直接の上司やないで。そんなん直属の上司に許可を取ればええやろ」

「ですからそんなものは、とっくにもらってますって」

「う」

白鳥直属の今の上司は、大臣官房秘書課の比留間《ひるま》局長だった。比留間局長は、一切何もしないことでライバルが勝手にコケていき、その結果、出世階段を上ってきた男だ。出世の極意はただひとつ、すべて部下の言いなりになること。その代わり、責任はすべて押しつける。だがそれは不当な対応ではない。本来の行為者が責任を取るのは当然なのだから。

そんな比留間局長は、上層部からは苦々しく思われていたが、下からは案外支持されていた。あまつさえ厚生労働省の生ける人格者、などという過大評価まで受け、今や、細井《ほそい》事務次官の後継者争いのトップに躍り出ているというウワサもある。

「で、お前はどないしたいんや」

「どないしたいって、あの高階センセからの無茶振りがきて、上司に伝えたらよきに計らえ、という答えでしょ。だったら部下としては、やるしかないじゃないですか」

「そんなだから、あんなＡｉセンターみたいな建物の認可も出しちまって、後ですったもんだになったりするんやで」

白鳥は目を細めて笑う。

「僕もまさか、比留間さんがあそこまでノーチェックでフリーパスにしてくれるとは夢にも思いませんでした。でもご心配なく。さすがの比留間さんも、最近では僕の企画をスルーする危険性に気がついたようで、先日、新たな部下をお目付役としてつけてきましたから」

「新たな部下、やと？　姫宮クンの他にまだ部下を必要としてるんか、お前は？」

白鳥は肩をすくめて苦笑する。

「僕が必要とするかどうか、という意味ならば、僕は姫宮でさえも必要とはしてませんよ。ただ、上層部が僕に部下を持たせることで、はかない安心を手にしたいだけでしょ」

坂田局長は渋面になる。

「で、一体誰なんや、その部下は」

白鳥は微苦笑を浮かべて答える。

「砂井戸《すないど》ですよ」

「げ、アリジゴクの砂井戸か。それはまた、ずいぶんとえげつない話やの」

「蟻《あり》ん子みたいなこの僕が、アリジゴクでもがく図を、高みから見学されたい上層部の面々が大勢いらっしゃるってコトなんでしょうね、きっと」

「お目付役というより、障害物やで。お前は大丈夫なんか、砂井戸なんぞ抱え込みおって」

「大丈夫も何も、それが上司の命令なんですから、僕にできるのは決定を受け入れ、従うことだけです。げにすまじきは宮仕えなり、ですよね」

坂田局長は腕組みをして黙り込む。やがて言う。

「それにしてもＡｉセンターの建設にあれだけ巨額の費用を認可したのは、さすがに容認できなかったがな。機能重視の建築物を美麗に飾り立てることはまったく無益やからな」

「それは歴史の大河の流れが見えない凡人愚民の判断ですよ、坂田局長」

いきなり面と向かって凡人だの愚民呼ばわりをされた坂田局長が、白鳥の言葉を快く思うはずがないが、白鳥はまったく意に介さず朗々と続ける。

「せっかくの世界初の画期的な施設であるＡｉセンターを桜宮団地みたいにしたら、誰も見向きもしませんよ。そんなだから、僕たち官僚がやることは貧乏臭いと言われてしまうんです」

「一体誰が、ワテらのやっていることを貧乏臭いなどと言っておるんや」

坂田局長の疑問はあっさりスルーして、白鳥は自分の言いたい論旨だけ継続する。

「たとえば世界遺産をごらんください。その時のあふれんばかりの富を贅沢《ぜいたく》に注ぎ込み、空虚で壮麗な建築物を造り上げている。その結果、どんなことが起こったのか？　彼らの子孫は、それを見に来る暇人を相手に、観光商売ができる。バカバカしいまでの壮大な無駄の結晶化。それは現在の富を未来に送金する行為なんです」

「もっともらしい理屈を考えたもんやな。それじゃあ、ムダに壮麗なＡｉセンターの建築内装はともかく、今回のマンモスＭＲＩ、リヴァイアサンの有用性は、どうこじつけるつもりなんや」

白鳥は胸を張る。

「そっちはもっと簡単ですよ。新しい科学技術への投資も同じことです。放っておけば享楽の海に散逸してしまう現在の富を、最新設備を備えた病院に投資するのは富の冷凍保存です。余剰金を凍結し、未来の病人のために少しずつ解凍し、分け与えることができるんですから」

白鳥は坂田局長の顔を覗《のぞ》き込む。

「そのふたつの要件を兼ね備えた今回の東城大学医学部付属病院Ａｉセンター創設に対し、小金をケチったりしたら、我が厚生労働省は末代まで笑い者になってしまいますよ。これは同時に、我が旧厚生省の名誉回復の絶好の機会でもあるんですから」

「旧厚生省の名誉回復？　何や、それは？」

白鳥はうっすらと笑って、坂田局長の顔を覗き込んだ。

「二十年前、坂田局長と高階病院長が、桜宮に花開こうとしていた桜の樹を無理やり引っこ抜いた、例の一件ですよ。今でも僕は、もしあの時に桜が植えられていたら、と夢見ているんです」

坂田局長は目を固くつむって押し黙る。白鳥は淡々と続ける。

「というわけで僕は今回の件は絶対に実現させますからね。二度と小役人の判断ミスなんかで、社会の進歩の足を引っ張りたくはないんで。僕は今回、バックヤードに回ります。高階センセと東堂上席教授のわがままを叶《かな》えるため、今、何よりも必要なことは、規制ばかりしたがる役所に有能な介添係を貼り付かせることですから」

坂田局長が呻《うめ》くように言う。

「白鳥、お前がそんな前向きな発言をするなんて、ワテは初めて聞いたで」

白鳥はへらりと笑う。

「そうかもしれません。要するに東堂教授の、リヴァイアサン・Aiセンター設置構想は、それくらいぶっ飛んでいて、途徹もなく面白い、グローバルな企画だということです」

白鳥はくるりと振り返ると、後ろ姿で坂田局長に告げる。

「というわけで、僕に課せられた足枷《あしかせ》の砂井戸を、部下として使いこなしてきます」

✡

大臣官房秘書課には、小部屋がいくつかある。そのうちの一室には机が六個設置されていた。三つずつ向かい合わせで二列。机の上には立派なモニタと書類立てが揃えられている。

四つの机は人が使った形跡がなく、埃《ほこり》が積もっている。入口すぐのひとつの机に最近、人が触れた痕跡がわずかに認められる。部屋の一番奥の机に、うっすら人影が見えた。

「砂井戸さん、いるかい?」

白鳥が声を掛けると、部屋の空気が動いた。白鳥は返答を待たずに、ずんずんと進んで行く。

「いたいた。ま、いるよな、今のあんたには、他に行くとこなんて、ないもんね」

だがやはり返事はない。白鳥は委細構わずひとりで話を続ける。

「いつも言ってるけどさ、いるならいるで、返事くらいしてよ。こう見えても僕はあんたの上司なんだし、いくら僕がフランクだからといって、ここまでお互いのコミュニケーションが成立しないと、さすがの僕も困っちゃうんだからさあ」

砂井戸は背広にネクタイ姿で、身だしなみには一分の隙もない。だが、分厚いビン底眼鏡に覆われた目はモニタに向けられたままで、白鳥を見ようともしない。

「あーあ、また朝からずっと同じ画面を眺めていたんだ。ねえ、それって飽きないの?」

ようやく、空気が震えた。

「飽き、ません、仕事、ですから……」

白鳥は言う。

「バカ言わないでよ。朝から晩までまったく動かないモニタを見続けろだなんて命令なんか、誰も出してないんだからさ。そんなことより、この間頼んだ書類の処理は終わったの?」

「この間、と、言います、と?」

話しっぷりがカタツムリのようにスローテンポだ。白鳥は苛立ちを隠そうともせずに言う。

「だからさあ、僕の出張の経費申請だよ。経理係なんだから、それがあんたの仕事でしょ」

「あれは……」

答える前に、白鳥は砂井戸の抽斗《ひきだし》を開ける。すると中から書類が吐瀉《としゃ》物のように吐き出され、床に落ちた。

「まーたこんなに溜めこんじゃって。僕がつきそって徹底的に書類を片付けてやったのはひと月前なのに。これじゃあ、元の木阿弥じゃないか。ふざけんな」

砂井戸は無反応だ。

「砂井戸の抽斗に引きずりこまれたら、申請書類は二度と日の目をみないからアリジゴクだなんて、よくもまあ、ここまでぴったりの洒落たあだ名をつけたもんだ。怒る気にもなれないよ」

砂井戸の業務は申請書の経理処理だが、書類を一切処理せず机の抽斗にしまいこんでしまうという性癖を持っていた。本来なら業務不履行で降格なり転属させるべきところ、他課が砂井戸の引き取りを拒否したため、何でもOKの人格者、比留間局長が引き受けたのだ。

ただし、出世街道のトップにいきなり躍り出ただけあって、比留間局長は巧妙だった。自分の直属の部下にするのではなく、また新たな業務を与えずに済ませたのだ。これは比留間局長に白鳥の部下として押しつけ、業務を白鳥の室の経理一本に絞らせたのだ。これは比留間局長にとって一石二鳥だった。他の課の困りものを引き取ることで庁内での声望が上がる。しかも業務を白鳥関連に限定しておけば、砂井戸がこれまで通りの勤務態度を続けても、結果的に目障りな白鳥を兵糧攻めにできる。

この人事を見て、出世競争のライバルたちは震撼《しんかん》した。まさに廃用材の有効利用、マイナスの問題児同士を嚙み合わせ、お互いにそのまま沈んでいくもよし、万が一、浮上するような事態になれば、素晴らしい差配だと褒めそやされる。

「両天秤《てんびん》の比留間」の名に恥じることのない、素晴らしいアイディアだった。しかもそうした差配で迷惑を蒙《こうむ》るのはただひとり、鼻ツマミ者の白鳥だけなのだ。

白鳥は、砂井戸の机の抽斗を全部引っ張り出し、中にあった書類を全部ゴミ箱に叩き込む。それから手にした高階病院長からの申請書類をどさりと机の上に置いた。

「いいかい、この一カ月にたまった仕事は、チャラにしてあげる。その代わり、その書類は三日以内に処理して。特に損害保険をかける案件は、絶対忘れちゃダメだよ。もし忘れたら、大変なことになるんだからね」

部屋を立ち去りながら、言う。

「これくらいなら、やれるよな。あんただってこの道一筋、二十年のキャリアなんだから」

砂井戸は椅子に座って固まったまま、目の前の焼けつく寸前のモニタを凝視し続けていた。


部屋を出ると、同期の出世頭、細井事務次官の女婿《じょせい》の八神《やがみ》室長とばったり遭遇した。

「おめでとう。やっとお前も二人目の部下を持てたんだってな」

そう言うと、八神は両手を口にあて、ぷくく、と笑ってみせる。

「これからが出世レースの本番だ。それにしても、お前も比留間さんに目をかけられたもんだ。あの砂井戸の更生を任されるなんて……あ、逆か、砂井戸が白鳥の矯正を任されたのか」

白鳥はへらりと笑って答える。

「気を遣ってくれてありがと、八神。しかし、使えない部下を持つって大変だね」

「やっとわかってくれたのか。俺もお前が部下だった頃は苦労させられたが、今やお前は自分の翼で羽ばたくスワンとなって大空に飛び立った。おかげで俺の評価はうなぎ昇りの真っ最中さ」

そう言うと、八神は白鳥の顔を覗き込んで言う。

「お前も早く、姫宮クンや砂井戸を一人前に仕立て上げないと、次のステップに行けないぞ」

白鳥は首を傾げる。

「次のステップ？　そんなものには興味がないね。部下の進歩は必須なんだろうけど、僕はその点はわりと優秀だと思うよ。名選手必ずしも名伯楽ならず、実は僕って官僚としては名選手じゃないかもしれないけど、名伯楽なのは自信があるんだよ。今や姫宮はあちこちの爺《じい》さん連中からは引く手あまただし、八神もよく知っている、東城大学の田口センセも僕が指導した弟子のひとりだけど、評価は赤マル急上昇中だし。さっきも夕方の情報番組の人気者になってたんだぜ」

田口の名前が出て、八神は顔をしかめる。

以前の厚生労働省の検討会で苦い思いをさせられたトラウマが蘇ったのだろう。

負け惜しみのような口調で、八神は言う。

「過去の栄光は終わったことで、真価が問われるのは砂井戸の更生具合だ。まあ、頑張れよ」

「プレッシャーだけ感じさせるような、親身で辛辣《しんらつ》なアドバイス、ありがとね、八神。でも正直言うと、砂井戸だけはさすがにこの僕も途方に暮れているんだ」

「鋼《はがね》のように鈍い感受性を持ち、奈落の底から奇跡の復活劇の主人公になった不屈の火喰い鳥、白鳥でさえも、ついにサジを投げる時が来たか。それにしても砂井戸ってそんなにすごいヤツなのか？」

白鳥はうつむく。

「ヤツの実態もだけど、砂井戸の先行きが暗いと思うのは、全然別の理由からさ」

「勤務実績の他にも問題があるのか」

「ちょっと違うね。ヒント。ヤツはアリジゴク野郎と呼ばれてるだろ」

「そのあだ名が、何か問題なのか？」

不思議そうに尋ねる八神に、白鳥は自信たっぷりに答える。

「そうだよ。これでもわからないのか。それじゃあもうひとつだけヒントをあげる。アリジゴクが成長したら何になるんだっけ？」

八神はちらりと時計を見る。

「悪いが時間がないんで、手っ取り早く説明してくれ。ついでに言えば、俺は節足動物は苦手で、その方面は疎いんだ」

白鳥は深々とため息をついた。

「仕方ないなあ。それじゃあ同期のよしみでトリビアを教えてやるよ。アリジゴクは蜉蝣《かげろう》の幼虫なんだ。でもって大人になると名前が変わる」

「何て名前なんだ？　いちいち、つまらないところでもったいつけるな」

「ウスバカゲロウ。正式名称はウスバ・カゲロウで区切るんだけど、切り方をひとつ間違えるととんでもないことになってしまうんだ」

「ウスバカ・ゲロウ、薄馬鹿下郎か……」

「脱皮後に生まれ変わった姿が、今と全く変わらないのさ。な、絶望的だろ？」

八神はちらりと時計を見て、言う。

「よくわかったよ。会議が始まる時間なんで、これで失敬する」

八神は白鳥に背を向ける。

その背はかすかに震えていた。それは八神が笑いを噛み殺していたせいかもしれない。

12章　碧翠院の忘れ形見

7月11日午前10時
付属病院13Ｆ　神経内科病棟

嫌な予感はしていた。

東堂スーパーバイザーの来日取材がされた昨日、俺まで予期していないテレビ出演をする羽目になり、田舎の両親と親戚の叔母、ふたりの悪友、それからどこで俺の今の住所を調べたのか、まったく謎だが小学校時代の同級生などから丁寧なお電話を立て続けに頂戴した。

夜十一時台のニュースでは、テロップで俺の肩書きまで出たらしい。おかげで田舎の叔母からは「公平ちゃんも偉くなったのね、センター長だなんて、ねえ」などと、すっかり名士扱いされてしまった。テレビの影響力は、実に恐ろしい。

びくびくしながら出勤したが、病院ではまったく反響がなかった。不思議なものだ。

不定愁訴外来で、藤原さんの出してくれた珈琲を飲みながら、カルテのチェックをしてみたが、今日は受診希望患者はいないようだ。

俺はメールで一件、午後のアポを取る。たちまち返信が戻ってきた。さすがだと思いながら、藤原さんが珈琲と共に差し出したメモ用紙を見て、顔をしかめる。それは昨日申しつけられた、Ａｉセンター運営連絡会議再開を促す、高階病院長からの朝一番の電話伝言だった。

ため息をつくと、前回、最後に送信をしたメーリングリストを立ち上げる。その中からかつての警察庁のメンバーだった二名をリストから外し、残り全員に日程調整のメールを出した。

三船事務長から受け取ったレセプト直しをしている三十分の間に、一斉に返信が戻ってくる。欠席者は厚生労働省の白鳥と房総《ぼうそう》救命救急センターの彦根《ひこね》。前回、俺が招聘したふたりが揃って欠席というのは吉か凶か。まあ、白鳥が誰を代理に出してくるかは知っているので、メーリングリストに姫宮のメアドを追加する。彦根の代理も見当はついている。

俺は決定事項を委員に向けて一斉メールをすると、珈琲を飲み干し、立ち上がる。

「極楽病棟へ往診に行ってきます」

藤原さんに告げたことは真実だったが、実はそれは、入院患者に対する通常の診療ではなく、もうひとつのミッションを遂行するためだった。

十三階、病棟最上階の旧神経内科学教室病棟。この上階はスカイ・レストラン『満天』だ。現在の正式教室名を、俺は正確に把握していない。昔の通り名である神経内科と呼んでいるが、支障はない。正式名称というものは、外部に働きかける時にだけ必要になるものらしい。実際、内部では昔の愛称である極楽病棟の方がはるかに通りがよい。

俺が極楽病棟に顔を出すのも久しぶりだ。いつもなら週に三日は回診をしているのだが、先月はアリアドネ・インシデントのせいで、ほぼ丸々一カ月、病棟に顔出しができなかった。

そんな事態は俺にとっても初めての経験だった。Ａｉセンターが本格稼働を開始するこれからは、ずっとこんな調子なのだろうか、とふと不安になる。

だが、たとえそうなったとしても、神経内科学教室への影響は少ないはずだ。

医局長の座を兵藤クンに譲って以来、病棟業務は全部ヤツに丸投げしてある。その横着さゆえ、神経内科学教室で有働《うどう》教授の下の金本《かねもと》准教授が外部へ教授として転出していって後、かれこれ一年近く経つのに、講師の俺が准教授に昇格するというウワサすらなく、准教授は空位のままだ。いっそ、俺を飛び越え兵藤クンを准教授にすればいいのにと思うし、水面下でそんなオファーがあったらしいというウワサも耳に入ってくる。だが東城大に赴任してきた当初と違い、兵藤クンは妙に俺に忠義立てしていて、頑なにそのオファーを固辞したのだという。

それが本当なら、とっとと俺を抜き去り准教授の座に就くがいい、と言ってあげたいのだが、こういう問題は実にデリケートで、それがガセネタだった場合、却って逆効果になってしまう。だから俺は兵藤クンに有益なアドバイスをしてやれず、悶々《もんもん》としてしまう。

久しぶりに病棟を歩くと、空気が妙によそよそしい。だが、それは自業自得だ。

病棟の看護師は俺を見ると、会釈をするものの話しかけてこようとしない。それは決して被害妄想ではない。俺には今現在、病棟に受け持ち患者がいないのだから仕方のないことだ。であれば、会釈してくれるだけありがたいというものだ。

いや、この表現は正確ではない。実は、受け持ち患者はひとり、病棟に残っている。だが彼女は手のまったく掛からない患者で、オーダーを出す必要もない。だから病棟でもしばしば存在を忘れられてしまったりする。

俺は通りかかった看護師をつかまえ、奥にある特別室を指さして、尋ねる。

「いるかな？」

「いらっしゃいます。そういえばこの前、田口先生がお見えになるのは今度はいつなのかなあ、なんておっしゃっていましたよ」

若い看護師が愛想良く答える。俺は、その無邪気な言葉に、かすかに胸の痛みを覚えながら、病室へ向かう。

特別室、ドア・トゥ・ヘブンが作られた当時は一部屋だったが、現在は三室に拡張されている。ドア・トゥ・ヘブンは間もなく、歴史的役割を終えようとしている。隣に建設中の超高層病院はすべて特別室扱いになるからだ。半年前の内装見学会では、高級ホテルと見まがうほどの立派なアメニティで、これは本当に病院なのだろうかと疑問に思えたくらいだった。

だが最近、院内で異変が相次いでいる。特に先月のホワイト・サリーの建設中断は大きかった。当然のごとく廊下トンビたちの憶測は喧《かまびす》しかった。そんな中、Ａｉセンターの内装だけが豪華に建築されたことは、解析不能な事態に思われていた。俺がドア・トゥ・ヘブンの最後の患者になる女性を訪問しようとしていたのは、そんな状況の中だったわけだ。

その女性、高原美智《たかはらみち》が入院してきて二年が経とうとしている。乳癌《にゅうがん》摘出術を拒否した末期患者である美智は、極楽病棟に残された、俺のたったひとりの受け持ち患者だった。

だが、俺は美智に対して、医師として何もできなかった。美智は治療を拒否していたからだ。

では俺がそんな美智の主治医をしている理由は何なのか。

美智は、碧翠院が崩壊したその日に、不定愁訴外来に紹介されてきた。

紹介者は今はもうこの世にいない、碧翠院の次期当主と目されていた桜宮すみれだった。

いや、正確に言おう。すみれはおそらくもうこの世には存在していないが、ひょっとしたら、フィフティ・フィフティの確率で、どこかでひそやかに生存している可能性もある。

今のすみれはシュレディンガーの猫だ。

俺が調査をしている間は、すみれは生と死の狭間を揺れ動いている。だが俺が真実を突きとめたとたん、すみれの生存確率曲線は美しい正規分布曲線から一気に暗黒の一点に収束してしまう。

そして彼女が死んでいるのなら、俺の調査はほんのひととき、死者であるすみれをこの世界に呼び戻すことになる。だとすれば、俺はこれから竪琴の弾き方を覚えて、地獄の番犬ケルベロスに一服の眠剤を盛らなければならない。

だが今日の俺は、姫宮からの依頼をこなすために美智を訪問しようとしている。なぜなら美智は、碧翠院桜宮病院が崩壊した際の、最後にしてただひとりの生き証人なのだから。

美智の存在こそが姫宮からの依頼に対する、俺の切り札だった。


美智はベッドに横たわっていたが、俺の顔を見ると、ごそごそと上半身を起こした。

「ああ、そのままで構いませんよ」

俺が言うと、美智は不敵に笑う。

「ワシをナメたらあかん」

そう言ったあとで、ごほごほと咳き込んだ。

美智は碧翠院桜宮病院では、末期癌のホスピス患者だった。乳癌の全身転移で、手術拒否していた。驚いたことに全身に癌が散らばっているにもかかわらず美智は、飄々と生き続けている。治療しなければ、癌でもここまで生きられるのだ、というアンチテーゼであるかのように。

美智にはそんな気持ちはさらさらなかっただろう。だが美智のケアをしている看護師の顔には時々、やるせない疲労が色濃く浮かぶ。それは自分たちの治療が、本当は患者の寿命を縮めているのかもしれない、と突きつけられていることに対する徒労感なのかもしれない。

俺は、美智の枕元に座り、目線を合わせながら、言う。

「体調はどうですか？」

「よかろうわけ、なかろうもん。癌のヤツが体中で暴れまわっとる。もうすぐワシもトクや加代《かよ》のところへ行くことになろうもん」

「そんなことないですよ」

その場しのぎのウソをつくと、美智は大口を開けて笑う。

だが、声は掠れて響かない。

「田口先生にウソをつかれるようになったら、いよいよお迎えは近かろうもん」

俺は無駄口を控えることにした。すべてを悟っている相手に、中途半端な慰めは意味がない。

そこで俺は、今日の訪問目的を果たすことにした。

「実は今日、美智さんに聞きたいことがあって、ここに来たんだ」

すると美智はがばりと、いきなり元気よく上半身を起こす。

「田口先生がワシに聞きたいこと？　よかろうもん、何でも答えちゃる」

「何で急にそんな元気になるんです？」

「すみれのヤツが言ったことだで。人は病人でも、誰かの役に立てるなら、死ぬ間際まで働かなくちゃダメなんだろうもん」

その言葉に胸が熱くなる。

すみれが生きている可能性は低い。だがそんなこととは関係なく、すみれは美智の中で、今も生き続けている。

すみれの言葉は、いのちの火が消えかけている患者の口から蘇り、俺に手渡される。

碧翠院桜宮病院。そこは死を司る病院だと言われていた。そこですみれは末期患者を集めて企業を作り、自立させようという独自の試みをしていた。不定愁訴外来を主宰する俺は、そのトライアルを興味深く眺めていた。

その試みを企画した女医・すみれは、今も俺の心にひそやかに息づいている。

顔を上げると、ぼんやりしてしまった俺の顔を、怪訝そうに見つめる美智の視線とぶつかった。

俺は自分の中に芽生えた感傷を追い出し、情報収集に集中することにした。

でないと、美智の覚悟に申し訳が立たない。

過去の感傷よりも、目の前に息づいている生命の方が大切だ。

「美智さんは、桜宮病院が炎上した日に病院にいたんですよね」

俺がいきなり核心を尋ねると、美智はうなずく。

「んだ。ワシはあの病院の最後の患者だったでのう」

「あの朝、どんなことが起こったか覚えてますか？」

「もちろんじゃ。あの朝、ワシが最後の患者になったのは、もうひとり残っていた患者、千花《ちか》が
あの朝死んでしまったと聞かされたからじゃ」

「その患者さんは、お年寄りか、末期癌でしたか？」

美智は首を左右に振る。

「んにゃ。若い別嬪《べっぴん》じゃった。患者といっても、心を病んだタイプでな。死にたい病ってヤツだな。あそこでは若いのも年寄りも、ころころ亡くなったで、別に不思議ではない。あの朝はみんな何か急いでいて、看護婦の話では、千花もすぐに火葬されたという話じゃった」

「亡くなったその日に火葬されてしまったんですか？」

俺はびっくりして、鸚鵡《おうむ》返しに尋ねる。

美智はうなずく。

「あの病院はいつもそうだで。トクも加代も、亡くなったその日に火葬された。あの日も小百合がぱたぱたやってたなあ。そんなこんなしてたら、すみれに呼ばれ、手紙を渡された。でもって東城大の田口先生のところへ行けと言われてな。そうじゃ、もうひとり残った患者も故郷に帰されてたな」

「それが誰だかわかりますか？」

「コンピューター係の杏子《きょうこ》というヤツじゃった。アレはいつの間にか姿が見えなくなってたのう。ワシもすぐに病院を出たから、その後のことはよくわからないのや」

なるほど。これが桜宮の死を司る碧翠院の、最期の朝の光景だったのか。

美智の話はシンプルだ。細部はともかく、大筋はわかりやすい。

これでは何のヒントにもならないが、こうした細かいところを詰めておくことは大切だ。

すると美智は顔を上げ、ぽつんとつけ加えた。

「そうそう、うっかり忘れておった。数日前に病院を逃げ出したクセに、大騒動の日にわざわざ舞い戻ってきた若い患者がひとり、おってな」

俺の目が光る。だが、その患者の消息をつきとめて話を聞くなど、俺の限られた時間と労力では、とてもできそうになかったので、半ば諦め気味に美智の話に耳を傾けていた。

すると美智は驚愕の言葉を告げた。

「そいつは東城大の医学生やで。ついこの間も、白衣姿でワシに会いに来おった」

「何ですって？」

驚いて思わず大声を上げた。まさか、碧翠院が最期を迎えたその日に、東城大の医学生がその場に居合わせていたなんて。

俺は意気込んで尋ねる。

「その医学生の名前を覚えていますか？」

「もちろんじゃ。あんな目出度《めでた》い名前はそうそうあるもんでないでな」

「目出度い、ねえ。どんな名前ですか？」

美智はふふふ、と笑う。

「天馬《てんま》大吉《だいきち》や。な、おめでたいじゃろ？　本当に妙なヤツやったで」

〝お〟という接頭語をつけても、必ずしも相手に対してプラスになるわけではないのだなあ、と明らかに的外れな感想を抱きながら、その名前を口の中で繰り返す。

確かに言われてみれば、これほどおめでたい名前も珍しい。

それにしても、人生というもの、一寸先は闇だ。入手困難だと思っていた手がかりが、こんなにも身近に転がっていたとは。

俺は美智に礼を言って、部屋を出て行こうとした。すると俺の背中にさみしそうな視線が絡みついてきた。

俺は開きかけた扉を閉じ、ベッドの側に舞い戻る。そして美智の話にゆっくり耳を傾けるために、傍らの椅子に腰を下ろした。

13章 ラッキー・ペガサス

7月11日午前11時
付属病院3F 第1講義室

美智の話を久しぶりにたっぷり聞いた後で、俺は学生課に行き、天馬大吉なる学生の在籍状況を調べてもらった。学生課の事務員は、その名を口にすると、ろくに書類を調べずに言った。

「また、天馬のヤツが何かやらかしたんですか？」

どうやら東城大学医学部の中では、天馬大吉は札付きの問題児として一目置かれているようだ。

「いや、学習状況とかの話じゃありません。別件でちょっと話を聞きたくて」

俺は医学生の学習状況が悪いからといって、お説教をするようなタイプではない。自分にそんなことをする資格がないことは、俺自身が一番よくわかっている。

「念のため、何か過去に問題を起こしているようであれば、教えてください」

学生課の男性事務員は過去の履修表をプリントアウトして手渡しながら言う。

「単なる怠け者の劣等生です。授業をサボって留年を繰り返し、放校寸前の瀬戸際でかろうじて踏み留まっている感じですね。まあ、昨年は少し盛り返したようですが」

履修表をぱらりと見て、学生課の男性の評価が妥当なことを確認する。誰が見ても、今の要約を受け入れざるを得ないだろう。俺は成績表を詳細に見直して、言う。

「でも、ここ二年はきちんと履修していますね」

「どうでしょうか。人間の本性ってそんなに簡単に変わりませんですから」

俺は肩をすくめる。学生時代にサボリ魔だった俺に天馬大吉を非難する資格はない。ひとつ間違えば、俺だって天馬と同じ運命をたどった可能性もあった。そうならなかったのは高階病院長がいい加減だったおかげだ。

ただし、そのツケを今も延々と支払わされている、というオチがあるのだが。

「まあ、どれも赤点ぎりぎりで突破しているみたいですから、とりあえずよしとしましょう」

その中で、違和感を覚える評価を見た。

「あれ？　でも公衆衛生学だけは特Aですね」

学生課の男性は、確認する。

「ああ、それは研修実習の成績ですね。実習ですから全般に甘い成績になってますので」

言われてみればその通りだが、他の生徒の成績を眺めてみると、Aは並んでいるが特Aは見当たらない。どうやら特Aは、天馬のグループ、Z班だけに与えられた称号のようだ。

五年生のカリキュラム表のコピーを頼むと、事務員はコピー機にむかう。ふと、ガラス戸の書棚に目を遣ると、製本された背表紙が並ぶ中で、〝○○年度公衆衛生実習研究レポート集〟という文字が目に飛び込んできた。

何という偶然だろう。俺はレポート集を流し読みしてZ班のレポートにたどりつく。内容を吟味してみて、天馬は現実対応に優れるタイプかもしれない、と思う。

五年次のカリキュラム表のコピーを受け取り、製本されたレポート集を手渡しで返す。

午前中の三コマ目と四コマ目は内科診断学の授業だ。俺は学生票に載っている天馬大吉の顔写真を見て、彼の顔を覚えてから、授業が行なわれている病院第一講義室へ向かった。

俺が部屋に着いたのは、ちょうど授業が終わったところだった。

疲労しきった表情の教授が部屋を出て行くのとすれ違う。部屋の中は、白衣姿の医学生でほぼ満席だった。出欠を採らない授業が満員になるなど、俺の時代にはあり得ないことだった。

現在の医学生が真面目になっているというウワサは耳にしていたが、まさかここまでとは思わなかった。いいことなのだろうが、同時に俺は一抹のさみしさも感じていた。

大学生はサボってなんぼ。

そんなことを口にしたら、学生課の事務員に睨まれてしまいそうだが。

学生たちが三々五々、立ち上がると部屋を出ていく。白衣姿の俺をちらりと見て、何も言わずに通り過ぎていく。その群れの中から、俺は、写真で認識していた天馬大吉を見つけた。

明らかにその周辺だけ空気が違う。留年を続ける学生が周囲から浮いてしまうのは当然だが、それとも違う。そんな彼は、ツイン・シニョンの可愛らしい女学生と言葉を交わしている。

「天馬君、だね？」

天馬大吉に歩み寄り声を掛けると、天馬は怪訝そうな顔をして、うなずく。

医学部で白衣姿の男性に声を掛けられれば、授業関連の話だと思うだろう。だが天馬の用心の仕方は、どちらかといえば、街でいきなり声を掛けられた時の反応に似ていた。

「私は、神経内科の田口といいます。少し聞きたいことがあるんだけど、時間あるかな？」

天馬はぎょっとしたように目を見開いた。そしてしばらく俺の顔を見つめていた。

やがて天馬が小声で何事か言うと、ツイン・シニョンの女学生はうなずいて、その場を立ち去った。その後ろ姿を見送った天馬は、俺と向き合い静かに言った。

「ひょっとして僕に聞きたいことって、碧翠院のことですか？」

これにはさすがの俺も驚いた。

どうして、見ず知らずの俺が碧翠院のことを聞きにきたのだとわかったのか。

天馬は俺をちろりと見て、言う。

「午後は病院実習ですので、ランチを奢《おご》ってもらえるなら、時間は作りますけど」

俺は、天馬の図々しさに面食らいながらも即答する。

「わかった。満天《まんてん》ランチでよければ、奢るよ」

「全然ＯＫです」

俺は天馬と連れ立って、病院へと向かった。


ランチタイムだけあって、東城大学医学部付属病院が誇るスカイ・レストラン『満天』は混んでいた。天馬はうまく空席を見つけると、すかさず席を取った。なかなかすばしっこい。

「先生の分も買ってきます。注文は何にしますか？」

少し考えて、たぬきうどん、と答える。千円札を手渡すと、天馬は、どうも、と頭を下げる。

ランチを食べ始めた天馬に、俺は尋ねた。

「早速だけど、ひとつ教えてもらいたいんだ。どうして初対面の私が、君に碧翠院のことを質問しにきたとわかったんだい？」

天馬はＡランチのハンバーグにかぶりつきながら、言う。

「あれ？　外れましたか？」

「いや、当たってるけど」

天馬は顔を上げる。

「理由は簡単です。僕はすみれ先生から、田口先生のことをいろいろ聞かされていたからです」

　そう言って天馬は俺の顔を見つめた。

　それは俺の動揺を確認しようとしているような、どことなく意地悪な視線だった。

　そして俺は天馬の思惑の通り、すっかり動揺しながら、言う。

「あ、いや、そうだったのか……で、君はどうやってすみれクンと知り合ったのかな？」

　どぎまぎしながらおずおずと尋ねると、天馬は相変わらず上から目線で俺に言い放つ。

「お聞きになりたいのは、僕とすみれ先生のなれそめですか？　それが目的なら、どうしてそんなことを聞きたいのか、まずその理由を教えてもらいたいです」

「あ、いや、別に天馬君とすみれクンのなれそめは目的ではないから、やめとくよ」

　もちろんそのことは聞いてみたかったのだが、この流れでは無理になってしまった。

　冷静に考えれば、天馬は碧翠院最後の患者だったのだから、患者と医者として知り合ったに違いない。だが俺が知りたいのは、そんな表面的な事実ではなく……。

　——いや、ないものねだりはよそう。

　ただ、ここまでのやり取りではっきりしたのは、どうやら天馬は俺に対して初めから警戒心を抱きながら、必要最小限の対応で済まそうとしているようだ、ということだ。

　俺はしみじみと天馬を見つめた。

　端整だが、ベビーフェイスで人懐っこそうな顔立ちに、枠をはみ出して生きるアウトロー的なふてぶてしさが入り交じり、ワイルドな雰囲気を醸し出している。

　いかにも女子にモテそうな風体に見受けられるが。

　それにしても、ずいぶんひねくれたやり取りから開幕したものだ。

まあ、でも考えてみれば、天馬からすれば当然の対応だろう、と思いつつも、それでもこうしたオープニングのやり取りで、俺は天馬に不自然なまでの用心深さを感じ取った。

気がつくと天馬はAランチをたいらげていた。かなりの健啖家《けんたんか》だ。

俺は時計を見上げる。間もなく昼休みが終わる時間だ。あわてて言う。

「午後は病院実習だったね。それじゃあ手短に済ませるよ。実は今、ある事情があって碧翠院について調べている。天馬君が最後の日、そこに居合わせていたということをある人から教えてもらった。だからそのあたりを詳しく教えてほしいんだ」

天馬は首を傾げて、言う。

「田口先生がお聞きになりたいことは、よくわかりました。するとさっきと同じ話になります。どうしてそんなことを知りたいのか、目的を教えてもらわないとお話しすることはできません」

まことにもってして、至極もっともな話だ。

天馬大吉は留年を繰り返す怠惰な医学生だが、決して愚鈍というわけではなさそうだ。

「あの火災では、桜宮一族は全員死亡したことになっている。でも実は、その中でひとりだけ、生き残っているんじゃないかと考えられていてね……」

「つまり田口先生は、生き残ったのがどちらか、確定したいんですね。確かに生き残りがすみれ先生か、小百合先生かで、その後の話はがらりと変わってしまいますからね」

「き、君はどうして、そんなことまで……」

俺は呆然と天馬を見た。天馬はあっさりと言う。

「生き残りが小百合先生なら、東城大はえげつなく叩き潰される。すみれ先生が生きていたら、甘美な蜜で溺死させられる。どちらにしても東城大の命運は風前の灯火《ともしび》なんです」

俺はその冷ややかな言葉に、まじまじと天馬の顔を見つめてしまう。

「どうして天馬君は東城大の危機だと知りながら、そんなに冷静でいられるんだい？」

すると、天馬の口から思わぬ言葉が飛び出した。

「東城大は、そういう目に遭わされて当然だからです」

捨て台詞のように吐き捨てた天馬の顔を、俺は凝視した。

俺は天馬の表情に、諦念に似た色を認める。その沈んだ目の光は、この若さですでに、生と死の狭間についての省察、あるいは医療の限界とこの世界の不条理を見据えているようにさえ思われた。

一体、どんな人生を送れば、そんな表情を浮かべるような青年になれるのだろう。

答えは知る由もなかったが、少なくともそこに至る補助線は理解できた。

たぶんコイツは、俺が考えているよりもずっと深く、東城大の因縁の闇に捉われているのだ。

俺もその因縁の虜囚のひとりだが、そんな俺から見ても、天馬の因縁は、はるかに深そうだ。

二年もの間、こんなヤツが息をひそめ東城大の日常に潜んでいたのか。

世の中は、広い。

ぼんやりとそんな感慨に耽っていたら、遠い世界からのような天馬の声が耳に響いた。

「田口先生の質問にお答えする前に、僕の方からもひとつ質問があります。あの事件から二年も経った今になって突然、僕のところへやって来たのは、僕と碧翠院の関わりを誰かが田口先生にお知らせしたからだと思いますが、それは一体、誰なんですか？」

天馬からの問いかけは、一連の会話で初めてだった。ようやく俺は主導権を握るチャンスを手にしたわけだ。一瞬考えて、最初からやり直すことにした。

「実は姫宮さんという女性の話によれば、碧翠院の生き残りはすみれクンではなく……」

天馬の依頼に答えながらも同時に、煙《けむ》に巻くために馴染《なじ》みのない固有名詞を出すことで、俺のミッションを具体的に説明する時間を稼ごうとしたわけだ。

だが俺の目論見《もくろみ》は、天馬が途中で口を差し挟んできたために出鼻をくじかれてしまう。

「ここでようやく、厚生労働省のお出ましですか」

ぎょっとしている俺を見ながら、天馬は続けた。

「それにしても、僕でさえ、事件直後にデータを洗い直してみたら、生き残っているのは小百合先生の可能性の方が高いという結論にたどり着いたのに、厚労省ではずっとすみれ先生の生存説に固執し続けていたんですか。白鳥さんの頭の固さにも、ホントびっくりですね」

俺にはもはや、言うべき言葉はなかった。

まさか、この学生が姫宮と白鳥の存在とその関係性まで熟知していたとは。

なのに俺はここに至っても、未だに天馬がなぜそこまで詳しく彼らのことを知っているのか、という基本的な情報すら把握できていない。

情報戦の緒戦は完敗、ということだ。

俺の脳裏では、あーあ、まったく何やってんだよ、いい年してガキに手玉に取られるなんて、これだから免許皆伝を取り上げちゃいたくなっちゃうんだよなあ、などという、胸がむかつくようなパラサイト・白鳥のツッコミが幻聴で聞こえてくる。

天馬はぼそりと言う。

「でも、姫宮さんだというのは、僕の質問の答えにはなっていませんよね。僕のことを田口先生にお知らせしたのは姫宮さんであるはずがありませんから」

そう言って、天馬が壁の掛け時計をちらりと見上げる。

間もなく一時。もはやタイムリミットだ。同時に俺は確信した。

天馬は確実に、俺に対する情報コントロールを仕掛けてきている。

それにしても天馬はなぜ、俺が天馬のことを聞いたのが、姫宮ではないと断定できたのだろう。カテナチオのように閉ざされた天馬の深層に息づいている、真実の小箱をこじあけるには、俺のベースであるパッシヴ・フェーズではなく、パラサイト・白鳥が得意なアクティヴ・フェーズをかまさなければ無理だろうが、そうするには場所が悪いし、時間もない。

でも、こんな中途半端な状況でコイツをリリースしたら、俺は後悔してしまう。何しろ俺はまだ、一番聞きたいすみれの最期の様子さえ聞けていないのだから。

俺はメモ帳を取り出す。

「携帯のメアドを教えてもらえないかな。天馬君に頼みたいことがあるんだ」

天馬は警戒心ありありの表情で言う。

「面倒なコトはイヤなんですけど」

「それが東城大を守るため、でもかい？」

「ええ。僕は横着者ですし、東城大に思い入れもないですし」

吐息をつく。愛校心のないヤツの説得は難しい。仕方なく、最後の切り札を呈示する。

「わかった。それなら手っ取り早く済ませよう。私はつい最近、東城大Ａｉセンターのセンター長になったので、センター運営連絡会議を実施しなくてはいけないんだが……」

するとと天馬は驚いたような顔で、俺の言葉を途中で遮った。

「田口先生って、Ａｉセンターのセンター長だったんですか」

呆然と呟く天馬大吉。ようやく、天馬に一撃を食らわせることができたようだ。これを機に態勢を立て直さねば。

だが、天馬の質問は、またしても俺の思惑を超えてしまう。

「どうして前評判の高かった島津先生を差し置いて、田口先生がAiセンターのセンター長になれたんですか？」

俺は愕然とした。

その質問は、この人事を知る人間なら、誰しも疑問に思うことであり、かつ説明困難な質問でもあった。何しろ、当人である俺自身が説明できないのだから。だが、それよりも俺は、一介の医学生がここまで病院の内部事情に通暁しているという事実に愕然とさせられた。

それはもはや、主導権云々というレベルはとっくに超えていた。天馬の情報の豊富さに圧倒されながら、俺はかろうじて言う。

「実は、そこは私にもよくわからないんだ」

語尾は掠れるようだった。だが、それは正直な答えでもあった。

天馬はまじまじと俺を見つめた。

「田口先生って情報戦は苦手なんですね」

「どういう意味だい？　私は天馬君が、この件の情報を持っている、と判断した。だからこうして面識のない君を訪ねてきた。それのどこが悪いんだい？」

天馬は、俺に向かって、救いようがないなあ、という表情をした。それはふと、白鳥が時々俺に見せる表情と似ているような気がして、思わずかちんときてしまう。

14章　天馬・参戦

7月11日午後0時50分
付属病院スカイ・レストラン『満天』

かちんとしてどこが悪い、と心中で詰っている俺の様子など気にもせず、天馬は言い放つ。

「まったく意味のないことをしているからです。ここまで田口先生は、僕が姫宮さんや白鳥さんと面識があった、という事実を考慮していません。僕の持つ情報がそんなに重要なら、姫宮さんや白鳥さんが直接質問しに来るはずです。ちょうど今の田口先生のように」

「それはたぶん、彼らも忙しくて……」

天馬の指摘に虚を衝かれ、情けないことに俺は、語尾を濁らせてしまう。

「それはゴマカシです。彼らがそんなに鈍くはないことは田口先生もよくご存じのはず」

俺はうなずかざるを得ない。こういう流れの時は、さっさと降参するに限る。

「天馬君の言う通りだ。じゃあ聞くけど、どうして白鳥さんたちは、天馬君から情報を得ようとしないのかな?」

天馬は俺を凝視して、黙り込む。

周囲が急に慌ただしくなったのは、昼休みが終了間際だからだろう。

セルフサービスの食器片付けの音がかちゃかちゃとうるさく響く中、天馬はぽつんと言った。

「すみれ先生が言った通りでした。本当にヘタレだったんですね、田口先生って」

思わぬ名前を聞かされて、ぎくりとしている俺に向かって言い放った。

「僕の情報を今さら引き出しても無意味だというのは、僕が持っている情報は姫宮さんや白鳥さんに洗いざらい話してあるから、です。しかも事件直後、記憶がまだ生々しいうちのものですから、あれ以上の情報は僕からはもう引き出せません」

俺は天馬の説明に納得させられながらも、ここで押し切られてはなるものか、とも思う。

「天馬君のロジックはわかった。確かにムダかもしれない。それでも私は君に尋ねてみたいんだ。なぜなら彼らの解析だって完璧ではないからだ。どうして優秀な彼らがいつまでも、可能性の低いすみれ生存説から離れられなかったんだと思う？」

まさかそんな風に鸚鵡返しで問い返されるとは夢にも思っていなかったようで、天馬は押し黙る。やがて、言う。

「それは……僕の気持ちに引きずられたからだと思います。事件直後の僕の言葉が少し歪《ゆが》んでいたから真相から遠ざかってしまったのかも……」

「それならやはり天馬君はこの申し出を受けるべきだ。天馬君の感情に引きずられ、事件直後の解析が歪んでしまったという自覚は、優秀な彼らにも見えていないからね。それは、私と天馬君の接触ではじめて見えてきた新たな視点だろう？」

すかさず畳み掛けた俺の言葉に、天馬は耳を傾けている。俺と天馬の間に張り巡らされていた、拒絶感という氷の壁が、徐々に溶けていっているような気がした。

ここで逃してなるものか、とばかりに俺は追撃する。

「誤解しているみたいだけど、実は、天馬君にお願いしたいのは碧翠院関係のことではないんだ。こうなったら天馬君にはこの申し出を受けてもらうしかないようだ」

天馬はまじまじと俺を見た。そしてぼそりと呟く。

「なるほど、しぶといことはしぶといのか」

天馬はちらりと壁の時計を見上げた。

「本当にもう行かないと遅刻なんです。さっきから堂々巡りで、肝心の本題に入っていません。田口先生が僕に依頼したいことって、一体何なんですか」

その瞬間、天馬に一瞬、焦りの色が見えた。

俺はゆっくりと大本命の本題を告げる。たどりつくまで、長い道のりだった。

「さっきも言いかけたが、私はＡｉセンターのセンター長になったので、Ａｉセンター運営連絡会議を開催しなければならない。その会議にオブザーバーとして参加してもらいたいんだ」

天馬の顔が、驚きに歪んだのを、俺はしっかり見届けた。

俺は心中で呟く。

悪かったね、坊や。驚かせるつもりはなかったんだ。


天馬は必死に抵抗する。

「お話がまったくわかりません。僕は医学生です。大学の新しい仕組みを作る会議に参加するなんて、学生のやるべきこととは思えません」

俺は静かに、言う。

「まあ、それは当然の答えなんだろうけど、これは天馬君にとってはチャンスでもある。君がなみなみならぬ関心を抱いている碧翠院こそ、そもそものＡｉの発祥の地なんだから」

天馬の表情が和らいだ。

「さすがにセンター長だけあって、Ａｉの起源はよく理解しているんですね」

それから、ふ、と真顔になる。

「僕みたいな医学生が参加することで、本当にお役に立てるんですか？」

それまで妙に尖っていた天馬の声に、柔らかな響きが戻ってきた。

俺はほっとして、既定路線に戻った問答集の模範解答を答える。

「正直言えば、それはよくわからない。でも姫宮さんの依頼に対しては間違いなく役に立つ。そして碧翠院の生き残りがどちらかを判別することは、東城大が生き残るために、重要な意味を持つ。天馬君に会議に参加してもらえれば、そうしたことも考えてもらえるだろう。だから是非、オブザーバー参加してもらいたいんだ」

天馬の心は揺れているようだった。

「でもやっぱり、医学生が先生方の本チャンの会議に参加するなんて……」

当然の反応だ。俺だって、いきなりこんなことを言われたら、十中八九は尻込みをするだろう。だが、ここでコイツを取り逃がしてはならない。俺の本能がそう告げていた。

その時、俺の脳裏に、ある情報が呼び覚まされた。

「実はつい先ほど、君たちのグループの公衆衛生学の実習研究レポートを読ませてもらったよ。特Aを取った、学年一番のあのレポートだ。そして確信した。レポート作成の中心人物は天馬君、君だとね。そんな天馬君だからこそ、今の私にはどうしても必要なんだ」

天馬は目を白黒させている。さすがにこれは思わぬ攻撃だったようだ。

「いえ、あれは僕たちの班のエース、冷泉《れいせん》が……」

懸命に抗《あらが》う天馬の言葉を遮って、俺が言う。

「私の目はごまかせない。あのレポートには、碧翠院が息づいている。あそこを直接知る人物にしか書けないレポートだ」

天馬がかなりダメージを受けているのがありありとわかる。気の毒だが、手強い相手に敬意を表し、全力で仕上げにかかる。

「どうしてそんなに腰が引けてるのかな。天馬君ほど、死因究明制度問題に関心を持っている医学生なんて、他にはいない。おまけに天馬君は碧翠院に執着していることも自覚している。そんな君が、なぜこの会議への参加をためらうのか、私にはさっぱり理解できないね」

「だって医学生にとっては、そんなことは……」

「ただの医学生じゃないだろ、天馬君は」

埒《らち》があかないので天馬の反駁《はんばく》を途中でぶった切り、挑発してみる。

「ひょっとして怖いのかな？」

案の定、天馬はきっと僕を睨み返してきた。

「怖い？　まさか。僕はＡｉには興味がないし、退屈な会議に参加したくないだけです」

抗う声に力がなくなってきている。終幕は近い。

「でも天馬君は、桜宮一族には共感している。そうだよね？」

俺の問いかけに反射的にうなずいてしまった天馬にとどめを刺すように、静かに言う。

「それなら天馬君はこの話には絶対乗らなければいけない。だってＡｉの行く末については巌雄先生も、すみれクンも一番気にかけていたんだから」

天馬とすみれがどのような関係なのかは知らない。だが、すみれがそう考えていたことはよく知っている。

急所への一撃を食らって、端整な天馬の顔が一瞬、ゆがむ。

ＯＫ、これでフィニッシュだ。


俺の顔を見つめ続けていた天馬の表情が、ふっと和らいだ。頑なに鎧《よろい》を被《かぶ》っていた裏側から、青年の柔らかい表情がちらりとのぞいた。

「田口先生ってＢ型でしょう？」

俺はいきなりの質問にとまどいながらも、うなずく。

「よく、そう言われるんだけど、どうしてだろう」

「ついでに星座は双子座か蟹座のどっちか、かな」

そのつながりで、ぴんときた。コイツも姫宮の怒濤の洗礼を受けたのだろう。

脳裏に、姫宮との初対面での素っ頓狂な星座占い解析の一場面が、ありありと蘇った。

「天馬君は姫宮さんから血液型と星座を見抜くコツを教えてもらったんだね」

俺は笑いを噛み殺す、姫宮との相性がどうだったのか聞きたかったが、我慢した。なぜなら、それを聞いた瞬間、鸚鵡返しに同じ質問を返されることがわかりきっていたからだ。

〝相性は悪くないです、残念ながら〟などという、たわけたフレーズは、二度と耳にしたくない。

天馬はポケットから手帳を取り出すと、さらさらと書き付けて俺に手渡す。

「どうせならできるだけ参加したいので、内科診断学の授業時間は避けてほしいんですけど」

「それじゃあ、参加してくれるのか」

俺は心底喜んで言う。天馬は皮肉な口調で言い返す。

「ですから、さっきから言っていますけど、そういうのをムダな確認というんです」

——ちょっと可愛げがあるな、などと気を許した俺がバカだった。

俺はうなずきながら、確認する。

「わかった。可能な限り天馬君の要望に沿って対応させてもらう。でも、ひとつ聞いていいかな。どうして内科診断学は避けてほしいんだい？」

医学部きってのサボリ魔だったんだろ、という言葉はかろうじて飲み込んだ。

すると天馬はにい、と笑う。

「基礎医学なら病理学、臨床医学では内科診断学。それが必要最小限の医学知識だからです」

神経内科学の講師である俺に向かってぬけぬけとそう言うと、天馬は立ち上がる。

「ランチ、ごちそうさまでした」

礼儀正しく礼を言うと、ふと思い出したように尋ねた。

「そう言えば、僕の質問にはまだ答えてもらっていませんでした。そもそも田口先生は、僕が、碧翠院の最期の場にいたということを誰から聞いたんですか？」

すっかり忘れていた。確かに話の流れからすれば、それが姫宮からの情報であるはずはない。天馬は自分の持っている情報が、白鳥たちから役立たずだと思われていると感じている。ならば、姫宮が俺に天馬を推薦するわけがないではないか。

俺は天馬の明晰《めいせき》さに感心した。じっくり考えれば、誰でもすぐにわかりそうなことではあるが、こうしたやり取りの最中に思い至るには、ある種の聡明さを必要とするものなのだ。

隠すことでもないので、俺はその名を伝えた。

「私の受け持ち患者、乳癌の末期患者の高原美智さんが教えてくれたんだ」

兵藤クン情報によると、天馬はベッドサイド・ラーニングで美智を受け持つと選択したらしい。

だから、その名を告げた時に、天馬があんなにびっくりするとは思ってもいなかった。

やがて、天馬がぼそりと呟いた。

「田口先生って、すみれ先生の言った通りの人でした」

「どういう意味だい？」

聞きとがめた俺に向かって、天馬は軽やかな口調で答える。

「人当たりはいいのに、なかなかどうして諦めが悪くてしぶといの、と言ってました」

俺の脳裏に、鳶色の瞳の残像が一瞬きらめいて、そして消えた。

はっと気がついた時には、天馬の姿は目の前から消えていた。それまでの時間が白昼夢の中の出来事のようにも思えたが、そうではなかった証拠に、俺の手の中には一枚の走り書きのメアドが残されていた。俺は、Lucky Pegasus 19XXという筆記体をぼんやりと眺めていた。

15章　4Sエージェンシー、不発

7月11日午後1時
付属病院1F　不定愁訴外来

天馬との想定外の厳しい交渉を終え、不定愁訴外来に戻ると、珈琲の香りが漂っていた。

どうやらお約束通り、いよいよ望まれざる客、主役の到着かもしれない。

悪い予感を感じながら、不定愁訴外来の部屋の扉を開けると、長身の男性が佇んでいた。

テーブルの上にはカップが置かれ、珈琲が湯気を立てていた。

どうやら俺の勘は外れたようだ。

「お久しぶりです、田口先生、4Sエージェンシーへのご用命、まいどありがとうございます」

男性は改めて名刺を差し出し、頭を下げる。俺は藤原さんから珈琲を受け取りながら言う。

「そんな久しぶりでもないでしょう、城崎《しろさき》さん。つい先月、アリアドネ・インシデントでお世話になったばかりですから」

今、俺の目の前に座っている細身の男性、城崎は『バタフライ・シャドウ』というグループのベース兼アレンジャーだった。『スカラベの涙』は不朽の名作の呼び声が高い。

かつて東城大に入院していた伝説の歌手のマネージャーでもあった。彼は、マネージャーを辞めた後、4Sエージェンシーという便利屋を立ち上げている。

正式名称は確か、シロサキ・シークレット・システム・サービス・エージェンシーだ。

俺が世間話のイントロでそのことを振ってみると、城崎はあっさり答えた。

「そんなこともありましたね。でも、終わった仕事は忘却の海に沈めてしまうもので」

こういうタフさが、臨機応変の対応を導き出す素地なのだろう。俺は、久しぶりに勘が外れたな、と思いながらも、テーブルの向かいに座ると、城崎にソファを勧める。

礼儀正しく断りをいれ、城崎は腰を下ろした。

「お忙しいところ、突然お呼び立てして申し訳ありませんね」

城崎はにっと笑う。

「それが便利屋の仕事ですから」

「今日は瑞人《みずと》クンは一緒じゃないんですか？」

瑞人は、東城大の小児科患者だったが天涯孤独で身よりがなく、退院後は城崎が便利屋の手伝いに雇っている少年だ。

「今回は瑞人はパスさせます。頭脳作業より肉体労働の比率の方が高そうな予感がしたもので」

「それはどうかなあ。でも言われてみれば、依頼はふたつになりそうだし、メインはガテン系かもしれないですね」

「ほらね。私の勘は結構当たるんですよ」

城崎が得意げな笑顔になる。俺はうなずいて続ける。

「そう言われてみたら、問題が少しクリアになった気がします。では最初の依頼ですが、実は今、私は過去の事件の洗い直しを始めています。この調査を手伝っていただきたいのです」

「過去の事件、と言いますと？」

「碧翠院桜宮病院火災の一件です」

それまで陽気だった城崎の顔がいきなりこわばった。

しばらく黙り込んでいたが、やがて、絞り出すように言う。

「その件は、依頼内容次第ですね。内容をかいつまんで教えていただけますか」

俺はうなずいて、話し出す。

「事件では桜宮一家が全員亡くなったとされています。でも事実はそうではなかったらしく、双子の姉妹、小百合さんかすみれさんのどちらかが生存している可能性が高い。そのどちらが生存しているのか、再調査及びデータのスクリーニングをお願いしたいのです」

城崎は眉を寄せて、腕組みをして考え込んだ。やがて顔を上げると、言った。

「残念ながら、その依頼はお受けできません」

「なぜですか？」

「利益相反《そうはん》の可能性があるからです」

俺は城崎の言葉に考え込む。利益相反とは、依頼を受ける時に、別系統の者からの依頼と内容がバッティングする際に用いられる法律用語だ。

ということは、この件ではすでに誰かから依頼を受けている、ということか。だとしたら、俺の新たな依頼を受けることがデメリットになる、もうひとつの依頼をしたのは一体誰だろう。

城崎の言葉の意味は読み解けなかったが、気を取り直す。

もともとこれは、姫宮から受託した業務の丸投げだ。そしてつい先ほど、天馬大吉の協力を取り付けている。万が一の抑えで依頼しようとした城崎に断られても、さほどダメージはない。

「それでは、ひとつ目の依頼は諦めます。二番目の依頼で、実はこっちが本命なんです。東城大が誰かに脅迫されているらしいので、そのディフェンスをお願いしたいのです」

城崎は身を乗り出してきた。

「すごく曖昧ですけど、興味深い話ですね。どんな風に脅迫をされているんですか？」

俺は脅迫状のコピーを差し出しながら、言う。

「『八の月、東城大とケルベロスの塔を破壊する』とかいう、差出人不明の脅迫文が病院長宛に送られてきまして」

途端に城崎は、ソファの背もたれにもたれかかって天井を仰ぎ見た。

城崎の顔色が変わったことには気がつかないふりをして、俺は淡々と続ける。

「その脅迫に関する動きをチェックし、できればその動きを抑え込んでほしいのです」

城崎はさらりと尋ねる。

「脅迫文の内容は、半分が意味不明ですね。ケルベロスの塔って何のことでしょうか」

「私たちにもわからないので、できればそれも含めて調べていただけるとありがたいのですが」

城崎は顔をしかめ、黙り込んでしまう。

長い沈黙に、ちょっと依存しすぎたかな、と不安がよぎる。

やがて、城崎は答えた。

「そちらの依頼もお断りせざるを得ないようです」

「まさかこれも利益相反ですか。だとしたら城崎さんは東城大への破壊工作の手助けを依頼されていると判断せざるを得ませんが」

城崎は苦しげな表情になるが、やがて絞り出すように言う。

「ビジネス上のルールなので詳しく申し上げられませんが、それでもぎりぎりまで申し上げますと、お断りする理由は利益相反ではなく、重複依頼の忌避になります」

「重複依頼の忌避、ですか」

俺は理由を口ごもりながら反復する。

ということは、同じような依頼を他の誰かから受けた、ということだ。

「ひょっとしてすでに高階先生が依頼していた、とか」

「その質問にお答えすること自体、守秘義務違反なのですが、高階病院長とは利益が合致するであろう田口先生ですから、ここだけはお答えしてもいいでしょう。それは高階病院長のご依頼ではありません。また、病院関係者からの依頼でもありません。どうかここまででご勘弁を」

こうなると俺には城崎にこんな依頼をする候補者は見あたらない。

外部の人間の依頼、ということか？　そこまで考えて、途方に暮れる。

そんなことを依頼する外部の人間など、どこにもいないと思われたからだ。

まず、この依頼は桜宮一族の生き残りがいるということを把握していることが前提だが、そもそもそんな一般人など、まずいない。その上、彼らが東城大に攻撃を仕掛けてくるなどと考えているのは高階病院長と白鳥・姫宮の厚労省コンビくらいだ。

天馬大吉もそのことに感づいているようだが、天馬がそんな依頼をすることは百パーセントあり得ない。城崎と天馬のふたりに接点があるとも思えないし、何より天馬は、東城大には愛着がない、と断言しているのだから。

こっちの件は、できればもう少し明瞭な輪郭を把握したかった。なぜならこれからの俺の業務に深く関わっている予感がしたからだ。だが同時にこうなってしまった以上、いくら問い詰めても金輪際、城崎が口を開くことはないだろう、ということもわかっていた。

仕方なく、俺は言う。

「わかりました。では諦めます。今回の依頼は三振でしたね」

「そんなことないです。まだツーストライクですから。それにまだ田口先生の依頼には、間接的にお役に立てる可能性があるかもしれませんし」

　そう言って城崎はにっと笑う。

「そうだといいですね」

　明らかに社交辞令とわかる言葉を俺が言うと、城崎は生真面目にうなずく。

「今回の依頼は故あって受託できませんでしたが、もしもそんな事態になれば、成り行き次第ではディフェンス・ラインの一翼を担うお手伝いくらいはさせていただくかもしれません」

　城崎の言葉は調子よく聞こえた。普通の相手なら、はいはい、と言いながら、期待値を下げるクローズ作業に入る。だが、城崎はそういうタイプの人間ではない。

　俺は密かに期待値を上げた。どうなるかは、見当もつかなかったけれど。

　すると城崎は妙な提案をしてきた。

「実はひとつ、お願いがあるんです。先生が仕切るＡｉセンター運営連絡会議にオブザーバー参加させていただきたいのです。実際に参加する確率は低いんですけど、メンバー表に名前が載り、情報を共有しているという事実が重要になるかもしれません」

　俺は、予想だにしなかったオファーにびっくりして、まじまじと城崎を見つめた。

「でもそういうのって利益相反やら重複依頼やらには引っ掛からないんですか」

　城崎はうなずく。

「もちろんです。この依頼に対応していただけると、ひょっとしたら田口先生に恩返しができるかもしれません。業務としてＡｉセンターの防衛戦略構築は受託できませんが、たまたまそんな事態に遭遇したら、降りかかる火の粉は払いますので」

つまり用心棒は断るが、助太刀は厭《いと》わない、というわけか。

これはある意味、東城大にとって願ったり叶ったりではないか。

そこで俺は、城崎のオブザーバー参加をふたつ返事で許可した。

午前中の天馬大吉といい、今回の城崎といい、俺は黒幕である高階先生にお伺いを立てることなく、新しい参加メンバーを次々に決定してしまっている。

ふと不安になるが、同時に自分に言い聞かせる。

——これは当然のことだ。なんせ俺はセンター長なのだから。

俺が自分に言い聞かせた言葉には一点の曇りもなく、そのロジックはさながら、美しい真珠のように滑らかな曲面を描き出して、俺の胸の内にすとんと落ち着いた。

城崎は立ち上がると丁寧なお辞儀をした。

「今回は二件の依頼不受理、という、4Sエージェンシーとしては大変珍しい事態になりました。けれどもそれは吉兆です。むしろ私が関わらない方が、大事にならないような気がします」

それが本当かどうか、確認する術はない。なので、城崎の予感を素直に信じてみた。

立ち去る寸前に、城崎は振り返る。

「そうだ、ケルベロスの塔が何か、という点については、裏付けはないのですが、見当はついています。お聞きになりたいですか?」

俺はうなずく。

まったく見当がつかないのだから、当てずっぽうの意見でも何らかの参考になるはずだ。

すると城崎は静かに言った。

「ケルベロスの塔とは、A・iセンターのことかもしれません」

俺は驚いて尋ねる。

「どうしてそう思われるのですか？」

城崎はシニカルな笑顔で言う。

「ケルベロスは、冥界の入口を守る地獄の番犬です。Ａｉセンターも死者が黄泉《よみ》の国へ行く時に通り過ぎる塔でしょう？　ならばそこにケルベロスが棲みついていても、おかしくはない」

俺は呆然とした。指摘されてみれば、説得力がある。

城崎はその不穏で不吉な言葉を残し、姿を消した。

俺は、城崎の背中が扉の外に消えていくのを、黙って見送った。それから俺は城崎との会話を再現し、どうにも摑みきれない実情に途方に暮れる。

その時ふと、城崎に向かってひと言、「東城大を危機から守ってください」と依頼したら城崎はどう答えただろう、という疑問が湧いた。そう尋ねるチャンスをみすみす見逃してしまった間抜けさに気づいた俺は、己の無能さに絶望した。

16章　内科学会理事・陣内宏介教授

7月14日午前10時
付属病院4F　病院長室

俺が高階病院長からの呼び出しを受けたのは、城崎と面会してから三日後の朝のことだ。

部屋に招き入れた俺に紅茶を出しながら、「調査の進捗加減はいかがでしょうか」と、丁寧な口調で尋ねてきた。

「それなりに進展はありますが、まだとりとめがなくて」

「でしょうね。あれから私も考えたのですが、姫宮クンの依頼も結局は、ケルベロスの塔が何かを判別しなくても、Aiセンターのディフェンスを全うすれば済みそうです」

「なぜ、Aiセンターが攻撃対象になるのですか?」

俺の質問に、高階病院長はあっさりと謎解きをしてみせる。

「簡単な理屈ですよ。憎んでも憎みきれない東城大の関連施設が、自分たちの住んでいた場所に建築されるんです。あの姉妹の気性を考えれば、どっちが生き残っていても、目障りな東城大の施設を破壊しに来るに決まっているじゃありませんか」

俺はうなずいて同意しながらふと、あの依頼を病院長室で受けた時に、いきなり全面拒絶を持ち出さなかったらどうなっただろうと考える。ひょっとしたらプライオリティが高かったのは、東城大をディフェンスせよ、という方だったかもしれない。それをいきなり頭ごなしに拒否したものだから、俺の気を引きそうな、姫宮からの依頼を冒頭に持ってきたのではないか。

目の前でうっすらと笑う高階病院長の顔を見ていると、そんな妄想みたいな俺の推測も、あながち外れていないような気もした。だがもはや確かめる術はない。

つまりすべては闇の中、東城大の腹黒タヌキが、その腹の中に抱える闇は途徹もなく深い。

「前置きはそれくらいにして、本題に入りましょう。これは田口センター長にご了承をいただきたいのですが、Aiセンター創設委員会に新たなメンバーをひとり、追加したいのです」

「高階病院長の要請なら誰も異論はないでしょうが、それって誰ですか？」

「循環器内科の陣内《じんない》教授です。先日、Aiセンター創設委員会に参加したい、との申し出がありまして」

「どういう風の吹き回しですか？　これまで内科はAiに関しては、ずっと無関心でしたよね」

高階病院長はうなずく。

「無関心などという可愛いものではありません。陣内先生は内科学会の重鎮、帝華《ていか》大第一内科の大道《おおみち》教授と昵懇《じっこん》の間柄でして。日本内科学会は未だに解剖主体のモデル事業に固執し続けている、アンチAiの巣窟です。つまり陣内教授はアンチAi代表なんです」

「そういえばAi絡みでは彦根のヤツが、厚生労働省検討委員会でモデル事業をこてんぱんにしてしまうという不作法をしましたね。そう考えると内科学会を代表する立場で参加しようとしている陣内教授は、絶対に前向きの参加者ではなさそうです」

俺はげんなりした。高階病院長はうなずく。

「他にもマイナス要因があるんです。かつて私は、陣内教授の恩師の江尻《えじり》病院長に、大変な失礼をしたことがありまして。江尻教授の忠実な弟子でもある陣内教授は、未だにそのことを根に持たれているのが、教授会の席でもひしひしと感じられるので、かなりまずい流れですね」

どうしてあんたの昔のオイタを、この俺が尻ぬぐいさせられるんだ、という俺の心の叫びは、おそらく現実世界での居場所を与えられることはないだろう。

だが高階病院長が、反対派の参加はまかりならぬ、と言わないのは器のでかさだろう。もちろん俺に異存があるはずもなく、仮に異存があったとしてもそれを申し立てるだけの実力も根性もないので、素直にうなずいた。

それにしてもどんな地殻変動が起こっているのだろう。

これまでAiセンターに関しては徹底的に無視を決め込んできた内科系の教授の雄が、その創設委員会開催を翌日に控えた切羽詰まった段階で、いきなり参戦を表明してくるとは。

俺は、再びソファに座る。そんな俺と高階病院長の間に、けだるい空気が流れる。

俺は高階病院長との共通の話題を探し、沈黙の重苦しい空間を埋めようとする。だが俺たちは身分も趣味も過去の経歴も、すべてがあまりにも掛け離れすぎていた。

仕方なく、今から訪れる業務についての確認という、色気のない話題を振ることになった。

「それにしても陣内教授の参加要請は、ずいぶん唐突で性急ですね」

「そうでもないんです。陣内先生はAiセンター設計委員会の委員長でもありまして」

ということは……。

俺が高階病院長を見ると、高階病院長は鷹揚《おうよう》にうなずいた。

「陣内教授の委員会への参加申し出は受諾せざるを得ません。ならば承認することで恩を着せ、確認しておかなければならない情報を取得する、いい機会だと思いませんか?」

確認しておかなければならない情報? それって何だろう。

怪訝そうな俺の表情を読み取って、高階病院長はため息をつく。

「田口センター長は、乳母日傘《おんばひがさ》でお育ちになったようですね。それではこれから東城大を襲うであろう乱世を生き抜いていけません。ましてや私の後継者など、とてもとても……」

いや、別に俺は東城大の戦国時代を生き抜いてやろうなどという野心はまったくない。まして、高階病院長の後継者など真っ平御免だ。俺が今知りたいのは、会見にあたり陣内教授から取得すべき情報とは何か、ということであって……。

あまりに反応の鈍い俺に対し、高階病院長はしびれを切らしたように言う。

「時間がありませんので正解を申し上げます。なぜAiセンターがあのようなフォルムになったのか、設計を決定した責任者にお話を伺うことは、我々にとって絶対に必要なことですよね？」

目が覚めるような衝撃を受けた。

そうだった。どうして東城大にとって縁起が悪い、あのフォルムをわざわざ……。

俺は初めてあの建物を見た時の衝撃を思い出す。それはまさに碧翠院桜宮病院の再現だった。失われた亡霊が、突然真昼の岬に蘇り、ぼんやりと佇んでいるように思えたものだ。

高階病院長の言う通りだった。あの時、俺たちを襲ったおぞましさを少しでも軽減できるのであれば、そうしたフォルムを採用した責任者に経緯を確認しておくことは当然ではないか。

俺は自分の頭を密かに拳骨《げんこつ》で叩き、叱責する。

今度陣内教授にお目に掛かったら、権謀術数の秘術の限りをつくした会話に勤《いそ》しもう。

そんな俺の決意を見透かしたかのように、高階病院長はちょろりと言う。

「そういえば、間もなくこの部屋に陣内教授がお見えになります」

「そうなんですか。では私はこれで……」

あわてて腰を上げようとする俺を片手で制し、高階病院長は言う。

「たった今、お話ししたばかりじゃないですか。参加許可を、田口センター長自ら陣内教授にお伝えいただくのには、ちょうどいい機会なんですよ」

押し問答の最中にノックの音がした。

扉を開けて入ってきたのは話題の渦中の人物、陣内教授その人だった。


洒落た服装に身を包んだ洒脱な紳士にしか見えない陣内教授は、高階病院長からソファを勧められる前に自ら着席すると、ざらついた声で話し始める。

「高階病院長からお声が掛かるのを待ちわびていたが、結局は自分から申し出る羽目になった。だが、これでようやくこれで東城大の斬新な試みを、内科学会にアピールできるというものだ」

斬新な試み、という抽象的な言い方が、棘々《とげとげ》しい口調と相俟って妙に引っ掛かる。

俺は黙って陣内教授を見つめた。

カイゼル髭を語らずして、陣内教授の描写は不可能だろう。それは猫の髭のように、ぴんと張り詰めていて、顔の造作より目立っていた。誤解を恐れずに言わせてもらうなら、陣内教授はそのファッションから立ち居振る舞いまで、彼の存在のすべてが、まずはカイゼル髭ありき、であるかのように思えた。カイゼル髭が似合う洋服を着る、というよりも、カイゼル髭を引き立てるためにのみ洋服を選択している、という感じさえする。

その髭をぴん、とひねりながら、陣内教授は言う。

「いきなりだが、センターの名称は変えた方がいいな。例えば死因究明センター、とか」

俺はまじまじと陣内教授を見つめてしまった。高階病院長が言う。

「組織構築は終えていますので、難しいですね。なぜ名称を変更したいのですか」

「Ａｉという用語に対し、内科学会から疑義が出ているからだよ。和製英語を学術的な公用語に使うのはいかがなものか、というクレームだ。私も内科学会の理事なので、そうした意見を無下にもできないため、こうしてお伝えしている」

高階病院長は俺を見た。Ａｉセンターのセンター長は君なのだから、こういうラフファイトには自分《トップ》が対応しろ、とその視線は言っていた。

――はいはい、わかりましたよ。

俺は陣内教授に言った。

「Ａｉは和製英語ですが、すでに世に広まっていることに加え、実際にＡｉセンターもこうして創設されていますので、変更は無理かと思います」

「世の中が認めているからと言って、それをそのまま使うことが、果たして正しいのか。また、医療人としてふさわしい判断だろうか」

俺はため息をつく。「その領域への業績や愛情がない連中ほど用語問題を言い立てるものなんですよ」と、かつて彦根が教えてくれた。目の前で滔々と語る陣内教授こそまさに、彦根が提示した典型例に思えてくる。

高階病院長は説得できる相手ではないと見限ったのか、話を変えた。

「その件はご意見として承っておきます。それより今日は事情を伺いたいことがありまして」

「東城大のフィクサーと謳われた高階病院長がこの私に聞きたいことがあるなど、驚きですな。どうぞどうぞ。私が知っていることなら、何でもお話ししよう」

「では早速。Ａｉセンターがああいうフォルムになったのは、どのような経緯だったのですか」

途端に、陣内教授がカイゼル髭《や》をこするのを止めた。

「うむ、そっちか」

その途端、俺の脳裏に、屹立するサソリの尾、Ａｉセンターの白銀の塔がありありと浮かび上がる。うつむいてしまった陣内教授に、高階病院長が皮肉っぽい口調で言う。

「おや、口ごもられてしまいましたね。ひょっとして、表に出せない裏取引でもありましたか？」

陣内教授は顔を上げて、きっと高階病院長を睨んだ。

「失敬な。私が言いよどんだのは、事情がやや入り組んでいるせいだ」

「といいますと？」

「設計コンペでは国内の業者に決まりかけていたんだ。実績もあるし仕事も手堅い、評判のいい設計事務所だった。ところが落札日の前日に電話があった。桜宮岬に新築する建物の設計を引き受けたいという代理店からで、当然断ろうと思った。だが話を聞いてもらうだけでいい、不審なら説明会に複数名参加してもらっていい、とも言う。そこまで言うなら、条件を聞くくらいはいいだろうと思い、事務の担当者と一緒に翌日、病院内で会ったのだ」

「それはまた、不自然に見えるくらいに迅速な応対でしたね」

「仕方ないだろう。入札予定の前日だったんだから。で、会ってびっくりした。完璧な仕様書で、明日にでも入札可能だった。中身も驚くべきもので、まず価格が他社の半額だった」

「半額とはすごい。粗悪なダンピングではなかったのですか？」

高階病院長の質問に、陣内教授は首を振る。

「設計者は国際的に高名な建築家で、同行した事務官でさえ、その名を知っていた」

「そんな著名な建築家の設計が半額で申し出られたのを、おかしいと思わなかったのですか？」

「もちろん、初めは私も疑ったさ。この年になってつまらない収賄や詐欺に引っ掛かり、残りの人生を棒に振るのはまっぴらだからな。仲介者にも半額になる理由を説明してもらわなければ信用できないと、はっきり申し上げた」

陣内教授の対応は模範的だ。説明が続く。

「すると代理店は、この件は著名な建築家が是非やりたい、そのためなら国際資金援助の提供さえも厭わないというのがそもそもスタート地点なんです、と説明した」

「陣内教授ともあろうお方がそんな世迷《よま》い言を信じたのですか」

「私も信用していなかったが、代理人が持ち出した名前を聞いて気が変わった」

陣内教授は高階病院長の顔を覗き込んで言った。

「設計を建築家に委託した人物は、高階病院長もよくご存じのはず。モンテカルロのエトワール、天城雪彦先生だったのだ」

「そんなバカな……」

高階病院長の声は震え、語尾が聞き取れない。その顔色は蒼白《そうはく》だった。

「……天城先生は二十年以上前に……」

「おっしゃる通りだが、我々のみが知るその名を出されれば、信用せざるをえないだろう」

高階病院長は固まったまま、何も答えない。

「信じがたいのも無理はない。あの件が頓挫した経緯は、病院でもごく一部の古株連中しか知らない、歴史上の物語だからな。だが、こんな時を隔てた今、誰がその名を持ち出し入札理由にするというのか？　あり得ない確率ゆえに、私はこの申し出を真実だと信じたのだよ」

陣内教授はちらりと高階病院長の顔を盗み見て、その青ざめた表情を確認する。

「そして素直に中身を検討してみたところ、こちらからお願いしたいくらい素晴らしい設計と施工内容だった。条件はただひとつ。半額分は先方が補塡する代わりに設計と施工は任せてほしいというものだった」

「そして陣内先生はその申し出を、院内会議に諮ることなく受けてしまったんですね」

高階病院長が皮肉めかしてそう言うと、陣内教授は応じた。

「院内検討委員会にかけたところで、同じ判断になっただろう。おわかりいただけたかな。私が独断であのデザインを採用した、というのが誤解だということを」

高階病院長はうなずいた。

「わかりました。代理店の連絡先などの情報をお教えいただけるとありがたいのですが」

「後で秘書にメールさせよう。ところで私は正式委員として承認していただけたのかな?」

高階病院長の無言の圧力に促され、俺は高階病院長の代わりに言う。

「もちろんです。陣内教授のお申し出は、Ａｉセンター長として大変ありがたいことです」

陣内教授はじろりと俺を見て、言う。

「田口先生の言葉は、軽やかな羽毛のように心地よいが、中身がなくて虚ろだ、と耳にしたことがある。どうか今の言葉に実を感じさせていただけるようにと願っているよ」

初対面の俺に対し、ウワサにすぎないネガティヴ評価を告げて平然としている陣内教授の鈍感さと傲慢さを同時に感じて、さすがの俺も少々腹を立てた。だが、俺は私的感情を抑え込んで言う。

「必ず、言葉通りだとご納得いただけるよう努力しますので、ご協力よろしくお願いします」

砂を嚙むような思いで社交辞令を口にした俺に向かい、陣内教授はさらに本音をぶつけてくる。

「さっきの話は途中だったたな。私はセンターの呼称問題は納得していないので、今回の運営連絡会議では大前提から忌憚《きたん》ない意見を述べさせていただくから、そのつもりで」

俺は無言でうなずいた。それを確認し、陣内教授は病院長室を後にした。

この短い会見の間に、わかったことがふたつある。

ひとつは、陣内教授はＡｉセンターの名称問題を持ち出し、会議を混乱させようとしている。つまりＡｉの進展に対してネガティヴな意図を持ち合わせているということ。

もうひとつは、陣内教授は俺のことをセンター長と認めていない、ということだ。

それはこの短い会見で得た情報としては、俺にとっては上々すぎる収穫だった。


陣内教授が姿を消した扉が閉まると、茫然自失の体の高階病院長が言った。

「まさか、あの建物のフォルムの意匠が、あの遠い昔の一件と深く結びついていたなんて、思いもしませんでした」

「今回の件は、高階先生が昔、引っこ抜いたとおっしゃっていた桜の苗木と、何か深い関係でもあるんですか？」

「どうやら、そのようです」

高階病院長はうなずくと、小声で呟くようにして続けた。

「でも、これくらい予想すべきでした。そもそも一度崩壊した碧翠院桜宮病院があの岬に蘇ったのです。それに伴いこの世界では、死者である姉妹の片割れが、闇に蠢《うごめ》いている。ならばその動きにつられて、過去の亡霊が冥界から復活してきたとしても、何の不思議もありません」

それは高階病院長らしからぬ非合理的な台詞だった。たぶん高階病院長の目には、かつて自分が東城大の歴史から葬り去った天才外科医の面影が亡霊のように蘇っていたに違いない。

そうした醜態を晒している自分に気づいたか、高階病院長は己を奮い立たせるように言った。

「田口センター長は調査を継続してください。それとA・iセンター運営連絡会議の開催日を決定しましたから、一斉メールしてください」

「警察庁の方はどうしますか」

「アリアドネ・インシデントの件があるので今回は新たな委員は派遣せず、桜宮市警の役付きあたりに代行させ、お茶を濁そうとするはずです。いずれにしても今後は盗み見されても大丈夫なもののみメールしてください。それ以外は携帯電話のホットラインで直接報告してください」

俺はうなずいた。どうやら情報戦は、序盤戦を終了したようだ。

だが俺たちが闘う相手とは、一体誰なのだろう。

警察か？

いや、違う。警察がすべて敵というわけではなく、とりあえず俺たちの前に陰に陽に立ちふさがろうとしている斑鳩《いかるが》室長ですら、真性の敵と認識し難い。

では医療を破壊しようとしている悪しき意思か？

そういうものが存在するならば、確かに俺たちの敵だが、その実体を追求していくと、最後はぼんやりした闇に紛れ込んでいって、見失ってしまう。

俺は不安で胸をいっぱいにしながら、病院長室を出て行く。

一歩部屋を出た途端、背筋が寒くなる。最後のオーダーは、病院長室ではメール盗み見や盗聴がされている可能性がある、と俺に告げていた。

今、さまざまな動きが一斉に東城大学に襲いかかっているように見える。だがその最終的な標的は、実はただ一点、東城大の腹黒タヌキ、もとい、東城大の魂とも言うべき高階病院長に収束している気がした。

不定愁訴外来に戻ると、直ちにメールを打つ。
高階病院長から指示された、会議に対する出席の最終確認だ。

それから三時間の間に返事は次々と戻って来た。結果は全員出席。最初に打診した時には欠席を表明していたはずの超問題児の二人、彦根と白鳥が出席に転じているのを確認し、俺は眉をひそめる。嗅覚がよく弁が立つ二人の判断が揃って、反転しているということは、とても吉兆とは思えなかったからだ。

ところで今回の会議の参加人数は前回の二倍になっている。

ひとりひとり、数え上げてみよう。

センター長の俺。副センター長の島津。今回から参加する東堂文昭ウルトラ・スーパーバイザー。法医学教室の笹井《ささい》教授。先ほど参戦を表明したばかりの循環器内科の陣内教授。房総救命救急センターの彦根はジュネーヴ大学の桧山《ひやま》シオン准教授を帯同する。警察庁関連はアリアドネ・インシデントの生き残り、監察医・南雲忠義《なぐもただよし》が前回同様に委員参加し、警察庁関連の助手を申請してきている。申請は若干名という曖昧な記載なので当日にならないとわからない。桜宮市警の後付きの誰かが指名されるだろうというのが高階病院長の読みだ。

厚生労働省の火喰い鳥・白鳥はオブザーバー参加という謙虚な申請だが、助手として姫宮の参加も申請してきた。オブザーバーに助手をつけること自体が破格の厚遇だが、どうせアイツは〝弟子が師匠の顔を立てて特別扱いするのは当然でしょ〟とか言って、この運営連絡会議を我が物顔で闊歩《かっぽ》するに違いない。

ああ、むかつく。

思わず吐き捨ててしまう。

それから冷静さを取り戻そうとして、俺は中断したメンバーの数え上げに頭を切り替える。

オブザーバー協力を俺が直々に要請した医学生、天馬大吉も旧知のジャーナリストを助手として申請してきていた。さらに同級生を一名伴いたいという。

こちらから頭を下げて参加していただいた経緯もあり、当然、拒絶できない。

これはおそらく白鳥の差配だと睨んでいるが、高階病院長から医療事故被害者の会の枠を取るように指示された。連絡先は事務局のメアドで、誰が参加するかは当日にならないとわからない。最低二名は参加しそうだった。

そうそう、重要人物を忘れていた。こけら落としの実務責任者である三船事務長。それから、オブザーバーながらも実質上の最高責任者である高階病院長。

本来の委員はひい、ふう、みいと数えれば七名。だが同行する助手とオブザーバー、更にはオブザーバーが帯同する助手の人数が十一名膨れ上がり、計十八名になった。

どんな会になるのだろう、と心配しながらも、俺はこころの片隅でわくわくし始めていた。

17章　錯綜する思惑

7月15日午前9時45分
付属病院3F　大会議室

Ａｉセンター運営連絡会議の当日の朝。俺は病院長室に呼び出された。

「今日の会議でケリをつけます。つきましては田口センター長は次の事項を宣告してください」

高階病院長から受け取った紙片は、箇条書きのメモだった。
①　名称はＡｉセンターで行く。名称問題を論じる時間はない。
②　こけら落としの会では市民公開シンポジウムを実施する。八月下旬。
③　これに先行して、Ａｉセンターの実質稼働を開始する。七月下旬。
④　あらゆる機会を捉え、Ａｉセンターのメディア露出をめざす。
「今日の運営連絡会議ではこれだけのことを〝通告〟すればいいんですね」

高階病院長はうなずく。これまで俺に投げた丸投げ案件と比べれば、初心者レベルだ。

だが俺は問題を正確に把握していた。こんなメモを作ってくれるほど、高階病院長は親切ではない。つまり、この簡単なことをきちんとしないと、会議が暗礁に乗り上げてしまう、と考えている、というわけだ。実際、そのメモは細部にわたってよく考え抜かれていた。

たとえば名称はＡｉセンターで行く、という一文で陣内教授の遅延行為を未然に防止している。こけら落としの会でのシンポジウム開催を宣言すれば、実のない議論にふける時間は激減する。そしてＡｉセンターの実質開始によりさらに実効的な議論に集中できる。

俺はメモを見ながら立ち上がる。

「ご指示の遂行に邁進《まいしん》します。会議まで時間がありませんので、すぐ準備にかかります」

高階病院長は、辞去しようとした俺を呼び止めなかった。

俺の対応は正解だったようだ。だがその指示は、いつもと違い少々性急な気がした。

そういえば高階病院長にしては無口だったような気もする。

得体のしれない何かの悪しき影響により、歯車が少しずつ狂い始めているようだ。

✡

田口が辞去した病院長室では、東堂が高階病院長と向かい合っていた。足を組み、カウボーイハットを顔の上に載せながら、高階病院長の話を、ふんふん、と鼻歌混じりで聞いている。

高階病院長の説明が終わると、東堂は帽子をかぶり直し、紅茶をすすりながら楽しげに言う。

「ゴン、お前が苦労させられるなんて珍しいな。さっきの話で事情はおよそわかったがね。ではいよいよ今日の会議でミーがリヴァイアサン導入に関するメディア戦略をお披露目しよう」

東堂が尋ねると高階病院長は答える。

「お願いします。東堂さんの能天気でド派手な展開で、もやもやしている空気を吹き払ってください。何しろＡｉセンター創設における最大の敵はメディアの意図的な無視ですから」

「ド派手な、という形容詞はプラス・イメージだが、能天気というのはミーの記憶によれば、どちらかと言えばフーリッシュなイメージではなかったかな」

「それは誤解です。東堂先生も日本を離れて長くなりましたね」

高階病院長はきっぱり言い切る。怪訝そうな表情をしながらも、東堂は、首をひねる。

「そうだったかな」

高階病院長はうなずく。

「東堂さんが渡米したのはバブルがはじける直前で、日本の爛熟期《らんじゅく》でした。あれから日本は衰退の一途をたどり、今に至るわけです」

東堂は立ち上がると、高階病院長の肩をぽん、と叩く。

「そういうことならミーに任せておけ。時代の流れを変える、などという大それたことはミーにもできないが、派手な仕掛けで人々の目を釘付けにすることはチョー得意だからな。次から次にどっかんどっかん派手な打ち上げ花火を上げてやるさ」

すると高階病院長は不思議そうな顔で東堂を見つめて言う。

「心強いお言葉ですが、日本を離れている間に、妙にギャルめいた言葉遣いになられましたね」

東堂スーパーバイザーは、肩をすくめて言う。

「日本の女子高生とメル友になったのがいけなかったかな」

高階病院長はコメントしようとしたが、何も言えず、代わりにありきたりの言葉を口にした。

「期待していますよ、東堂さん。ところでひとつお願いがあるんですが」

「何だ、ゴン?」

「お願いですから、みなさんの前ではその呼び方は止めてください」

東堂は、HAHAHAと陽性なアメリカン・コミック的な笑い声を上げる。

「そうだったな、お前のゲキリンだっけ。すまん、悪気はないんだ。以後気をつけるよ、ゴン」

「ですから……」

言いかけて、能天気な東堂スーパーバイザーの笑い顔を見て、ため息をつく。

「……本当に頼みますよ」

それからちらりと腕時計を見る。

「そろそろ最強の援軍が会議場に集結します。本当の打ち合わせはそこからです」


病院長室を早々に退去した俺は、その足で地下の画像診断ユニットに向かった。会議開始まで三十分ほどあったが、島津を誘い一足先に会議室で待機していようと思ったからだ。

ユニットに行くと、島津が日常の画像診断に励んでいた。俺をちらりと見て、ぼそりと言う。

「会議、会議で、診療がおろそかになるのは本末転倒なんだが」

「悪いな。乗りかかった船だから、もう少し手伝ってくれ」

島津はモニタをスキャニングする手を止めて、俺に向き直る。

「腐れ縁の旧友から、正面切って頼まれたらイヤとは言えん。で、何が頼みなんだ、行灯？」

まずその呼び名をやめてくれ、と言おうとしたが、時間がないので我慢して本題にかかる。

「会議でセンター長に祭り上げられているが、俺は非力だから、少しでも情報収集をしておきたいんだ。メンバーが入室してくる様子も重要な情報だから、一足先に入り様子を観察したい。一緒に来てくれないか。観察する目はふたつよりも四つの方が情報は多く得られるからな」

ヒゲ面の島津はうなずく。

「いい心がけだ。確かに今日の会議はＡｉセンターの正念場になりそうだからな」

警察の暴走により、大学病院が崩壊させられそうになったのを、Ａｉの使用によって忌避した後の、最初のＡｉセンターの会合だ。アリアドネ・インシデントで一敗地に塗れた司法領域からの巻き返しが強まることも充分に予想できた。

俺はついでに、高階病院長から渡された、本日の議決すべき事項を島津に手渡す。

「あともうひとつ頼みたい。これを委員のメーリングリストに流してくれないか」

紙片を受け取った島津は目を丸くする。

「コイツをこのまんま流していいのか？」

島津の質問に、俺はうなずく。

「ああ、もちろんだ。これは、高階病院長の指令だからな」

「それなら俺のメアドから発信するのはおかしい。委員長として行灯が流さないとまずいぞ」

「その時間がないから頼んでいるんだ。センター長から副センター長へのオーダーなんだが」

島津は舌打ちをする。

「わかったわかった。まったく、小者がふだん持ちつけない中途半端な権力を手にすると、こういうことになるからイヤなんだよ」

島津は手際よくメモをタイプし、文面に関し俺の確認を取って一斉発信した。同時に俺の携帯にメール着信音が響く。そして島津と共に、俺は開始十五分前の会議室へ向かった。


大会議室では、これまでも東城大におけるエポック・メイキングな会議が開催されてきたが、特に今日の会議は歴史に刻まれるものになる可能性が高かった。

俺が深呼吸をして扉を開ける。その瞬間の驚愕を、誰が予想できただろう。

部屋にはほとんどのメンバーがすでに勢揃いしていたのだ。おかげで、彼らの入室する様子を観察しながら状況を整理しようとしていた俺はすっかり動転してしまった。

視線の集中に、一瞬めまいを覚えた。呆然と立ちすくむ俺の脇腹をこづいたのは島津だ。

コイツに同行してもらって本当によかった。俺の動揺を知られずに済んだからだ。こうなったら方針転換、俺は場に参集しているメンバーのクラスターを順番に表敬訪問することにした。

まずは顔なじみの、挨拶しやすいところから。

「ようこそ、多忙なところ、ありがとう」

俺が握手の手をさしのべると、銀縁眼鏡のスカラムーシュ、彦根新吾《しんご》がにっこり笑う。

「田口先生の依頼なら、何をおいても最優先で参加するのが僕の基本ですからね。それから今回は助手も同行しました。ご挨拶はもう済んでましたよね」

右翼でも左翼でもない、医療をシステムの土台に据える医翼主義を唱える医療界のゲリラ兵、彦根は隣に寄り添う小柄な女性を指し示す。

「その節は本当にお世話になりましたね、桧山先生」

俺が礼を言うと、女性は会釈する。栗色の髪がさらさらと揺れる。

ピアノのアルペジオが聞こえた気がした。

ジュネーヴ大学画像診断ユニット准教授の桧山シオン。

最近のアリアドネ・インシデントの折りには東城大は彼女の画像解析の特殊能力によって危機的状況から救われた。つまり東城大の大恩人だ。

挨拶するまでもなく、今回の会議の重要性を一番理解してくれているコンビだ。

そこに割り込んできた声が響く。

「あーあ、せっかくここまで女性同伴の舞踏会みたいないい雰囲気だったのに、田口センセが、ひとりで全部ブチ壊しにしちゃうんだもんな」

顔をしかめる。そんなことをズケズケ言うヤツなんて、世界広しといえどもひとりしかいない。

周囲を見回すと、確かにどのグループも必ず女性同伴だ。隣の島津のヒゲ面を見て肩を落としてしまう俺は、何て友達甲斐のないヤツなんだろう、と申し訳なく思う。

そんな俺の様子に気づかず、無遠慮な声はズケズケと続けた。

「田口センセ、こういう時は一番の重要人物から挨拶するのが礼儀ってもんなんだけど。だいたい、師匠であるこの僕をおいて他に重要人物がいるはずないでしょ」

どういう風の吹き回しだろう、コイツが時間前、こんなに早く会議に出席しているなんて。

俺は高級スーツを乱雑に着こなす厚生労働省の火喰い鳥、白鳥圭輔に言った。

「とんでもない。一番重要な方は最後にするのが日本古来の礼儀です」

もちろんでっちあげだが、文献を検索するには時間は短すぎ、さすがにヤツでも対応できないだろう。白鳥はメゲた様子もなく、隣の助手を指し示す。

「今回は僕も助手を連れてきたよ。姫宮との顔合わせは済んでるんだよね。それにしても姫宮がオーダーを曲解して、田口センセに直接依頼するなんて、ホント想定外だったなあ。僕は、まずは高階病院長に依頼して田口センセは裏であやつれ、と言ったつもりだったのに」

「申し訳ありません」

大柄な身体を思い切り縮めて、姫宮が謝罪の言葉を口にすると、白鳥は陽気に言う。

「気にするなよ、姫宮。僕はただ、お前たちの将来を案じただけさ。ドッペルゲンガーを見ると寿命が縮むって言われてるだろ。でも本人同士のインシデントで遭遇しちゃったら、これはもう運命として諦めるしかないもんね」

白鳥から思い切り見捨てられた感じがして、心細く感じたのは自分でも意外だった。

まさか白鳥に寄生されていたのではなく、実は真逆で白鳥依存症を発症していたのか？

その考えをぶるぶると強く頭を揺すって追い出そうとしている俺を横目で見ながら、白鳥は肩をすくめて、部屋の片隅を見る。

「でも田口センセに、横着者の落第医学生を引っ張り出す甲斐性があったなんて、びっくりさ」

部屋の片隅には留年大魔王の医学生、天馬大吉が座っていたが、その声を聞いて立ち上がり、白鳥と俺の側に寄ってきた。両隣にはすっきりした顔立ちのシックな女性と、ツイン・シニョンの髪型がキュートな女性が、競うようにして寄り添っている。

天馬は俺に言う。

「オブザーバー参加を認めていただいた、時風新報《ときかぜしんぽう》の社会部記者で幼なじみの同級生、別宮葉子《べつくようこ》さんと、僕と同じベッドサイドのグループの同級生、冷泉深雪《みゆき》さんです」

俺はむっとした。どうしてコイツの周りには、美女ばかり集まってくるのだろうか。

白鳥が自己紹介と美しい同伴者紹介の調和を壊すように、ズケズケ口を挟む。

「さっきはあんまりびっくりしたもんでツッコミを入れ忘れたけど、よく考えたら天馬君がここにいるということ自体がそもそも奇跡的だよ。もう落第はしないいんだね」

白鳥が先制ジャブを放つと、天馬は笑顔でこたえる。

「おかげさまで。白鳥さんのような方でも医師国家試験は通るとわかり、自信が持てましたし、何よりこんな方を野放しにしたら、医療界はとんでもないことになってしまいます。そんな危機感を持たされてしまった者の義務と諦めて、そこそこ真面目に医学生、してます」

隣の女性をちらりと見る。女性は俺にお辞儀をし、名刺を差し出す。

「時風新報の別宮と申します。〝神々の国事件〟の際は、A・iの件でお世話になりました」

「あの記事を書いたのはあなたでしたか」

俺の声が少し甘くなったのをすかさず咎《とが》めるかのように、白鳥の鋭い声が響く。

「見てくれに欺《だま》されたらひどい目に遭うよ、田口センセ。その娘《こ》は時風新報の血塗れヒイラギ、なんて呼ばれてるんだからね」

別宮は白鳥を見て艶然《えんぜん》と微笑《ほほえ》む。

「さすがB級情報の専門家、厚生労働省のスキャンダラス統括官、白鳥さんですね。つまらない情報をよくご存じですこと」

「ええ？　僕にはそんな肩書きもあったの？　全然知らなかったなあ」

別宮は、微笑したまま続ける。

「あら、そうでした？　灯台もと暗し、と言いますものね。ほほほ」

別宮は着席する。厚労省の火喰い鳥のジャブにカウンターを浴びせ返すとは大したものだ。

天馬は部屋の片隅にぽつんと座る、白ずくめの女性をちらりと見ながら、言う。

「ハコ、あ、別宮さんは名前が葉子で、昔からハコと呼んでいるんですが、取材能力は高いし時風新報で特集記事を企画できる中堅で、何かの時にお役に立つのではと思い、無理をお願いし、僕の助手として参加してもらいました」

「ほんと、残念ながら天馬君とは幼なじみの腐れ縁で……」

「何だよ、その言い方。特ダネになりそうな会議に潜入できたんだから、お礼くらい言ったらどうなんだよ」

「ありがとう、天馬君。すごく感謝してるわ」

こんなささいな会話からも、ふたりの力関係が透けて見えるというものだ。続いて天馬は別宮葉子の後ろに佇んでいる女学生を指さす。

「公衆衛生学の実習で桜宮の死因究明制度について一緒に研究した、ウチの学年の超絶優等生・冷泉深雪さんです」

「深雪さんというと、あだ名はミユミユなのかな？」

いきなり割り込んできた白鳥の言葉に、女学生はぎょっとした表情で凍りつく。

そんな冷泉深雪の動揺にお構いなく、傍若無人な白鳥は続ける。

「よ、天馬君、両手に花だね、ヒューヒュー」

今時、小学生でもそんな囃《はや》し文句は使わない。俺はげんなりして白鳥を見た。ふと気がつくと、天馬も俺とまったく同じ表情をしているのに気がついて、思わず笑ってしまった。


俺は、彼らから離れ、二人組のところへ向かう。

小倉《おぐら》さん。バチスタ・スキャンダルで多大な迷惑をおかけした、医療事故被害者の会の代表だ。その隣の席には中年女性が座っている。

「厚生労働省のモデル事業が座礁した今、この会議にご参加いただけるのはありがたいです」

小倉さんはそう言うと、隣の中年女性を指差し、紹介した。

「医療事故被害者の会の事務局をお手伝いしてくださっている飯沼《いいぬま》さんです。飯沼さん、こちらは東城大学医学部のリスクマネジメント委員会委員長の田口先生」

小倉さんが紹介すると、女性は笑顔で言う。

「父はかつて、佐伯外科でお世話になりました。その後、碧翠院で面倒を見ていただいていたんですが、十年前に他界しました。その父が東城大の大ファンで、私もずっと東城大ウォッチャーです。ですので田口先生のご高名もよく耳にしておりました」

俺は驚いて、女性の顔を見る。潜在的な援軍というわけか。医療事故被害者の会は、基本的に病院アンチ、医療アレルギーのスタンスの人が多いので、これは幸先がいい。

「Ａｉセンターが創設されるという話は、厚生労働省の会議の席でお聞きしていましたが、まさかこんな形でお招きいただけるとは思ってもいませんでした。本当にありがとうございます」

小倉さんが顔を上げ、彼らから離れた場所でぽつんと座っている女性を見た。

「実は飯沼さんのように優秀な方を事務局に紹介してくださったのがこの方です」

俺は、小倉さんが指し示す女性を見た。

先ほど天馬がちらりと視線を投げかけた女性を目にしたその瞬間、全身に悪寒が走った。

女性はアクリル製の白いマスクで顔の下半分を覆い、目元は黄色いサングラスで隠していた。えもいわれぬマイナスオーラが周囲に滲《にじ》み出る。

女性が差し出した名刺には『医療ジャーナリスト　西園寺《さいおんじ》さやか』とあった。同時に渡されたパンフレットは網膜色素変性症について、一般向けに説明されたものだった。

光に過敏反応してしまう原因不明の難病なので、肌の露出を抑えているわけか。

「医療ジャーナリストの方ですか。色素変性症を患っているのですね」

西園寺さやかは携帯用ＰＣを取り出し、タイピングを始める。直後、電子音が流れた。

「声帯ぽりーぷ手術ヲシタノデ、声ガ出マセン。オ聞キ苦シサヲ、ゴ容赦クダサイ」

「それは大変でしたね。どうぞお大事に」

俺の言葉に西園寺さやかはうなずくと、ＰＣを閉じた。

俺は違和感を押し殺す。冷静に考えれば、俺はこの挨拶で西園寺さやかの本体とはまったく接していないように思えたからだ。白いマスク、大きなサングラス、そして電子音声システム。

そのいでたちの下には老若男女、どんな人物が隠れていても、おそらくわからないだろう。

俺は気持ちを切り替え、最大の難敵を表敬訪問するために呼吸を整える。

作務衣《さむえ》姿の南雲忠義は、笑顔で俺を出迎えた。

「田口センター長、我々への挨拶が一番最後になったということは、センター長は我々警察庁関係者を最重要視して、VIP扱いしてくれていると考えてもよろしいのですかな」

俺はちらりと白鳥を見てから、ヤツに気づかれないようにうなずく。

「もちろんです」

南雲忠義は隣に座る、背広姿の地味な中年男性を指さした。

「前回の参加者を一新しなくてはならなくなったため、今回は桜宮市警でSCL創設に関わった斑鳩広報官に参加していただきます」

斑鳩は立ち上がり、名刺を差し出す。

「以前、桜宮岬でお目に掛かりましたが、公式の場でのご挨拶は、初めてですね」

低い声は静かだが迫力満点だ。

俺と白鳥は目を細めて、斑鳩を凝視する。

アリアドネ・インシデントの最終局面、コロンブスエッグの暴発未遂に言及しないのはおかしい。だが彼らにしてみれば当然だろう。警察があの事件を口にすることは金輪際ないはずだ。

そう考えると先ほどの斑鳩の挨拶は、最小限にして必要十分、まさに適切だった。

南雲忠義が補足する。

「斑鳩広報官は警察庁の室長も歴任しておりますので、今回は警察庁の代表委員を兼任されているとお考えいただいて結構です」

それにしても、まさか斑鳩自身がしゃしゃり出てくるとは。北山《きたやま》審議官の一件があったため、警察庁は真打ちを投入せざるを得なくなったということか。

つまり、Ａｉセンターの実存が、警察機構を徐々に追い詰めているのかもしれない。

気がつくと、斑鳩の側にスーツ姿の若い女性が寄り添うように佇んでいる。俺の視線が彼女を捉えたのを見て、南雲が言う。

「彼女は事務連絡係ですから、お気遣いなく」

部屋の隅から警告が響いた。

「田口先輩、そいつが一番の危険人物だから、注意してくださいよ」

声の主は彦根だった。斑鳩は彦根を見て、目を細める。それから丁寧にお辞儀をする。彦根は会釈も返さず、ぷい、と顔を背ける。冷静沈着な彦根にしては珍しい反応だ。

がらりと扉が開く。

法医学教室の笹井教授と、今回から参加する循環器内科の陣内教授が並んで入ってきた。一見接点がなさそうなふたりだが、意外に共通点は多い。東城大教授でＡｉアンチ。そして、かつて厚労省が主導した医療事故関連モデル事業を積極的に担う医学界の重鎮でもある。

笹井教授は俺の顔を見るなり、開口一番、言った。

「今回、エシックスの沼田《ぬまた》君が参加していないのは、田口センター長のハシゴ外しかね」

顔を合わせた早々に、大そうなご挨拶だ。俺は冷静に対応する。

「本人からの申し出です。『エシックスはシステム導入の際の正当性を議論するのが本道であり、設置が確定されてしまえば問題は解決されたと考えられますので、今回の委員招聘は、大変光栄ながら謹んで辞退させていただきます』とのことでした」

釈然としない表情を浮かべている笹井教授に、俺は言った。

「何でしたら、沼田先生からのお断りメールを転送しましょうか」

「いや、それには及ばない」

苦虫を噛み潰したような表情と声で、笹井教授が答えた。

俺から見れば、沼田は敵前逃亡したようにしか見えない。だがAiセンターの創設を少しでも遅らせたいという意図を持っている笹井教授や陣内教授からすれば、手痛いダメージだったわけだ。笹井教授のクレームから、Aiセンターに仄かな曙光《しょこう》が差しかけてきたような気がした。


その時、扉の外で乱雑な足音が響いた。

「ヘイ、ゴン。そんなちゃちな肝っ玉では、これから先のバトルを勝ち抜くなんてできないぞ」

「ですから、その呼び方は止めてほしいと以前から……」

「自分の呼び名ばかり気になるのは、自意識過剰だからだ」

「自分がどう呼ばれるか、気にならない人はおかしいです」

「ミーはちっとも気にならないが」

延々と扉の外で続けられる掛け合い漫才にしびれを切らした俺が、がらりと扉を開く。

そこには高階病院長と東堂スーパーバイザーが並んで立っていた。リハーサルの場を覗き見られて動揺している売れない漫才コンビのような様子で、ふたりは黙り込む。

部屋を一瞥し、カウボーイハットを取りながら、東堂が小声で言う。

「何だ、この大仰なメンバーは。花火大会でも始めるつもりか」

高階病院長が後ろのオブザーバー席に着席すると、東堂はその隣に座ろうとした。

高階病院長は小声で言う。

「私はオブザーバー、東堂先生は委員ですので、お席はあちらです」

全体を見回した東堂は言う。

「フィクサー席はここだろ。それならミーにとってはその側が一番効率がいいんだが」

「ば、ばかなことを、そんな風に大っぴらに言わないでください」

高階病院長が本気でうろたえている。会議室に失笑の渦がわき上がった。

それをきっかけにして、メンバーは自席に座った。

役者は揃った。俺は会議場を見回し、開会を宣言した。

「メンバーが揃ったようですので、第一回Ａｉセンター運営連絡会議を開始します」

それはまさしく、地獄の門が開いた瞬間だった。

18章　呉越同舟会議

7月15日午前10時
付属病院3F　大会議室

「まず先ほどみなさんにメールした本日の議題についてですが……」

委員が一斉に自分の手元の携帯をオープンする。

メールに反応しなかった陣内教授が、いきなり名刺代わりとばかりに意見を開陳する。

「施設の名称問題だが、正式な学術用語と認定しがたいＡｉなる用語を用いることは内科学会としてはそもそも賛同しかねる、という公式の見解が先日の理事会に提出されている。メールでは施設名称は、あたかも決定事項のように書かれているが、ご再考願いたいものですな」

途端に島津が嚙みついた。

「今さら内科学会が口を出すことではないでしょう。画像診断の専門家団体、放射線学会が正式用語として認知しているんですから」

「放射線学会がＡｉという用語を認知したことは内科学会理事会でも話題でしてな。さすが、創設されてまだ日が浅い、新参者の放射線学会ならではの浅薄さと性急さだ、と評判だったが」

「だが、内科学会がこれまでＡｉについて検討したことはありません。それなのに用語問題だけを取り上げるのはおかしいでしょう」

「内科学会は医学学術団体を主導する立場だから、当然だ」

陣内教授と島津のやり取りをにやにや笑っていた彦根が、途中で鞄から紙を取り出すと委員に順送りで配り始めた。紙が配られる中、彦根が言う。

「いいじゃないですか、島津先生。わからんちんの内科学会なんて無視すればいいんです」

陣内教授がぎろりと、突然参戦してきた彦根を睨んで、言う。

「そんなことをしたら日本の医師たちが黙っていませんよ」

「この記事は、明日の読掛《よみかけ》新聞に掲載されます。医療事故被害者の会の小倉さんが心情を綴《つづ》った文章と、桧山シオン先生の論文です」

「何だね、これは」と言ったきり、記事に目を走らせた陣内教授は絶句する。

彦根はうっすら笑い「これが今回の議題に対する、Ａｉセンターの正式見解になるでしょう」

と答えた。

ようやく俺の元に回ってきたペーパーの見出しをみて肝を潰した。

『Ａｉに反発するのは、悪事を隠蔽したい人たち』

「これではまるで、内科学会が悪の権化みたいではないか」

陣内教授が声を荒らげる。彦根が笑う。

「それは被害妄想というものです。桧山論文の主張は単純、Ａｉは即時情報公開が可能だから、透明性を求める市民のためになる。死後画像などと言い換えようとしている輩は、情報公開と透明化を忌避したい連中だ、ということなのです」

静まり返った場を見回し、彦根が言う。

「本人を前に失礼しました。桧山先生は〝連中〟などという下品な呼称は用いていませんでしたね。引用は正確にしないといけませんせん」

そして顔を上げると、更に続ける。

「まあ、陣内教授が激怒されるのももっともです。何しろ、内科学会がA・iという用語をないがしろにするのは、法医学会と結託し、解剖主体の死因究明制度と、おこぼれのモデル事業というミニ利権を守りたいだけだなんていう、そんな実話が世の中に広まってしまったら、内科学会の秘めたる意図が市民の眼前に露《あら》わになってしまうわけですからね」

真っ赤な顔になったカイゼル髭のダンディ、陣内教授が言う。

「こんな名誉毀損は絶対に許さんぞ」

「これは自由な言論です。こちらも内科学会がA・iという用語を忌避しようとしていること自体は、学問と言論の自由の名の下に、決して非難はしていません」

「さっき非難したではないか」

「あれは非難ではなく、物の道理がわからない大馬鹿者だ、と論評しただけです」

「ぶ、無礼な」

彦根の冷たく光る銀縁眼鏡を見ながら、斑鳩が、傍らの女性秘書に何事かささやく。女性はうなずき、俺に目礼し部屋を出て行った。

その様子を目で追った彦根は、俺を見ると、言った。

「田口センター長、これで最初の議題は解決しました。東城大がA・iセンターという名称を用いることは、患者主体の医療を遂行する、という宣言と同義なのです」

俺は場を見回した。

「では、A・iセンターの名称はこのままで、ということに賛成の方は挙手を願います」

何名かは勢いよく、そして若干名はしぶしぶと挙手をした。

全員一致の可決。こうして議題のひとつが片付いた。これはなかなかに、幸先のよい出足だ。

続いて、こけら落としを記念したシンポジウムについて。高階病院長から式次第のペーパーが配布される。病院長を従えているみたいで、ちょっと妙な気分になる。

「Aiセンターの意義を広く理解していただくため、八月下旬、お盆休み明けに市民公開シンポジウムを開催しようと思います。この件に関して、何かご意見はありますか」

ペーパーを見つめていた陣内教授が挙手する。

「Aiの具体画像を見せることには異存はない。だがAiは、まだ社会に受け入れられているとは言い難い、未熟な検査だ。できれば倫理面に関し、権威ある方の話も聞いてみたいものだが」

高階病院長は言い返す。

「Aiの倫理問題は解決済みです。遺体を破壊する解剖が倫理的に問題ないんですから」

名刀一閃、とばかりのひと言に、陣内教授は黙り込む。だがすぐに別の角度から攻め手を継続しようとする。

「このような新規で画期的な施設を司るには、現センター長はあまりにも実績不足ではないかな?」

Aiセンターの一番の弱点だと思われるセンター長人事を的確に攻撃してくる陣内教授に、高階病院長はあくまでもにこやかに応じる。

「確かにAiシンポジウム実行委員会の委員長は、センター長の田口先生にお願いしてありますが、実質上は、病院長である私が交渉を含め責任を持って当たらせていただいております」

「病院長自ら出陣とは、いかにも目立ちたがりの病院長らしいご判断だ」

「お褒めにあずかり、誠に恐縮です」

高階病院長は、陣内教授の当てこすりを、うっすら目を細めて笑ってやりすごす。陣内教授はそれ以上絡むことができなくなってしまい、むう、として不快感を周囲に撒き散らしながら沈黙してしまった。

「光栄な評価を頂戴したついでに、残りの案件もお任せいただきましょうか。まずＡｉセンターはこけら落としの公開シンポジウムに先行し、七月下旬に実質稼働を開始します」

「無茶だ。こちらは全く準備ができていない」

声を上げたのは法医学教室の笹井教授だった。高階病院長は即座に言い返す。

「法医学教室の対応ができていなくても、問題ありません。Ａｉセンターは画像診断センターですので、画像診断ユニットが対応できれば済みます」

「解剖を無視するおつもりか」

高階病院長は吐息をついた。

「解剖前に画像診断が行なわれるだけで、解剖していただく仕組み自体はまったく変わりません。むしろ、体表検案だけで解剖決定されるよりもはるかにマシになるはずですが」

笹井教授は黙り込む。

高階病院長がその能力を全開にし、その鋭い舌鋒《ぜっぽう》の前に、難敵が次々と論破されていく。相手のクレームをすべて即座に叩き潰しておいてから、自分の言い分だけ高らかに嘔い上げる。まさに高階病院長の独壇場であった。

斑鳩広報官が挙手する。

「警察に搬入される遺体も、対応していただけるのですか？」

さりげない質問。だが、そこには秘された刃が見え隠れしている。

流れるように応答していた高階病院長が黙り込む。

だがすぐ顔を上げ、明るく言い放つ。

「もちろんです、Ａｉセンターはすべてのご遺体に対応します」

その瞬間、俺は、自分たちがある一線を越えてしまったと感じた。

「捜査現場への全面協力、感謝いたします」

斑鳩広報官は丁寧に頭を下げ、そのまま着席した。高階病院長が言う。

「では最後の項目、あらゆる機会を捉え、Ａｉセンターのメディア露出をめざす、という項目についてアイディアを募ります」

「イエス」

勢いよく挙手したのは東堂だった。会議に参加してからの初発言だ。

「Ａｉセンター発足は大変に喜ばしいので、お祝いにミーはささやかなプレゼントを用意しました。近日中に東城大に納品しますので、是非有効に活用してください」

「何なんですか、そのプレゼントって？」

笹井教授が警戒心を丸出しで尋ねると、東堂は、ハイテンションで陽気に答える。

「９テスラのマンモスＭＲＩ、通称リヴァイアサン、です」

参加者全員がきょとんとする中、ただひとり島津だけが興奮し頰を紅潮させていた。

陣内教授が言う。

「私も医療人のはしくれだから、おそらくそれが凄《すご》いマシンなのだろうということは理解もできるが、今日びのメディアは物知り顔でスレているから、最新鋭マシンの導入ごときでは動かすことはできまい」

東堂スーパーバイザーはうなずいて、言う。

「そうかもしれませんが、ものすごい注目を浴びる、とミーは予想してます」

「アピール自体は、推進力になりこそすれ、メディア展開の邪魔にはならないだろうから反対はしないがね。ところでそのマンモスマシンは、いつ搬入予定なのですかな？」

「一週間後、東城大のＡｉセンターに搬送されることになっています」

「メディア展開が楽しみですな。ノーベル賞に最も近い医学者との評価が高い東堂先生のこと、さぞや日本のメディアを席巻してくださることだろう」

事前のハードルを上げることが目的の陣内教授の意地悪な発言を、東堂はあっさり受け流す。

「ノーベルプライズは、近くにいても意味がない。ノーベルプライズを取っていないヘタレ研究者だという観点からすれば、ドクター陣内とミーはまったく同等なのですよ」

嫌味を言ったら倍返しされた、という態の陣内教授は黙り込んでしまう。

東堂スーパーバイザーは、にやりと笑う。

「ついては事後報告でベリー・ソーリーですが、明日からＡｉセンターは一部改装工事に入らせていただきます」

「え？」

思わず上げてしまったというような、女性の声。

周囲を見回すが、誰の声かわからない。

次の瞬間メール着信音がした。南雲忠義が携帯を見ているのが視界の片隅に見えた。

やがて、挙手した南雲が尋ねる。

「改装はどの程度、そしてなぜ行なわれるのか、を教えていただきたい」

「一階にある家族談話室と面談室、居室の三部屋を潰し一部屋にし、そこにリヴァイアサンを運び込む予定なのです」

答えを受けて、陣内教授が質問する。

「そのような設計変更を、世界的な建築家であるマリツィア氏は了承しているのですか」

東堂スーパーバイザーはちらりと高階病院長を見る。高階病院長はうなずいて答える。

「もちろんです。直接承諾を得ている由、聞いております」

「あのバカ」

吐き捨てるような小声がした。やはり女性の声のようだった。

俺はもう一度周囲を見回したが、やはりそれが誰の声かは、わからなかった。

19章　バックヤードの火喰い鳥

7月15日午前11時
付属病院3F　大会議室

一連の対話を聞き遂げ、高階病院長が言う。

「他に検討事項はございませんか？」

周囲を見回すが、反応はない。高階病院長は続ける。

「ではAiセンター運営連絡会議をこれで……と、いけない、うっかり忘れるところでした」

高階病院長は顔を上げ、みなを見回すと、言う。

「この場で説明申し上げるのは筋違いかもしれませんが、一応〝八の月〟という先方の期日指定がありまして、ひょっとしたらセンターの動きと関連しているのかもしれないと思いご披露しますが、今から説明するこの件に関し、決して外部に漏らさぬよう、お願いします」

すると陣内教授が苛立《いらだ》って言う。

「高階病院長、持って回ったような回りくどい説明はやめてもらいたいものですな。今、たっぷり一分近く説明をしながら、さっきから具体的には何一つ、情報を伝えてはいないのですぞ」

高階病院長は頭を掻きながら、言う。

「申し訳ありません。定年間近になると、雑念に囚われますね。最近では、かつて病院にいらした曳地《ひきち》先生のお気持ちが少し理解できるようになりましたが、これも年の功ですかねえ」

陣内教授は、どん、と机を叩く。

「ですからさっきからずっと申し上げているように、とっとと事実を……」

高階病院長は両手を挙げて言う。

「では単刀直入に申し上げましょう。実は大変奇妙な文書が病院に届けられまして」

高階病院長は手元の紙を隣に回し始める。各自一瞥すると、ぎょっとした顔になり、そそくさと隣に回す。そこには俺が以前見せられた『八の月、東城大とケルベロスの塔を破壊する』という文章がコピーされているはずだ。

「何が〝大変奇妙な文書〟だね。これは立派な脅迫状ではないか」

陣内教授が吐き捨てると、オブザーバーの別宮葉子が尋ねる。

「ケルベロスの塔って何のことでしょうか」

それは俺も高階病院長も、最初から疑問に思っていたことだった。

すると思わぬ人間が回答した。それは南雲監察医だった。

「本庁に出回っている隠語ですな」

そうだったのか。

俺は胸でくすぶっていた疑惑の一部が氷解したのを感じながら、尋ねる。

「それって一体、何を指す隠語ですか」

すると今度は斑鳩室長が、俺の顔を凝視しながら、言った。

「この脅迫状をこの会で公表したのは、高階病院長の慧眼《けいがん》です」

怪訝そうな顔で俺と顔を見合わせた高階病院長に、斑鳩室長は続けて言う。

「ケルベロスの塔とはA·iセンターを指す隠語です。発祥の地は警察庁らしいのですが、今では霞が関全体に通用する隠語になっているようです」

「だとするとこの文章は、Ａｉセンターを脅迫の標的にしている可能性がありますね」

高階病院長が言う。やはり城崎の推測は当たっていたのだろうか。

斑鳩室長の発言のせいで、俺は奈落の底に叩き込まれる。言葉の意味を理解したおかげで自分の居場所が大変な危険地帯であることを理解させられてしまったからだ。

「なぜＡｉセンターのことを、わざわざケルベロスの塔などと言うんですか？」

斑鳩室長は目を細め、俺を見つめた。その無機質で冷たい視線に、背筋に寒気が走る。

だがそれは一瞬だった。斑鳩室長は静かに答えた。

「ケルベロスは三つ首を持つ地獄の番犬です。Ａｉは地獄の入口で受ける検査なので、生息地域は同じ。それからＡｉも三つの顔を持っているという点が共通しているからでしょう」

「Ａｉが三つの顔を持っている？」

俺の問いに、斑鳩室長はうなずく。

「Ａｉは医療の最終検査であると同時に、犯罪捜査の最初の検査でもある。そして遺族にとっては救いの光です。このように司法、医療、そして遺族感情の三方向にそれぞれの顔を向けているので三つ首だ、と申し上げたわけです」

ほう、と高階病院長は目を細める。

「霞が関にも詩的センスを持ち合わせている方がいらっしゃるんですねえ。でもあまり好意的な表現とも思えませんが」

斑鳩室長が、高階病院長の言葉の棘には気づかないふりをして、答える。

「まあ、文学的表現というものは往々にして底意地が悪いものかと」

その言葉を聞いて、高階病院長が目を細めて笑う。

それは挑発的な笑顔で、高階病院長にしては珍しいことだった。

白鳥と俺も、まじまじと斑鳩室長を見た。その発言とは裏腹なことが現実に行なわれていたのが、先般かろうじて暴発を未然に防げたアリアドネ・インシデントの実態だったからだ。

気まずい空気が流れた。

息詰まる空気を打破したのは、ピーキーヤンキー・東堂の陽気な笑い声だった。

「HAHAHA。ドント・ウォリー。そんな得体の知れない脅迫状など吹き飛ばしてしまうくらい、Aiセンターの存在はこの世界に燦然と輝くことになりますから」

その場違いな陽気さに誰もついていけなかった。そのため、場は東堂スーパーバイザーの笑い声が収まるのと同時に静まり返ってしまう。

高階病院長は、再び周囲を見回して言う。

「それではAiセンター運営連絡会議をこれで……あ、いけない、ついうっかり」

言いかけて、高階病院長は自分の口を手で塞ぐ。そして俺を見て、言う。

「申し訳ありませんでした。ここでは、オブザーバーのひとりにすぎない私が、つい出過ぎた真似をしてしまいまして。議事の終了は委員長の専権事項でした」

いきなりバトンを手渡された俺は、ぶつぶつ呟く。

「あそこまでやっていただいたら、そのままシメていただいて構わなかったのに」

だが誰も俺に同情の意を表明してはくれなかった。仕方なく俺は宣言する。

「他に何かありませんか？　なければこれでAiセンター運営連絡会議を閉会します」

終わってから振り返ると、ささやかな議論はいくつかあったものの、すべて想定内であり、結果として驚くほど円滑な会議だった。こうして、豪華《ごうか》絢爛《けんらん》な会議が終わった。

多種多様な人々の関係性が交錯する会議を象徴するかのように、会議が終わった後もほとんどの人が居残って、名刺交換や挨拶を交わしたりしていた。中でも白鳥の動きは耳目を惹いた。ただし、派手に動き回ったわけではなく、高階病院長と東堂のところへ行き、ひと言、ふた言の、ごく他愛もないことを言ったにすぎなかったのだが。

「初めまして、東堂センセ。といっても書類とメールの世界では相当やり取りしてますけど」

東堂は、カウボーイハットを取ると、胸に当てた姿勢でまじまじと白鳥を見た。やがて、ぱん、と手を打つと、ご機嫌な口調で言った。

「ユーがあのファッキン・モンキーなビューロクラット（官僚主義者）、ケースケだったのか」

すると白鳥は上等な服装を見せびらかすように胸を張って、言う。

「ひとつだけ言わせてもらってもいいですか。まず官僚をビューロクラットと呼ぶのはやめてください ね。そもそも欧米ではその単語に、口先だけで何もしない無能者という烙印《らくいん》が押されている、というのがコモンセンスなんですから。ついでに一番大切なことを言わせてもらいますが、ヤンキー崩れのへんちくりんな日本語で、僕の名前をケースケと音引きで呼ぶのはやめてくださいね。僕の名前はケイスケなんです」

東堂スーパーバイザーは、くるりと高階病院長を振り向いて言う。

「ファック。ひとつと言いながら、一体いくつリクエストしてるんだ。ロジック・ブレーカー（論理破壊者）にもほどがある。優秀だと思っていた官僚が、ここまでこんまいことを気にするパラノイアだとは夢にも思わなかったぞ、ゴン」

「ですから、その呼び名はやめてくださいと、もう何度も……」

言いかけた高階病院長の口を押さえるように片手を上げると、東堂は言う。

「まあ、論理破壊者《ロジック・ブレーカー》の官僚主義者《ビューロクラット》が何を言おうと構わないが、ひとつだけ念を押しておきたい。これからリヴァイアサンが搬入されてくるが、高額物品損害保険は絶対に締結してくれ。でないと万が一のことがあった時、東城大は賠償金を払いきれず破産しかねないからな」

東堂と白鳥のやり取りを聞きながら、俺はひとりぶつぶつと、そいつはロジック・ブレーカーではなくロジカルモンスターなんですけど、などとひとりごちる。

「ふうん、そんなに高額なんですか、あのマンモス。一匹お幾らなんですか？」

東堂は白鳥の耳元でごにょごにょ呟く。白鳥の目が見開かれる。

「そんな馬鹿げた額のオモチャを、あんたは東城大に買わせたんですか」

東堂は、白鳥の口を押さえる。

「シット。声が大きい。これでは秘密の内緒話なんてできないぞ」

「我々公務員は国民の公僕ですから、国民に大きな声で言えないようなことには絶対に荷担しません。な、そうだよな、姫宮？」

無防備に佇みぼんやり窓の外の景色を眺めていた、図体のでかい姫宮はいきなり話を振られて、小さく飛び上がる。それからこくこくと何度もうなずく。

「室長のおっしゃる通り、我々は国民の忠実なシモべとして、日夜邁進しているのです」

「そんなことは米国暮らしが長いから年金未納期間もチョー長いミーにはまったく関係ない。大切なことは、しっかりと高額物品損害保険を掛けておけ、ということだけだ」

「オーライ、オーライ、ドント・マインド。そのあたりは有能なビューロクラットであるこの僕がそつなくやっておきますから、どうかご心配なく」

するとと姫宮が不思議そうに尋ねる。

「あの、その書類処理の件は、私のところには、まだ届いておりませんが」

白鳥は、ふん、と胸を反らして言う。

「何でもかんでも僕の下請け仕事がお前に発注されると思ったら大間違いだぞ、姫宮。時代は変わり、今や僕にはもうひとり部下がいる。そいつにやらせているんだよ」

「あの、あの、私をすっ飛ばすのは白鳥室長の決定領域ですから異存ありませんし、私としても業務量が減るので喜ばしいことですけど、ひょっとして白鳥室長がその仕事を丸投げされた部下というのは、あの……」

「ひょっとこもへったくれもあるか。僕には部下と名のつく者はふたりしかいないんだからさ。姫宮、お前と新参者の砂井戸だ。あともうひとり、外部機関に不肖の弟子がいるけどね」

そう言って白鳥はそのやり取りを遠巻きに観察していた俺をちらりと見る。

まったく、油断も隙もあったもんじゃない。こんなささいな会話にまで、さりげなくこの俺の頭上に君臨しているのだという仮想事実を吹聴することを怠らないとは……。相手の嫌がることを狭い空間、短い刹那《せつな》にねじこむことにかけては天下一品、おそらく白鳥の右に出る者はいないだろう。

白鳥は俺の渋面を見て、うすうす笑いながら、続ける。

「ま、いいや。姫宮、お前の邪推通り、この話は新参の部下、砂井戸に投げてある」

「でも、あの、その、砂井戸さんと言えば、あまりいいおウワサは……」

姫宮が口ごもる。俺はいっそう聞き耳を立てる。白鳥が言う。

「なんだ、姫宮。ライバルができた途端、ソイツの悪口か？　お前がそんな心の狭いヤツだったとは、がっかりしたぞ。これこそまさに、部下を持って知る上司の恩、だな」

「あの、その、私は決してそんなつもりで申し上げたわけでは……」

するとと姫宮の困惑ぶりを見かねた高階病院長が、白鳥の背後からぽん、と肩を叩く。

「姫宮さんが困っているじゃないですか。上司が何を叱責しようとしているのか、部下には適切に伝えなくてはなりません。それが複数名の部下を持つ長の責務というものです」

部下を持つというキャリアにおいて、白鳥をはるかに凌駕《りょうが》している高階病院長にこう言われてしまっては、傍若無人魔人の白鳥といえども従わざるを得ない。仕方なく、説明を始める。

「アリジゴクと呼ばれる砂井戸は、回ってきた書類をタンスの肥やしにしてしまう。ヤツのせいで出張費や経費が期限切れになって泣いた役人は数知れず。そんな砂井戸は、今や厚生労働省の怨嗟《えんさ》の的・ナンバーワンの地位にある。そのことはお前も知ってるよな、姫宮？」

姫宮はこくこくとうなずく。

俺は唖然とした。厚生労働省の嫌われ者のぶっちぎりトップは白鳥だ、とばかり信じ込んでいたからだ。その白鳥の上を行く人材がいるなんて、厚生労働省とは何と奥の深い省庁だろう。

隣で東堂が小声で高階病院長に言う。

「なあ、このちんちくりんクンは一体何を言っているのか、お前にはわかるか、ゴン？」

「いいえ、私にもさっぱり。もう少し経緯を観察していましょう」

白鳥は振り返らずに、背後でひそひそ話をしているふたりに、びしりと人差し指を突きつける。

「こら、そこ、勝手にお喋りしない。先生には全部わかっているんだぞ」

一体、どこの恩師がコイツに憑依《ひょうい》しているのだろう。

だが驚いたことに、その指摘を受け、背後の重鎮のふたりはぴたりと黙り込む。

白鳥は続ける。

「というわけで厚生労働省のアリジゴク・砂井戸にこんな重大な件を一任するのはリスクが高すぎる。ああ、もちろんわかってるさ。だけど、たとえどんな部下であろうとも重要な業務を任せてやらなければ進歩はない。だいたい、事務次官は自分の後継者を千尋《せんじん》の谷に突き落とし、這《は》い上がってきた者だけに一子相伝で次官心得を継承させる、という言い伝えがあるだろ」

姫宮はきょとんとしている。

博覧強記の姫宮が知らないということは、白鳥のでっちあげである公算が大きい。姫宮の無理解を肌で感じ取った白鳥は、ころりと口調を変える。

「ま、とにかく僕は上司として、この重大案件を砂井戸に任せた。だからと言って、どこかの誰かさんみたいに、部下に丸投げなんて真似《まね》は絶対しないんだよね、これがまた」

そう言って白鳥はちらりと高階病院長を振り返る。高階病院長は思いきり顔をしかめている。

すると白鳥が嬉しそうに、鼻の頭をこすりながら言う。

「おや、ご自分のことを言われていると、思ったでしょ、高階センセ。やだなあ、全然違います、誤解ですよ、ご・か・い。だって高階センセは僕の大切な大先輩なんだもの。僕が言ったのは、僕の直属の上司であらせられます比留間局長のことなん、で・す・よ」

途中の「誤解」という単語と、語尾の「ですよ」を、人差し指で空中の透明な木琴を叩くようにして、スタッカートでぶった切って言う白鳥。

俺は、ちっとも収束しない白鳥の話に業を煮やして、言う。

「ただいまをもちまして、本会議室の利用時間は終了しました。早くお家に帰りましょう」

すかさず俺の背後で蛍の光をハミングしてくれたのは、何と高階病院長だった。

それは白鳥退散、という目的で、師弟が力を合わせた、感動の一瞬だった。

白鳥はあわてて言う。

「確かに僕は問題児の砂井戸に重要なミッションを委託したけど、僕は僕なりに裏では万全を期しているんだ。何しろここひと月、ヤツがためこんでいた書類をぜーんぶほん投げさせて、今回のリヴァイアサンの書類申請の業務一本に集中させているんだから」

「今、砂井戸さんが処理中だった書類を、室長権限で全部捨てさせたとおっしゃいましたか？」

姫宮は白鳥を見つめて、呆然と呟く。

「ああ、言ったよ。それがどうかしたのか、姫宮」

「私、三日前に二カ月分の経理書類をまとめて提出したんです」

「そいつは気の毒だったな、姫宮。お前の請求書は霞が関のゴミ収集車の荷台か、夢の島の藻屑《もくず》となっているだろうね」

ひと言であっさり流され、姫宮はがっくり首を折る。

そんな中、お花畑でスキップしているような、白鳥の弾んだ言葉が続く。

「でも大丈夫。砂井戸も、この一件の処理に集中すれば、三十年にわたって蓄えたうすっぺらな実績と今にも色褪《いろあ》せて消えかかっている経験を寄せ集めて、何とかやり遂げるだろうさ」

姫宮が上目遣いでうらめしげに言う。

「ほんとに、白鳥室長はそんな風にお考えになっているんですか？」

「何でそんなことを聞くんだ、姫宮？　上司の判断を疑うのか？」

「いいえ、ただ百枚の書類処理をためこむのも、最初は一枚から始まります。なのにどうして室長が渡した一枚だけが、確実に処理されるということに、それほどまでの自信をお持ちになれるのか、少々不可思議でしたので」

白鳥はぎょっとした表情で、うろたえる。

「いや、自信はないけど、信頼したいなあ、と思ってるんだ。だってたった一件だぞ、アレ」

するど姫宮は両手をぱちん、と打ち合わせ、にこやかに言う。

「なーんだ、それって室長の願いごとだったんですね。それならよくわかりました。室長のお願いごとが、いつか叶うといいですね」

突き放したような姫宮の言葉に、白鳥は急にそわそわし出した。

俺が凝視しているのに気がつくと、片手を上げる。

「田口センセ、不肖の弟子にしてはなかなかいい出来だった。今後、僕はバックヤードに回るから、代わりに姫宮をおまけにつけておくよ。というわけで僕はこれで失敬する。じゃあね」

白鳥は脱兎《だっと》の如《ごと》く姿を消した。その足で合同庁舎に舞い戻り、厚労省のアリジゴク、砂井戸の机の抽斗を漁《あさ》り確認するに違いない。そんな漫才みたいなやり取りが交わされる中で、人知れずひっそりと退出しようとした女性の背中に、俺は声をかける。

「ジャーナリストの目から見て、今日の会議はいかがでしたか」

西園寺さやかはぴくり、と肩を震わせて立ち止まる。ゆっくり振り返ると、ＰＣを取り出し文字を打ち込んでいく。テキストを読み上げる、合成された電子音声が部屋に響いた。

「素晴ラシカッタ、デス」

「ありがとうございます」

俺が頭を下げると、西園寺さやかは続ける。

「デキレバ、自分タチニ、不利ナ状況、デモ、ソノ理念ヲ、守リ貫イテ、ホシイ、デス」

「当然です。お約束します」

俺の言葉に西園寺さやかは、うっすら笑ったような気がした。顔面はマスクとサングラスで覆われているので、定かではなかったのだが。

やがて人々は三々五々、会議場から姿を消していき、最後に残ったのは彦根だった。

「田口先輩、お勤めご苦労さまでした。ところで脅迫状の送り主の見当はついているんですか？」

俺は首を振る。

「バカか、お前は。そんなことがわかっていれば苦労はしないだろうが」

「ですよね」

彦根はうっすらと笑う。どうしてコイツと話していると、こんなにムカつくのだろう。

「文面から考えると、破壊対象はどうみてもＡｉセンターですね。今度、センターの設立経緯まで含めて洗い直しをしてみたいんですけど、やってもいいですか？」

「もちろんＯＫだが、洗い直しというのは、具体的に何を考えているんだ？」

「とりあえず、Ａｉセンターが創設に至った経緯とか設計に関する逸話を集めてみる、あたりからでしょうかね」

「何だか雲を摑むような話だが、何か目算はあるのか？」

「目算なんて、そんなものは無理やりひねり出すものです。ちょっと辺りを見回せば、驚くほどたくさんヒントは転がってます。碧翠院の過去の因縁や恩讐《おんしゅう》、アリアドネ・インシデントの際に垣間見えた傾向と対策、とかね」

彦根は銀縁眼鏡を持ち上げて、意味ありげな笑顔を浮かべる。そして黙って部屋を出て行った。

静まり返った会議室には俺ひとりが取り残されていた。

✡

翌朝。

俺は彦根が差配した記事を読むべく、出勤前に売店で読掛新聞を購入した。不定愁訴外来に到着すると、藤原さんが出してくれた珈琲を一口含んでから、新聞を広げる。

一面から始めて一頁《いちぺーじ》一頁、眺めていく。気がつくと最終面のテレビ欄に到着していた。

「あれ？」

俺は机の上に新聞を置き、丁寧に再チェックを始める。だが、やはり彦根の記事はなかった。

俺は財布から札を取り出しながら藤原さんに声を掛ける。

「売店で読掛新聞以外の新聞をひと通り全部、買ってきてくれませんか」

藤原さんは怪訝な顔になったが、千円札を受け取ると部屋を出て行った。そして両手一杯に新聞を抱えて戻って来た。

俺は片っ端から他の新聞をチェックした。

昨日、彦根は確かに読掛新聞に掲載予定だと言っていた。だが記事は見当たらなかった。もちろん他紙にも。スポーツ紙にまでチェックを入れたので断言できる。その各紙を見比べてみると、今朝の読掛新聞には他紙と違うある特徴があった。

昨晩、有名なロックスターが覚醒剤所持の現行犯で逮捕されていた。

朝のワイドショーは芸能界の覚醒剤汚染の話題でもちきりだったが、新聞には載っていない。逮捕されたのが夜遅く、新聞掲載が難しい時刻だったせいだ。ところが読掛新聞だけには逮捕記事が載っていた。それだけではなく、彦根の記事が掲載される予定だった特集面は、あつらえられたかのように「覚醒剤の恐怖」という、誠にタイムリーな特集記事になっていた。

脳裏に昨日の光景が蘇る。

彦根の言葉を聞いて、斑鳩がつきそいの若い女性秘書に何かをささやいた。するとその女性は姿を消し、二度と会議の場に戻ってはこなかった。

俺の中で、昨日の会議での一連の光景と、今朝の紙面がかちりと音を合わせて重なった。うっすらと魑魅魍魎《ちみもうりょう》の影が浮かび上がる。

順調な会議にのどかな気持ちになっていた俺は、いきなり冷や水を浴びせられた気分になった。

そんな俺を見て、藤原さんが言う。

「どうしたんですか、田口先生。何だかお顔の色が冴えませんけど」

俺は珈琲を飲み干すと、立ち上がる。

「いきなり表舞台に立たされて、ちょっと緊張しているだけです」

こうした神経戦も含め、さまざまなレベルの闘争が一斉に開始されたのだ、と思った。

見えざる敵への宣戦布告。そしてその相手からの的確な反撃。

それが昨日の会議の実相だったのだ。

第二部

綿毛の行方

20章　ツートップ漫才

7月21日午前10時
付属病院4F　病院長室

一週間後。

俺は病院長室に呼び出されていた。ここのところ頻繁で打ち合わせの内容はきめ細かい。

だが、それも仕方がない。本来ならセンター長である俺が差配すべきことを、裏方に徹した高階病院長が代行してくれているのだから。それでも時々、これなら以前みたいに、高階病院長の使い走りだった頃の方がはるかに気が楽だし、仕事量も少なかったのではないかなどと考えて、ひとり暗くなる。

気がつくと桜宮の街角には夏がきていて、蟬《せみ》の鳴き声がやかましく響いていた。そして八月の下旬に設定されたＡｉセンターのこけら落としの日時が、刻一刻と近づいてきていた。

それは東城大が破滅へ向かう時刻を告げる砂時計のようにも思えた。

お気楽極楽体質の俺にしては、珍しく悲観的な予見だった。

病院長室にノックと共に入ると、俺のお気に入りの窓際に、葉巻をくゆらせている東堂が佇み、背中合わせで高階病院長は机に座り、苦り切った表情をしている。

高階病院長が自分の感情を表に出すのは、白鳥と相対した時くらいしか見たことがない。

俺が部屋に入った物音に、東堂は振り返る。そして、両手を広げて俺を迎え入れた。

「マイボス、よくきてくれた。さあ、今から私の手となり足となり、その潜在能力を思う存分に発揮していただこう」

いや、ですからね、それは一向に構わないんですが、と思わず言い返したくなる。

俺は人の指示に従って生きることには慣れている。だからといって、俺のなけなしの能力をいきなり潜在能力と断言されては、いくらそれが正鵠《せいこく》を射ている表現とはいえ、これでは俺だって少々お冠《かんむり》にならざるを得ない。

だがそんな反論ができるわけもない。何しろ相手はノーベルプライズ候補生なのだ。

仕方なく、俺は言った。

「ええと、手となり足となるのは構いませんが、一体私は何をすればいいんでしょうか」

すると机に座った高階病院長が俺と東堂スーパーバイザーを交互に見つめながら言った。

「とにかく私は、この案には反対ですからね」

「おお、ゴン、だからお前は頭が固いというのだ。日本で金輪際二度と見ることができないような、素敵なパレードをやれるというのに、何だね、その不景気なツラは」

「不景気なのはいつものことです」

本当に、高階病院長にしてはネガティヴな受け答えだ。反対に両手を広げてマニッシュに言い続けている東堂は、背景にきらきらとラメが入っているような艶姿だ。

「ここで可能な限り大々的に公開しないと、これから先、ずっと後悔し続けることになるぞお」

ぞお、という語尾を、ぞおさん（正確な表記が〝ぞうさん〟であることは、もちろん俺だって百も承知しているが）という童謡のメロディに乗せて、楽しそうに言う東堂スーパーバイザーの様子を眺めていると、俺の危険察知センサーが極彩色の警告ランプを打ち鳴らし始めた。

これは白鳥襲来の時以上の警告だった。一体どういう事態が起ころうとしているのか、もはや予想すらできない。

「だからその呼び方は止めてください、と何度も申し入れているはずですけど」

「おお、ゴン、相変わらずそれか。学生時代からちっとも成長しないなあ」

「あのう……」

俺はそろりそろりと竜虎相打つ闘争に首を突っ込んだ。

「何が問題なのか、さっぱり理解できませんが、少なくともセンターのツートップのおふたりの意見がまとまらなければ、下々の者はどうすればいいか、混乱してしまいます」

すると背中合わせに険悪な雰囲気で、目を合わせずに会話を交わす倦怠期《けんたいき》の夫婦のようなふたりが、揃って俺の顔をぎろりと睨みつけた。

「ツートップですって？　冗談言っちゃいけません。Ａｉセンターのセンター長は世界中でただひとり、田口先生、あなただけです。そんなだから、Ａｉセンターが迷走してしまうんです」

高階病院長の叱責に同期して、東堂スーパーバイザーの波状攻撃が俺に襲いかかる。

「そうだそうだ。トップならもっとはっきり物を言え。滑舌が悪いぞ、マイボス」

ピーキーヤンキーのスパイシーなヤジに、俺は呆然とする。

俺は滑舌が悪いのではなく、胆力不足で語尾まで言い切る勇気がないだけだ。お門違いの指摘をされた俺は、返す言葉を失った。高階病院長も、こうしていることこそが真の時間のムダであるという事実にようやく気づいて、俺に言う。

「今、我々のマイボスを責め立ててみても不毛なことでした。それよりもＡｉセンターの明日を考える、建設的な議論をしましょう。では事前の思い込みや刷り込みがない田口先生、あ、いや、田口センター長に、あ、いやいや、マイボスに東堂スーパーバイザーがつい先ほど提案された、とんでもない企画に対する忌憚ないご意見を伺うことにいたしましょう」

高階病院長の前振り自体で、すでに専守防衛バイアスがかかりまくりなんですけど。

改まった高階病院長の口調に、俺は居住まいを正し、背筋を伸ばす。

人前でこんなにしゃんとしたのは、Ａｉセンター長の辞令を拝命した時以来かもしれない。

といっても、あれからまだ一カ月少々しか経っていないわけだが。

「お伺い、します」

高階病院長はちらりと東堂スーパーバイザーを見上げる。東堂スーパーバイザーは、ぷい、とそっぽを向き、再び窓から見える水平線に瞳を凝らしている。

高階病院長が言う。

「三日後の七月二十四日、マンモスＭＲＩ、リヴァイアサンの心臓部である電磁コイルが日本に到着しますが、先ほどからこの搬送方法を巡り、私たちの間で論争になっているのです」

ええ？　三日後？　もうそんな直近になるのか？

俺は心中で前回のＡｉセンター運営連絡会議で東堂スーパーバイザーが説明した日程を反芻《はんすう》する。すると驚くべきことに、確かにあれからきっちり一週間が経過していたのだった。

東堂スーパーバイザーがすかさず言い返す。

「議論だと？　バカを言うな。リヴァイアサンに関しては誰よりも一番理解している、開発者のミーが、こうした搬送方法が必要かつ重要だと断言しているのに、部外者でコモンピープル程度の知識しか持ち合わせていないゴンが、どうしてミーの決定にあれこれ異論を唱えるのだね？　ミーが所有する日本語辞典が正確であるのなら、そういう態度を僭越《せんえつ》と形容するんだぞ」

俺は、高階病院長が途中で何度も口を挟もうとして叶わず、喉元まで飛び出した言葉を無理やりごくんと飲み干す様を眺めていた。

このままでは高階病院長がストレス性の逆流性食道炎になってしまいそうだ。

思わず、くすくす笑ってしまう。だが、今や高階病院長は俺にとって大切な腹心、貴重な右腕だ。仕方なく、助け船を出すことにした。

「おふたりのお話はおおよそ理解しました。ところでその基本線の何が問題なのでしょうか？リヴァイアサンの心臓部のコイルは、最終的に桜宮岬に設置されたＡｉセンターに搬入されるわけですから、どのように運ぼうが結果は同じでしょう？」

途端に高階病院長の顔に失望の色が浮かび、それと反比例して東堂スーパーバイザーの表情が真夏のひまわりのようににこやかに咲き誇る。

「さすがマイボスは太っ腹だ。ミーの提案などひと呑みにしてしまわれたな」

高階病院長が苦虫を噛み潰し、その体液でうがいしているみたいな顔つきで言う。

「物事を見極めずに中途半端な理解でそれに口を出すと、しっぺ返しがきますすよ。田口センター長にそんな風に言われてしまったら、もうお手上げです。あとはよろしくお願いしますね」

突き放されて、俺は呆然とする。何が何やら、さっぱりわけがわからない。

俺は仕方なく、話の接ぎ穂を求めて、話を繰り返す。

「東堂先生のご提案は、どのみち搬入される機械なんだから、搬入自体をド派手にショーアップしましょう、ということなんでしょう？　運営連絡会議でも了承されたラインですし、その方が東城大の名も売れそうですし……」

高階病院長は、本来のクールさを取り戻したのか、うっすらと笑う。

「私はどちらでもいいんですよ。センター長のお気持ちを忖度《そんたく》して、異議を唱えただけですから。もちろんマイボスがそうお考えなら、私の出る幕などございません。よかったですね、東堂さん」

するとと東堂スーパーバイザーは、親指を立てて、ヤンキーのようにニカっと笑う。

そして俺に向き合うと言う。

「では搬送作戦の概要を説明しよう。リヴァイアサンのコイルは総重量四〇トン。通常では搬送困難だから、世界に一機しかないロシアの軍用機、アントノフで空輸する。マサチューセッツから、途中二カ所の空軍基地での給油を経て、日本に到着するのにおよそ丸一日。この情報をネットに流せば日本中の航空機オタクが大挙し、尾張《おわり》は大牧《おおまき》空港に参集するだろう」

尾張の大牧空港は輸送機のメッカとして日本の航空機オタクには有名だ、という話は耳にしたことがある。問題は、航空機オタクがどのくらいいるのか、実数がまったく不明なことだ。

間違いなく言えるのは、オタクの全面的な支持を受けたとしても、東城大の直接的なメリットにはならないだろうという予見だけだ。

それでも俺は大袈裟にうなずいてみせた。ピーキーヤンキーの東堂と話をしていると、自分の仕草までヤンキーっぽくなってしまうのは、如何《いかん》ともし難い。

東堂スーパーバイザーは、俺の同意を得て勢いづいた。

「さすがマイボス、度量がでかい。ゴン、少しはマイボスを見習え。大体ゴンは、それをさらにショーアップさせる企画に尻込みするような小心者だから困っているんですよ、マイボス」

何だかこんな風にマイボスと連呼され続けていると、ヘタレの俺でさえ、だんだんマフィアのゴッドファーザー気分になってくるから、言葉の魔力とは実に恐ろしい。

東堂スーパーバイザーは続いて、衝撃の真実をさらりと告げた。

「マイボスの承諾を得られてよかった。この搬送作戦に対して国中のメディアを惹きつけるため、航空自衛隊ならびに陸上自衛隊の協力を要請し、さまざまな圧力をあちこちからかけてもらい、やっとのことで取り付けたのに、それを無下に却下しようなどという、愛校心に欠ける病院長はいかがなものかと思うがね」

「自衛隊の協力を要請？　そいつはすごいですね」

東堂は、親指を立てて無邪気にうなずく。

アメリカン・コミックは能天気で底が浅いから読んでいて楽しいのだが、ピーキーヤンキー・東堂は今や、東城大学の生けるアメリカン・コミック野郎と化していた。

「一体どんな協力を要請したのか、お尋ねにならないんですか、マイボス？」

皮肉な口調で高階病院長が俺の顔色を窺《うかが》うように、言う。

「そうですね、どういう協力をお願いしたのか、教えてください」

「おやすい御用だぜ、マイボス。まずアントノフの着陸受け入れのため、航空自衛隊に自衛隊専用滑走路の使用許可を要請したところ、航空自衛隊、大牧航空基地大隊は即座に快諾してくれました。その時にミーは素晴らしいアイディアを思い付いた。それはミーのノーベルプライズ候補となった、リーマン変換の多重世界転送理論を着想した朝の興奮に匹敵するものだったということを、マイボスにはお伝えしたい。今日はミーにとってベリーハッピーな日になったあるね」

ちょっと待て。何だ、その語尾の〝あるね〟ってヤツは。

いや、そっちじゃない。ついうっかり。本題はこっちだ。

専用滑走路使用の依頼は、誰が見ても必要最小限で妥当な協力要請だろう。だからその程度のことで、東城大のフィクサーと目される高階病院長があれほどの難色を示すはずがない。

するとこの先に驚天動地の企画が飛び出してくるというのだろうか?

俺は深呼吸し、東堂スーパーバイザーの言葉の続きを待った。

意表を突いて、その先の企画を口にしたのは高階病院長本人だった。

「でも私は、そんな思い付きにおいそれと賛同するわけにはいかないんです。陸上搬送を陸上自衛隊に要請し、空港から東城大まで戦車で牽引させようなどというトンデモ企画には、ね」

戦車に搬送させる、だって? 俺は唾を飲み込む。

他人に言ったことはないが、俺はかなりディープな戦車オタクだ。鋼鉄のフォルムを見ていると胸がときめいてしまう。ひょっとしたら前世は、第一次世界大戦のマジノ・ラインで戦死した戦車隊の砲撃手だったのかもしれない。

それなら、センター長である俺は当然、戦車を間近で見られるだろう。

なんて、素敵な戦車パレード、もとい、搬送計画なんだろう。これは何としても実現させたい。

俺がそう思ったタイミングを見計らったかのように、東堂が言う。

「ヘイ、ゴン、見てみろ、マイボスはチョーご機嫌だ」

指さされ、俺はあわてて首を振る。俺の頰が紅潮しているのは、幼き日の憧れを思い出したせいであって、東堂の企画の素晴らしさに共感したわけではない。ところが、すっかり俺のことを自家薬籠中《やくろうちゅう》の物と勘違いした東堂は、説得対象を高階病院長に絞り込む。

「ゴンの石頭にも困ったものだ。航空自衛隊への協力要請には異存ないのに、陸上自衛隊への協力要請には文句を言うなんて、ユーは陸上自衛隊に対して個人的に遺恨でもあるのか?」

ふたりの溝は、埋めがたく深そうだ。俺は仲裁のため、ふたりの間に割って入る。

「それにしても、なかなか派手な試みですよねえ」

するとと高階病院長は、俺を睨みつけて言う。

「戦車一台が出動するのに日本国の血税が一体いくら使われると思っているんですか？」

すると俺がその問いに答える前に、東堂スーパーバイザーが言う。

「ゴン、何をビビることがある？　撃てない自衛隊は国民が要請すればいつでもどこでも何でも運んでくれる。そこが米軍のフォースと決定的に違う点だ。社会科でそう教わらなかったか？」

「社会科で教わったとしても半世紀近く前ですから、綺麗さっぱり忘れています。でも、一般国民の常識として、陸自を宅配便代わりにしては失礼だ、という礼儀くらいは存じ上げておりますよ、東堂さん」

「それなら、ビビる必要はないではないか。ねえ、マイボスもそう思いますよね」

そうやって問いかけられれば、センター長としても日本国民のひとりとしてもうなずかざるを得ない。だから俺が今、うなずいているのは、センター長の責務としてであって、俺が戦車オタクだということとはまったく無関係なのだ。俺は自分にそう言い聞かせる。

高階病院長はそんな俺を、冷ややかな視線で眺める。

「本当にいいんですか？　田口先生はセンター長になられて、性格が豹変されたようですね」

「どういう意味です？」

ほけほけと喜んでいた俺に冷や水を浴びせるように、高階病院長は言った。

「あんな無茶な企画は、センター長に対する忠誠心がひとかけらでもあったなら、とてもできないはずなのに……」

「マイボスの器を舐《な》めるなよ、ゴン。戦車に乗って敬礼しながら沿道を睥睨する程度のことくらい、器がチョーでかいマイボスにしてみたら朝飯前のちょちょいのちょい、だ。そうでなければ、先ほどの見事な即答など、できるはずがないだろう」

「え？　あの、ちょっと待ってください、今のは一体どういう……」

俺は、俺を置き去りにして重量級の部下たちが交わすやり取りに呆然とする。

すかさず高階病院長が答える。

「民間人が物品搬送に際し戦車に搭乗するなど前代未聞だから、その映像は全国ネットで大々的に流れるだろうというアイディアには基本的には同意します。ですけど、ねえ……」

高階病院長はそこで言葉を切って俺を見つめた。

話がここまで煮詰まってしまっては、もう今さら私にもどうしようもありません、と、いかにも高階病院長が言いそうな言葉が言外に聞こえてきた。

確かに俺は戦車フェチと言えるくらい、戦車大好きなレトロ野郎だ。だがそのことと、戦車に搭乗するということはまったく意味が違う。俺は遠目に戦車を眺めるのが好きなのであって、戦車に乗ってごろごろと行進したいなどと夢想したことはない。ましてパレードなんて……。

そんな欲望があったら、防衛医大を受験していたことだろう。

俺は大変な状況に落とし込まれたことに気づいて、尋ねる。

「あの、戦車に搭乗するなんて一般人には不可能なのでは？」

「ふつうなら、ね」

高階病院長がシニカルな笑顔を浮かべ、うなずくと、東堂がすかさず話を引き取る。

「日本の国内法ではとうてい無理だが、日本は米国には弱いから、ミーの人脈で、ペンタゴンのマイフレンド経由でマイボスが戦車に搭乗できるように圧力を掛けてもらったんだが」

「何でまた、そんなわけのわからない余計なことを……」

俺は絶句する。

高階病院長は、ぼそりと言う。

「話がどこでどうこじれたのかはわかりませんが、田口先生はパレードの間中、戦車の上で敬礼の姿勢をとり続けなければならないんだそうです。センター長の身を思い、直立不動、敬礼姿で搬送にかかる四時間もの間、テレビカメラやストロボにさらされ続けることには反対したのですが……。でも、どうやら私は田口先生に対する認識を改めなければならないようです」

何だそれは、と言う俺の叫びが口からほとばしる前に、東堂が素早くレスポンスする。

「オオ、ゴン、どうしてお前はそんなに引っ込み思案野郎なのだ」

高階病院長は、首を振る。

「いえ、決して東堂さんを責めているのではありません。むしろ私の思惑すら軽々と超えられた、田口先生のお姿に感動しているくらいでして。それにしても意外でした。まさか、田口先生が戦車に乗ってパレードをしたいなどというマッチョな願望をお持ちだったとはねえ」

驚天動地の衝撃が俺に襲いかかる。俺はようやくふたりの超音速の会話に口をはさんだ。

「そんなバカな……」

俺の言葉を遮るように東堂は立ち上がり、右手を差し出してきた。

何も考えずに、つい反射的にその手を取ってしまった俺に向かって、陽気に言い放つ。

「改めてマイボスの決断を、心の底からリスペクトしたい。ゴンのような煮え切らないボンクラではなく、シャープでビビッドな上司に恵まれ、ミーは本当に幸せ者だ。早速、パレードの手配に取りかからせていただこう」

引き留める暇もあればこそ、東堂は踵《きびす》を返すと、風のように姿を消した。もっとも風は風でも、台風か爆弾低気圧、あるいはハリケーンかトルネードだろう。俺は取りあえず知っている限りの暴風雨の名称を思い浮かべてみる。

取り残された俺と高階病院長は、顔を見合わせる。

「あの……」

言いかけた俺の口を塞ぐように、高階病院長は右手を挙げて言う。

「東堂さんがああなってしまったら、もう誰にも止められません。マサチューセッツでのあだ名は、オリエント・ビュレット・エクスプレス（極東の弾丸列車）ですから」

高階病院長は俺に一枚の紙を差し出した。

「これが当日のスケジュールです。朝六時からびっちりです。大変ですね」

「ちょ、ちょっと、高階先生」

すがりつくような俺の言葉を断ち切るように、高階病院長は立ち上がると大きく伸びをした。

「パレードでは東城大の名に恥じないような立ち居振る舞いをお願いしますよ、マイボス」

高階病院長は、東堂と同じように素早い足取りで、病院長室から姿を消した。

主を失った部屋は、茫漠とした空気を漂わせていた。

この短い間に俺に降りかかってきた有象無象の災難について考えることもあたわず、俺はただ、他愛もない疑問を繰り返し考えていた。

――なぜ俺が、病院長室にたったひとりきりで取り残されているのだろう。

何だか知らぬ間に寄席《よせ》につれこまれ、下手な漫才を無理やり聴かされたような気分だった。

21章　晴れ舞台の朝

7月24日午前9時
尾張市航空自衛隊大牧基地

ツートップ漫才を無理やり聞かされた三日後の七月二十四日。

この日は東城大学医学部にとって、そして俺にとっても終生忘れられない日になった。

朝六時。迎えの黒塗りの車が俺の下宿に到着した。こんなことは、バチスタ・スキャンダルを収束させたあの日以来だ。

日の出と共に目覚めていた俺は、車が到着した音と共に部屋を出て、黒塗りの車に乗り込む。振り返ると妙齢の女性がふたり、部屋の前で手を振り、見送ってくれていた。

俺は照れながら、彼女たちに向かって手を振り返す。そして車に乗り込んだ。

背中に女性たちの熱い視線を感じながら、こんな風に女性に温かく見送られて出勤するのも悪い気分ではないな、などと俺らしからぬことを妄想する。

車内テレビでは情報番組が流れている。芸能人の離婚問題が長々と放送されているところを見ると、本日も日本は、いや世界はと言い換えてもいいのだろうが、おおむね平和なようだ。

病院玄関に到着すると、そこには高階病院長、東堂スーパーバイザー、そして三船事務長が待ち構えていた。俺は驚いて車から飛び出る。

「病院上層部のみなさんをさしおいて、私が公用車で送迎されるなんて、とんでもないことを」

すると高階病院長はうっすらと笑う。

「当然のことです。今日の主役は戦車に搭乗される田口センター長なんですから。我々は精一杯、黒子を務めさせていただきます」

すごく丁寧かつ大切に扱ってもらっているという感じはするが、なぜか〝慇懃無礼〟という熟語が頭をよぎる。俺を含めた四人が公用車に乗り込むと、車は静かに発進した。

助手席に三船事務長、後部座席には両端に高階病院長と東堂がでんと座り、俺は肩をすぼめて真ん中にちんまり座る。右隣の高階病院長が、横目で俺の姿を眺め回し、言う。

「よくお似合いです。そのジャケット、ブランドもののようですね」

俺は、窮屈な服装をぎゅうと抱きしめ、いっそう縮こまる。

「今朝は驚きました。スタイリストさんに服を持ってきていただいたばかりでなく、メイクさんにまで来ていただくなんて思いもしませんでしたから」

「あれは東堂さんの思いつきでして」

「せめて前日にお知らせいただければ、あたふたせずに済んだのですが」

俺が若干の恨みをこめて言う。

むさくるしい下宿に、いきなり麗しい女性ふたりを招き入れる羽目になった独身男の動揺など、たぶん高邁なこの人たちには絶対にわからないだろう。

東堂スーパーバイザーは、ＨＡＨＡＨＡと陽気な笑い声を上げる。

「晴れ舞台を迎えるマイボスにサプライズ・プレゼントをしたくて、無理を言ってゴンには内緒にしてもらったんだ」

——下手人はコイツか。

俺は東堂スーパーバイザーの陽気な笑顔に、ほんのりとした殺意を抱いた。

東堂スーパーバイザーが両手を広げて言う。

「そもそも日本の大学の記者会見は地味すぎるのだよ。上層部のファッション・センスがなっていない。押し出せる時に精一杯押し出しておかないと、押し込まれた時に押し返せないぞ」

ひねくれ気分の俺は、ひねこびた反応を返す。

「ということは、東堂スーパーバイザーは、Ａｉセンターが反対勢力に押し込まれるような事態になるだろうと予見しているのですか？」

すると東堂スーパーバイザーは、俺の肩をばんばん叩きながら、陽気に言う。

「マイボスは意外に頭の回転がいいんだな。こんなにも早く、ミーと同じ危機感のビジョンを共有していただけるとは」

いや、ビジョンの共有ではなく、ひねくれた混ぜ返しのつもりだったんですけど……。

しかし参った。当てずっぽうで言ったら、図星だとは。

俺は、右隣でうなずいている高階病院長を横目で眺めながら、両巨頭が揃いも揃って、Ａｉセンターが苦難の道をたどると確信していることを確認した。そしてその時まっさきに血祭りに上げられるのは、この人たちに祭り上げられた俺なんだろうなと思い、げっそりした。

尾張市の大牧空港は、民間空港に自衛隊の航空基地が併設される相乗り型の地方空港だ。

自衛隊基地と民間空港が併設されていると、経費削減などの点でメリットがあるという。普通の国家なら、自衛隊施設は軍事施設に相当するから、側に民間施設を設置するなど考えられないが、日本の自衛隊は攻撃性に乏しく、社会的な公益性が高い組織だから可能なのだろう。

あるいはこうした姿こそ、まさしく世界の先駆けとなる、近代軍隊の模範なのかもしれない。

二時間弱で大牧基地に到着した俺たちはＶＩＰ待遇を受けていた。といっても、所長室で延々と自衛隊の歴史から大牧空港の沿革まで、多岐にわたる説明を聞かされただけなのだが。

「……というわけで昨今の地方自治体による空港建設ラッシュは、特別会計の消化という観点もございますが、それよりも自衛隊の空港の拡大運用という点が大きいのです」

そして制服姿の自衛官はため息をついた。

「尾張市はシブチンでしてね。大牧空港の土地使用料から空港使用税まで、きっちり自衛隊から取り立てるんです」

国防隊から費用を切り取ることを躊躇《ちゅうちょ》しないとは、さすが尾張商人、と俺は感動する。

自衛官はちらりと腕時計を見る。

「間もなく輸送機の到着予定時刻です。隣の記者会見室へどうぞ」

記者会見？　なんだ、それ？

俺は動揺し、高階病院長と東堂の顔を交互に見つめる。ふたりはすっとぼけた顔で立ち上がると、俺の両脇に寄り添いながら、口を揃えて言う。

「会見場にお供させていただきます、マイボス」

この瞬間、俺は悟った。俺は、この漫才コンビにハメられたのだ。

扉を開けた途端、ストロボが浴びせられる。煌々《こうこう》とライトが当たるひな壇が見える。

フラッシュの渦とシャッター音があふれる中、自衛官の先導の下、俺たち一行は粛々と歩を進める。舞台に到着すると横一列に並ばされ、長々としたお辞儀をした。

打ち合わせもへったくれもない。これでは騙《だま》し討ちだ。

司会者役の自衛官が言う。

「〇八三〇より、東城大学オートプシー・イメージングセンター、通称Ａｉセンター超伝導高磁場誘導コイル搬送作戦について、航空自衛隊の定例記者会見を開始いたします」

自衛官がびしりと敬礼する。再び、一斉にストロボが焚《た》かれる。

自衛官は要領よく、搬送作戦のタイムスケジュールを説明した。そして記者団に言う。

「説明は以上です。以後、記者のみなさまからのご質問をお受けします」

最前列の記者が挙手する。

「今回の搬送については、旧ソビエト連邦の軍用大型輸送機アントノフの要請が実施されたわけですが、その点で、どのようなご苦労がございましたか？」

中央の俺に視線が集まる。無理もない。何しろ俺の服装は、どうみてもこの中で一番偉い主役に見える。メイクも濃いめだし。だが俺がそんな質問に答えられるはずがない。

人知れずうろたえていると、左隣の東堂スーパーバイザーがマイクを引き寄せて言う。

「超伝導高磁場誘導コイル輸送作戦の実務担当の東堂です。実務担当者として、田口センター長に代わり、ミーがただ今のご質問に答えさせていただきます」

咳払いをすると言い始める。

「今回の作戦にあたり航空自衛隊輸送班、大牧基地の輸送部隊にはなみなみならぬご協力をいただいたことを深謝します。超伝導高磁場誘導コイルは四〇トンもの重量があるため、その搬送はタンカー輸送船でも不可能で、超大型輸送機であるアントノフしか対応できないので、ミーは常にこの輸送機の動向を追い、アントノフ機・通称コサックがウクライナ共和国の格納庫に死蔵されていることは把握していました。ですので９テスラＭＲＩ・リヴァイアサンを東城大Ａｉセンターに導入すると決定した時に、直ちに輸送協力を要請しましたが、ロシア国内のかつての連絡網はずたずたになっていたため難渋し、ワシントンに仲介の労を取ってもらいました。こうして何とかアントノフの借用に成功したのですが……」

そこでひと息区切った東堂は、手元にあるコップの水に口をつけた。

東堂のよどみない演説の立派さには胸を打たれたものの、これで「ミーは日本語が苦手です」などとよくも言えたものだ、と過去の東堂の言動を蒸し返すと、むかむかしてくる。

水を飲み干すと、講談師よろしく、扇子で机を叩きかねない様子で、東堂は演説を再開した。

「……なんと驚いたことに、日本での許可を取るため、米露間の外交交渉以上に右往左往をさせられたのです。国土交通省に申請したところ、医用器具の輸入なので厚生労働省へ行けと言われ、厚生労働省では、大学マターだから文部科学省へ行くようにと指示され、文部科学省は自衛隊基地を使用するなら防衛省へ、とたらい回しにされた。自衛隊が義侠心《ぎきょうしん》で交渉を仕切ってくれなかったら、超伝導高磁場誘導コイルは永遠に日本に上陸できなかったでしょう」

ふう、とため息をつく。

「責任を取らずにたらい回し、これが日本の行政の実態です。ミーの印象では国内の問題を解決するために要する労力は、旧ソヴィエト連邦のウクライナ共和国とワシントンにまたがる交渉事項に要した労力の、優に二倍はあったでしょう」

質問した記者が恐縮したように「あの、ご苦労さまでした」と小声で言う。

すると別の記者が挙手する。

「たかだか一大学の医用機器の搬送に自衛隊に出動要請をするのはいかがなものでしょうか」

東堂スーパーバイザーは、反射的に答える。

「いかがなものか、という問いには、よろしいんじゃないでしょうか、とお答えするしかないですね。いかがなものかというのは、ミー個人の印象を質問しているわけでしょうから」

質問した記者の顔色が変わったのを見た高階病院長が、あわてて東堂のマイクを奪い取る。

「自衛隊には知事を通じ、書式に則《のっと》って出動依頼をお願いしております。適用判断は自衛隊の領分かと思います。そうした依頼が分不相応ならば、要請は拒否されただろうと考えます」

自衛官の司会者がこれを受けて答える。

「ご指摘の点に関しましては、自衛隊最高議決会議で決定されました。これはオフレコですが、ペンタゴンからの要請もありました。ワシントンはアントノフ級の新型輸送機の開発を試みておりまして、この企画は間接的に日米防衛協定への大変な貢献になるとのことでした」

記者は黙り込む。これではAiセンター主催ではなく、自衛隊大規模輸送に関する記者会見だな、とぼんやり考えていると、いきなり聞き慣れた声で俺に質問が浴びせられた。

「Aiセンター長に伺います。日本において、まだその意義が確定されていないAiセンターに、このような最先端医療技術を導入することに関してのご定見を伺いたいです」

俺は質問した女性記者を見た。見覚えのある顔立ちに、緊張が解けた。

「Aiは産声を上げたばかりの診断技術ですが、検査の有用さとその普遍性は明白です。ですのでこれは東城大学の挑戦だと考えていただけると幸いです」

「Aiの社会的なニーズは高いので、新しい死因究明制度の骨格作りのため頑張ってください」

俺が会釈すると、司会の自衛官はちらりと壁の時計を見上げて、左右を見回す。

「間もなく輸送機アントノフが到着しますので、会見は終了いたします。記者のみなさまは空港特別待合室の方へご案内いたします」

その声と共に、記者たちが一斉に立ち上がる。ひとりの自衛官が俺たちに向かい、言う。

「先生方は、こちらへ」

その時、最後に質問をした女性記者が歩み寄ってきた。俺は頭を下げる。

「先ほどは答えやすい質問をしてくれてありがとう」

女性記者は、天馬大吉のツレの別宮葉子だった。

「ここにいる記者は自衛隊付きで、Ａｉセンターの意義や死因究明制度の現状なんて全然知らない人ばかりです。だから質問して、あの人たちをちょっとだけでも教育しようかと思って」

別宮葉子は笑顔でそう言うと、小さく舌を出す。

「明日の時風新報では、大きく扱わせてもらいます。桜宮で追加取材をさせてください」

別宮は記者の後を追いかけていこうとした。その時、くるりと振り返る。

「そういえば私の前に質問をした記者は顔見知りですけど、自衛隊付きではなく厚生労働省担当の記者です。やはり厚生労働省は今回の件を、あまりよくは思っていないようですね」

ひやりとした言葉に、身をすくめた。悪意というものの存在を、改めて面と向かって聞かされると、たとえそれがどれほどささやかなものであったとしても、結構応えるものだ。

俺たちが案内されたのは空港の管制塔で、空港の滑走路を一望できた。そして俺はひとり、別室に連れて行かれた。

「おお、これぞまさしく、馬子《まご》にも衣装、というヤツだな」

ピーキーヤンキー東堂の揶揄《やゆ》に似た賞賛の言葉に、俺は我に返り、身を縮める。

俺は純白の陸上自衛官の制服を着せられていた。胸には偽りの徽章《きしょう》が飾られている。

戦車に搭乗するのはそれなりの肩書きを持った人間にしかできないのだという。なのでやむなく一日自衛官に任命され、制服を着る羽目になったのだ。

抵抗はしたが、ことここに至ってはむなしい足掻《あが》きだった。それでも胸に光る勲章もどきや、肩から下がる金色モールを装着すると気分が高揚してくるのだから、制服の威力はすさまじい。

それから戦車に搭乗するための作法を教わった。

左胸に右拳を当てて直立不動、という姿勢が、民間人としては無難なスタイルらしい。

言われるままにポーズを取ると、高階病院長が楽しげに笑う。

「かっこいいですよ、田口センター長」

「センター長というのはやめてください」

「よ、マイボス。大統領！」

東堂には、もはや言い返す気にもならない。

「あれがアントノフの機影です」

つきそいの自衛官が指さした東の空に、きらりと光る輝点が見えた。その点はみるみる膨張し、ふとっちょでずんぐりむっくりの機体に変わっていく。遅れて轟音《ごうおん》が響いてくる。

その機体を見つめ、東堂がぼそりと言う。

「マイボス、アントノフのウクライナ語の愛称、ムリーヤの意味は知ってますか？」

俺は当然、首を横に振る。すると東堂は言う。

「ムリーヤの意味は、〝夢〟。そして〝希望〟なんですよ」

俺は震えた。思い返せばそれは、自分が何か見えない枠組みに押し込められ、身動きが取れずに窒息させられていくことへの恐怖と畏怖のせいだったような気がする。

22章　憧れの戦車隊司令官

7月24日午前11時
尾張市シャチホコ・ストリート

二時間後。

気がつくと俺は、戦車上の士官になっていた。

そして昔から馴染んでいるかのように、右拳を左胸に当て直立不動、顔を昂然《こうぜん》と上げている。

まったく、何という格好をさせられているのだろう。しかし、そうしたコスプレにあまり違和感を覚えない自分は、やはり前世はヨーロッパ戦線の戦車砲撃手だったのかもしれない。

俺が搭乗している戦車の後ろの牽引車《けんいんしゃ》の上には、ニオブチタン製の9テスラ電磁コイルが鎮座ましましている。厳重に梱包《こんぽう》されたコイルが、道路をみしみしいわせながら進んで行く。

ＭＲＩ機の磁場の強さはコイルの巻き数に比例する。テスラとは磁場の単位で、一般機の磁場の強さは1・5テスラが標準だ。コイルの重量1・5テスラなら四トン、3テスラ機は一〇トン、そして9テスラとなると何と四〇トンにもなってしまう。

尾張市が誇るシャチホコ・ストリートは、市街地のど真ん中から出発し、大牧空港の側を経由し、やがて海辺の桜宮バイパスへと移行する。

尾張市の中心街から桜宮市まで、通常は二時間もかからない。知り合いの警察庁のデジタル・ハウンドドッグ、加納警視正なら三十分で着いてしまうかもしれない。

だが今回のミッションでは二倍近い四時間もの時間をかけて進むことになる。

午前十一時、大牧空港発。午後三時、桜宮岬Ａｉセンター着。

時折、沿道を通りかかった自転車に乗ったガキ共が、俺の勇姿を追跡したりするのが、煩わしくも誇らしい。そんな少年たちもいつの日か、幼い頃に立派な士官の戦車パレードを見たことがある、と自分の子どもに話して聞かせる日がくるのだろうか。

それは大いなる誤解なんだぞ、と自転車追跡隊の隊長と思《おぼ》しき少年に思わず告白したくなる。

だが、真実を彼らに告げることは、今の俺には不可能だ。

こうして少年たちは無数の誤解を胸にためこみながら大人になっていくものなのだ。

基地を出てしばらくすると、戦車の下方から声がした。

「田口一日一等陸佐殿、精勤ごくろうさまであります。ただ今、本部から入りました連絡によりますと、メディアが撮影する指定領域、シャチホコ・ストリートを一二〇〇時、無事通過したため、戦車上部における観兵ミッションは暫時中断していただいて結構とのことであります」

俺はほっとして、下方に向かって声を掛ける。

「自分はどうすればよろしいのでありますか」

「騒音がすごいので、あまりくつろげませんが、よろしければ戦車の操縦室へどうぞ」

その言葉に、胸が高鳴る。俺は、滅多に経験できない機会に、喜び勇んで下方の操縦室に自分の身をもぐりこませたのだった。

戦車内部で専門家から説明を聞いていたら、四時間の道行きはあっという間に終わりに近づいた。戦車の砲撃手が残念そうに言う。

「本部から打電です。間もなく東城大学Ａｉセンターに到着するので、再び戦車上部で敬礼姿勢を取っていただくように、とのことです」

俺は呆然とした。桜宮でも、こんなことをやれというのか？

そんなバカな……。

だが、ふと思い出す。そういえば桜宮市に入るまで暫時中断とか言っていたような気もする。

俺は、真摯な、年若い砲撃手の熱い視線に促されて、しぶしぶ戦車の上部に顔を出す。

途端に沿線にはためく無数の日の丸が目に入り、めまいがした。

桜宮バイパスは交通封鎖され（戦車が公道を走っているのだから当然だ）、沿道にはパレードを見物するために集まった人、人、そしてまた人の波だった。

俺は敬礼ポジションを取ろうとして、その姿勢を取り切れずに凍りついてしまう。

そんな俺の状況など一切考慮せずに、戦車はごろごろと公道を進んで行くのだった。


桜宮Ａｉセンターに戦車パレードの一行が到着すると、現地には大学関係者やメディア、そして医療機器メーカーの技術者が多数いた。島津や黒崎教授、俺の不定愁訴外来の補佐役の藤原さんまでいて、俺の勇姿を一目見ようと押し合いへし合いしていた。

「田口先生」

若作りした声で藤原さんが俺の名を呼ぶ。ストロボの放列。光の渦の中、時風新報の別宮記者の顔を見つけた。隣には、ふてくされた顔の落第大王・天馬大吉が佇む。その傍らにはツイン・シニョンの女子医学生、冷泉深雪のスレンダーなシルエットが見えた。

目を隣の建物に転じると、桜宮科学捜査研究所（桜宮ＳＣＬ）の中庭ロータリーに人影が見えた。俺と目が合うと、斑鳩室長は表情を変えずに踵を返し、暗がりに姿を消した。

視線をＡｉセンターの塔に戻す。周囲には、建築資材を積んだトラックや工事車両が停まっていた。傍らにはニッカボッカを穿いた作業員が物珍しげに戦車の行進を眺めている。そうした光景は、リヴァイアサンのコイルを搬入するため改装を突貫工事で行なった残滓《ざんし》だろう。

それにしても戦車の司令塔という場所は実に見晴らしがいい。

ちょっとクセになってしまいそうだ。

戦車パレードの一行がＡｉセンター入口に到着し、後ろにつき従っていた黒塗りの公用車から三船事務長が降りてＡｉセンターの入口を開放するまで、俺は戦車上で、右拳を左胸に当てた敬礼姿勢のまま、凝固し続けていた。

やがて下方から敬礼ポジションを解除してよろしいという許可の打電を伝える声がするや否や、俺は戦車から飛び降りると、一目散に黒塗りの公用車に逃げ込む。入れ替わりで車外に出た東堂スーパーバイザーが、大声を張り上げる。

「イメージ・エレクトリック社の諸君、今から一週間、諸君には死にものぐるいで働いてもらう。ゴールは、９テスラの磁場調整を一週間で遂行することだ」

「イエス、サー」

「まずはニオブチタンコイルを定位置に設置したら、ただちに液体ヘリウムの注入準備に入る。それを陽が沈むまでに実施する。そして明朝には磁場調整に入るからな」

「イエス、サー」

まるで軍隊だ。俺はその様子をスモークが張られた窓から眺めていた。

深々とソファに腰を下ろすと、車の中に残っていた高階病院長がにやにや笑いながら言う。

「ご苦労様でした。田口先生は戦車好きだそうですから、いい経験でしたね」

ど、どうしてそのことを……。

もはや俺には何ひとつ言い返す気力すらなかった。

東堂スーパーバイザーが、Aiセンターへのコイル搬入の陣頭指揮を精力的に執っている姿を横目で眺めつつ、高階病院長は運転手に言った。

「東堂さんの仕事が終わるのは何時になるかわかりませんので、取りあえず東城大へ戻ってください」

「かしこまりました」

ハイヤーの運転手は一礼すると、車のエンジンを掛ける。重厚な鋼鉄の固まりである戦車と、そこから降ろされる巨大なコイルに目を奪われた観衆は、その傍らから黒塗りの車が地味に発進したということには誰ひとりとして気付かなかった。

23章　ピーキーヤンキーの跳梁

7月25日午前9時
桜宮岬Aiセンター

翌日。

俺は桜宮岬へと向かう。

今日は、センター長として初めて、Aiセンターに出勤する日だ。

下宿から徒歩三分のバスターミナルから、いつもと逆方向のバスに乗り込む。

このバスはかつて碧翠院桜宮病院行きだったが、今は桜宮岬展望台行きと名称を変えている。

市街地を十分ほど走ると、車窓いっぱいに太平洋の大海原が広がる。俺の気分とは裏腹に、空は晴れ渡り、海の表面には煌めく輝きがこぼれ落ちる。

バスはのんびりと停留所を通過していく。やがて進行方向左手に、銀色の塔が見えてきた。

昨日、この沿道を戦車に乗ってパレードしたなどとは、とても信じられない。

あの後、東城大学で記者会見が開催され、多くのメディアが参集し、華やかだったという。東堂の面目躍如だが、俺は完全にグロッキーになっていたので、欠席の非礼を許してもらった。

普通ならセンター長が欠席したら祝賀会は中止になりそうなものだが、俺なしでもつつがなく敢行されたところを見ると、俺のセンター長という肩書きはやはりお飾りで、実態は高階病院長の傀儡《かいらい》だということを誰もが納得している、ということなのだろう。

肩の荷が下りるようなエピソードだが、一抹の寂しさも感じる。

そんなことをぼんやり考えていたら、バスのアナウンスが響いた。

「次は科学捜査研究所前。お降りの方はブザーでお知らせください」

がらがらの車内の乗客は俺ひとりだった。俺はあわててブザーを押す。

終点の桜宮岬展望台まで乗り過ごしても、散歩がてら歩いて五分の道のりだから、そこから引き返してきてもよかった。だが、初日からセンター長が遅刻というのでは感心しない。

俺はバスのステップを下りながら、そのうち桜宮Ａｉセンター前、とアナウンスされる日がくるのだろうか、とふと思った。


バス停留所は桜宮科学捜査研究所前のロータリーに設置されていた。俺が降り立つと同時に、ひとりの男性がＳＣＬの玄関の暗がりから姿を現した。

「奇遇ですな、こんなところでセンター長とお目に掛かるとは」

小柄だが、伸びをすると大きく見える。刻まれた皺《しわ》が、積み重ねたキャリアを彷彿とさせる。

極北市監察医務院から出向してきた南雲忠義。俺が苦手とするタイプだ。

南雲は俺の背後に屹立している銀色の塔を遠景に見立てて、言う。

「昨日のどんちゃん騒ぎはＡｉセンターのお披露目でしたっけ。すると今日からセンター長もこちらに通勤するのですか？」

「そうなんですが、Ａｉセンターは併任で、こちらに来るのは週二日くらいになりそうです」

「では残りの五日はどうなさる？」

「東城大で遠隔診断します。撮影は放射線技師が、読影は放射線専門医が対応します」

「遺体を実際に見ず、画像だけで診断する、とな」

腕組みをして渋面になってしまった南雲を見て、俺はあわてて取りなす。

「実際の遺体情報には、技師が常駐して対応します」

「ほう、その程度で盤石《ばんじやく》とお思いか」

俺は、南雲の細くなった目を見て、背筋が寒くなる。

「いや、決してそんなことは……」

「でしょうなあ。検視官や法医学者は体表所見を取るため、二十四時間待機しているわけですから。専門外の技師ごときに、簡単に代役が務まるなどと思われては心外ですな」

「そんなつもりは……」

俺の語尾は一層小さくなっていく。南雲忠義はそんな俺に朗らかな声で言う。

「ただ、少なくともセンター長が高圧的かつ一方的なお考えの持ち主でない、ニュートラルな方だということがわかっただけでも、雑談の価値があったかな」

そして俺の肩をぽんぽん、と叩く。

「私も今からAiセンターに出所するつもりだったものでちょうどよかった。センター長と同伴出勤すれば、我々法医学者が大切にされていると印象づけられますからな」

俺は完全に南雲忠義に呑まれてしまい、「はあ」と間抜けに答えるより他はなかった。

初めて足を踏み入れたAiセンターでは、戸惑うことばかりだった。

いきなり、ものものしい警備が目に入る。入口に制服姿の警備員がいる。その方に挨拶をして、入口のゲートを抜けようとしたら、突然アラームが鳴り響き、電車改札口のような扉が閉まる。

警備員が飛んできた。

「職員カードをゲートにかざしてください」

「へ？」

俺は呆然とした。病院では職員カードが配布されていたが、病院はオープンスペースなので、厳密な入館チェックはしない。なので俺は職員カードをぞんざいに扱っていた。真面目に職員カードを首から提げている同僚をみて、首輪でつながれた犬みたいだ、と密かに嘲笑《ちょうしょう》していたくらいだ。そんな思い上がった態度が、センター長としての初出勤を阻止しているわけだ。おまけに俺は自分の身分証をどこに置いてあるかすら定かではない。

困っていると奥にいた事務員が目敏《めざと》く俺を見つけ、警備員に俺の素性を説明してくれた。

「このお方は、このAiセンターのセンター長であらせられる田口先生です。昨日のパレードのニュースや、今朝の時風新報の三面記事をご覧にならなかったのですか」

そう言われて困惑する警備員に、申し訳のなさのあまり思わず身を縮めながら、小声で言う。

「すみません。今後は必ず職員カードを携帯します」

「お願いします。私たち警備員は民間委託なので、融通を利かせられないんです」

俺はへこへこしながら、ゲートを通り抜けようとして、今度はブザーの警告音に引き留められる。見ると、空港にあるような磁気チェックゲートがあった。

「昨日はリヴァイアサン搬入や、記者の内部取材がありましたので、セキュリティ・システムをオフにしていたんですが、本日から稼働させました」

トレーにポケットの中身をぶちまける。財布、鍵の束、携帯電話。男性がポケットに所持する三種の神器だ。こうして俺がようやくAiセンターに足を踏み入れると、後ろで様子を眺めていた南雲忠義は、おもむろに作務衣の懐から職員カードを取り出し、さらりとゲートを通過した。

南雲は、なかなかスマートな御仁だった。

フロアに足を踏み入れた途端、いきなり怒号に出迎えられた。

「ファック。液体ヘリウム注入後五時間の磁界フィールドの分布図からすれば、局所偏在が生じていることくらい、すぐ見抜かないと大変なことになるだろうが」

俺は身をすくめる。東堂スーパーバイザーの罵声は延々と続く。

「この磁場はユーたちが通常扱っている磁場の三倍強い。だがトラブルは単純に三倍になるわけではなく、ベキ乗的に増大し、三の二乗で九倍になる。だからささいな齟齬《そご》も見逃すな」

いつもいい加減な日本語で高階病院長をからかう東堂スーパーバイザーの姿しか知らなかった俺は、このように厳しく水も漏らさぬ論理的な叱責に仰天した。

東堂は、俺と南雲が連れ立って入ってきたのを見て、表情を和らげた。

「センター長が重役出勤されてきたところを見ると、どうやら外界には朝が来ているようだな。ここらで一服しよう。今は〇八四五だから、一〇〇〇に集合。それまでは食事を取るなり睡眠に充当するなり各自に任せる。いったん解散」

その言葉に東堂を取り巻いていた技術者集団は、手近のソファにへたれこむ。次の瞬間、あちこちからいびきを伴った寝息があがり始めた。

東堂スーパーバイザーは、肩をすくめて言う。

「たった一晩の徹夜でこんな調子だとは、最近の画像テクニシャンの質も落ちたものだ。ミーが日本にいた頃は、みんなもっとタフだったが」

「そんなことないですよ。たぶん東堂先生のやり方に慣れていないだけです」

俺はフォローしながら、島津のお気に入りだった技術者のことを思い出す。友野《ともの》君がいたら東堂の評価も違っていただろうな、と思う。胸の中を寂寥感に満ちた風が吹き抜けていく。

俺はふと尋ねる。

「東堂スーパーバイザーは、クラシックはお好きですか？」

東堂は、不思議そうに肩をすくめる。

「クラシック？　ま、そこそこにたしなみますけどね」

「どなたのファンですか？」

「ふむ。ミーは少し変わっていると言われますが、ショスタコービッチです」

その瞬間、俺の胸にはショスタコービッチ好きだった友野君がはにかんだように微笑している姿が浮かんだ。追憶のかけらがふりそそぐ。

——よかったな、友野君。

東堂スーパーバイザーは、一階メインホールのど真ん中で俺に向かって言う。

「さて、マイボス。今日のご指示はいかがなものですかな」

「お願いですから、まずはそのマイボスというのをやめていただけませんか」

「ノープロブレム。そんな細かいことを気にしていたら、大器が台無しですよ、マイボス」

何がノープロブレムだ。プロブレムがあるから、わざわざそう言っているわけで。

「ノーベル医学賞の最有力候補者からマイボスと呼ばれるのは、居心地が悪いんです」

仕方なく俺がそうやって本音を口にすると、東堂スーパーバイザーは、破顔する。

「HAHAHA。ノーベルプライズの有力候補なんて掃いて捨てるほどいますから。ミーからみればマイボスだって立派にノーベルプライズ候補の資格があると思いますよ」

「論文を一本も書いていない人間がノーベル医学賞だなんて、冗談にも限度があります」

東堂スーパーバイザーは、肩をすくめて言う。

「ノウ。ノーベル医学賞ではありません。マイボスは、ノーベル平和賞の候補です」

俺は絶句した。ヤンキーのジョークは、日本人の口には合わない。

俺の後ろでまばらな拍手の音がした。

「アングロサクソン流の、素晴らしいジョークですね。スパイスが実によく利いている」

俺は振り返らずため息をつく。

うんざりするような状況だ。前門の虎、後門の狼《おおかみ》の挟撃か、四面楚歌《しめんそか》と言えばいいのか。

「おお、ユーは確か、銀縁眼鏡クンで、その名前はというと……」

俺はようやく振り返る。すると彦根がヘッドフォンをしたままで、言う。

「僕を認識するアイテムは眼鏡なんですか。やれやれ、天才の視野とは、誠に理解し難いものですね。改めまして自己紹介させていただきます。房総救命救急センターの病理医、彦根です」

「おお、初めまして、じゃなかった、どうぞよろしく」

彦根に手を差し出すと、彦根の後ろからおずおずと小柄な女性が姿を現した。

「ええと、そちらの美しいお嬢さんは確か……」

こんな清楚な美人のことすら覚えていないわけね。

それなら彦根の認識が銀縁眼鏡クンでも致し方がない。俺はすかさず尋ねる。

「会議もないのに、ふたり揃ってご来場とは、どういうつもりだ?」

彦根はヘッドフォンを外すと、後ろに控える桧山シオンの背中を押し出した。

「ずいぶんなご挨拶ですね。田口先生、今の言葉はちょっと軽率すぎますよ」

少々気弱になっていた俺は、思わず我が身を振り返る。何か致命的なミスでもしたのだろうか。するとと彦根は言った。

「ふたり揃ってというのは間違いです。ほら、四人揃ってのご来場なんですから」

その声にあぶり出されるように、柱の陰からもう一組のカップルがひょっこり顔を出した。

「天馬君に別宮さん……。そんなところで、何をしているんだい？」

彦根が四人の気持ちを代弁して言う。

「ずいぶん手ひどい歓迎ですね。創設委員やオブザーバーの面々が実質稼働直前のＡｉセンターを心配して、こうしてわざわざ陣中見舞いにやってきたというのに」

「それならとっとと中に入ってくればいいだろう」

俺が言うと、彦根は肩をすくめる。

「できるなら、とっくにやってますって。ほら、こいつが僕たちの入場を邪魔しているんです」

入口の改札機が足を踏み出そうとした彦根の鼻先でぴしゃりと閉じる。

「僕たちは、その強大な権限でセンター長が所内に招きいれてくれるのを、ここで今か今かと待ち望んでいる、哀れな平民の群れなんですよ」

「お前はいつもそんな風に持って回った嫌味ばかり言うからな。そういう大切なことは真っ直ぐに言うべきだろう」

そんなやり取りを退屈そうに眺めていた東堂は、別宮葉子の姿を認めると、言った。

「おお、そちらの麗しい女性は確か……」

そこまで言って、東堂は再び黙り込む。別宮葉子の名前まで忘れてしまうとは、コイツは本当に、色気というものには無関心のようだ。

「時風新報社会部記者、別宮葉子です」

東堂は、ぽん、と手を打つ。

「おお、そうだ。確か昨日、取材許可を出したお嬢さんだったね」

おや？　センター長である俺の許可も得ないうちにいつの間にそんなことを。

だが実質、センターの最高権力者は今やウルトラ・スーパーバイザー・東堂になってしまっているのだから、それもやむを得ない。

その声を聞いて、事務員が駆け寄ってきた。

「取材許可は広報を通していただかないと困ります」

天網恢々《てんもうかいかい》、たとえ非力なセンター長はスルーできても、天下の事務は決して見過ごさない。

「でも昨日、東堂先生からご許可を頂戴していたので」

別宮葉子が当惑した声を出す。こんな朝早くアポを取ったのに、こんなところで門前払いされてはたまったものではないだろう。仕方なく、俺がフォローする。

「別宮さん、取材申請書類は後日提出していただければ結構です。それからここにいらっしゃるみなさんはＡｉセンターの関係者の方たちのようですので、一括入場を許可します」

ふむ、大岡裁きみたいなことが言えると、なかなか気分がいいものだ。

事務員は事務室に戻って、一日パス券をひとり一枚ずつ、手渡した。受け取った人たちを引き連れて、俺は先頭を歩いて行く。気分はまるでツアーガイドだ。

隣を歩く彦根は、俺に向かってちまちまと嫌味を言い続ける。

「それにしてもセンター長ともなると、ここまで変わってしまうんですね。さすがメディアに露出して、Ａｉセンターを宣伝しまくった有名人だけのことはあります。何しろイカしてましたからね、士官の制服姿の田口先生は」

昔から、コイツは人が一番嫌がることを、口当たりよく言うのに長けている。雀卓を囲んだ頃からちっとも変わっていないというのも、困ったものだ。

「少し黙ってろ。業務外のお喋りがすぎると、センター長権限で退去を命じるぞ」

俺はぴしり、と言う。すると彦根の後ろから桧山シオンが裾をそっと引いた。

「わかりました、わかりましたよ。無駄口は止めます」

俺は天馬大吉の隣を歩く別宮葉子に尋ねる。

「今日の取材目的は、何ですか?」

別宮葉子はすらすらと答える。

「今度、社会面で東城大Aiセンターについて短期集中連載を企画します。なのでAiセンターの目玉である新型MRIを取材したいのです」

なるほど、天馬大吉の方が付き添いのオマケだったのか。俺の隣で別宮葉子の流麗な取材目的の口上を聞いていた東堂スーパーバイザーは、すっかりご満悦だ。

「では、麗しき敏腕記者に、超伝導高磁場9テスラ・マンモスMRI、リヴァイアサンの心臓部、ニオブチタンコイルをお見せすることにしましょうかな」

すると、部屋の片隅からしわがれた声が聞こえた。

「せっかくだから、私も一目拝見させていただきたい。よろしいかな」

作務衣姿の南雲忠義が、目を細めて、東堂スーパーバイザーを見つめている。

「オフコース(もちろん)。ご覧になりたい方たちはみなさん、どうぞ」

陽気に答えた東堂スーパーバイザーが先に立ち、俺たちはそれに従った。

24章　リヴァイアサンの心臓

7月25日午前10時
桜宮岬Ａｉセンター

一階ホールのつきあたり。大きな扉の前に立つと、東堂スーパーバイザーは振り返る。

「この部屋でえす」

でえす、じゃないだろう。あんたは白鳥の親戚か。

部屋の扉を開けると、冷気が流れ出してきた。

東堂スーパーバイザーの視線が俺たちを急《せ》かせたので、俺たちは素早く部屋にすべりこむ。

全員が部屋に入った途端、東堂スーパーバイザーは扉を閉じる。

部屋は一瞬、暗闇に閉ざされる。

「シット」

呟きながら、東堂は手探りで灯りのスイッチを入れる。

コンクリートの打ちっ放しの壁が寒々しさを増加させる。青白いＬＥＤライトに照らし出された灰色の部屋の中で目立っていたのは、色とりどりの配線が未知の生物のようにとぐろをまき、互いの身体を巻き付かせあっている様だった。

それは、末期患者を取り巻くライフラインの束のようにも見えた。

そしてその中心に、無骨な鋼鉄製の巨獣が鎮座していた。

——これがマンモスＭＲＩ、リヴァイアサンか。

鈍い鉄色に沈み込んだ鋼鉄製のカバーの裏には、赤銅色のニオブチタンコイルが規則正しく巻き付けられて、総重量四〇トンもの巨体を稠密《ちゅうみつ》に構築しているのだろう。

拍動を開始する前の、氷漬けにされたマンモスの心臓。

それが9テスラMRI機・リヴァイアサンの心臓部、ニオブチタンコイルの第一印象だった。


今は真夏なのに、暗い部屋は真冬のように寒い。

吐く息が白く凍る。

MRIの電磁コイルは、高磁場を発生させるために超伝導状態であることを必要とする。その状態を維持するためには超低温であることが必要で、液体へリウムにより、絶対零度に近い温度を保持し続けなければならない。

したがってコンクリート剝き出しの部屋が冷え冷えとしているのは、空調による当然の対応かもしれない。だが、これでは検査を受ける患者が凍えてしまうな、とふと思う。

周囲を見回すと、見学者は部屋の壁にへばりつくようにして、リヴァイアサンの心臓を見つめている。隣には彦根、そして彦根に寄り添うように佇んでいる桧山シオン。新聞記者の別宮葉子の隣では天馬大吉が退屈そうに天井を見上げている。少し離れたところにひとりぽつんと作務衣姿の南雲忠義が壁によりかかる。

東堂は、部屋の中心に安置されたリヴァイアサンの心臓部分の傍らに佇み、愛しげに金属製のコイル・カバーを撫でながら言う。

「これが、9テスラ機のニオブチタンコイルでえす」

別宮葉子が隣の天馬大吉にささやく。

「何だかおどろおどろしいわね」

天馬大吉は無言でうなずく。

東堂の言葉を受けて、門外漢の南雲が言う。

「部外者にはよくわからんが、凄まじい気だけは伝わってきますな」

「よくお分かりになりましたね。それがリヴァイアサンの本質です。写真ではそこがなかなか伝わりにくくて。何しろ搬送作戦のため説明に上がった霞が関では、写真を見て、単なる巨大な鉄屑ではないかと言われたりしたので、少々へこんでおりまして」

俺はくすりと笑う。桧山シオンは、自分の肘を両手で抱いて、かすかに震えている。

寒さに弱い、観葉植物のような女性だ、とふと思う。

「そういえば、入室時に金属を外すという注意がありませんでしたが、大丈夫ですか?」

彦根がそう尋ねると、東堂スーパーバイザーはうなずく。

「まだ液体ヘリウムを注入しておらず、磁場は発生していないのでノープロブレムです。ちなみにヘリウム注入は明後日の予定です」

別宮葉子が白い息を吐きながら尋ねる。

「液体ヘリウムが注入されていないのに、部屋がこんなに寒いのはなぜですか?」

「これから注入するヘリウムの効率をよくするためです。部屋が暖かいと、ヘリウムは部屋とコイルの容器自体を冷やすために消費され、余計な費用がかかってしまう。ヘリウム注入が終了したら、徐々に室温を上げていきますよ」

その言葉を聞いているうちに、俺の胸を不吉な脅迫文の文面がよぎった。

『八の月、東城大学とケルベロスの塔を破壊する』

ケルベロスの塔が、もしもＡｉセンターの隠喩であるのなら、その心臓とは何か。

それはまさにこの、リヴァイアサンそのものではないのか。

とするとＡｉセンターの破壊とは、リヴァイアサンを破壊するということではないのか。

俺の胸に、アリアドネ・インシデントの最終局面の緊迫した場面が一瞬の閃光のように蘇る。

クエンチ。

ＭＲＩは心臓部の電磁コイルを液体ヘリウムで冷却し、超伝導状態を作り上げる。このため、衝撃がコイルに加わると、液体ヘリウムが漏れ出して、クエンチという大爆発を引き起こす。これだけのマンモスマシンだと、クエンチを起こした時の破壊力は、かつて大学病院に搬入された縦型ＭＲＩ、コロンブスエッグの比ではないだろう。

俺は不安になって尋ねる。

「この部屋のセキュリティはどうなっているんですか」

「特別なセキュリティはありません。突貫工事だったので、磁場遮蔽で精一杯でしたが、特に問題はないはずです。部屋に入るのは配線チェックをする作業員くらい。スプリンクラーの設置が間に合わなくて、天井に穴だけ開けてありますので三カ月以内にカタはつきます」

「だとしたら、外部からの攻撃に対しては脆弱《ぜいじゃく》ですね」

「でも、建物全体のセキュリティがしっかりしていますから大丈夫でしょう」

確かにＡｉセンターは今流行りの最新型職員認証システムが導入されているので、外部からの侵入はほぼ不可能な状態であるのは事実だった。

あまりにもあっけらかんとした東堂の返答を聞いて、却って俺の不安感は増大していく。

だが、ここまできたら、東堂の楽天主義を信頼するしかない。

その時、俺の脳裏にぽっかりと安心材料が浮上してきた。脅迫犯は、ケルベロスの塔の心臓に嵌めこまれたリヴァイアサンに関して全く認知していないはずだ。なぜなら脅迫状が届けられた時、東堂が東城大に来るということを知る人物は世界中どこにもいなかったはずだからだ。

俺は人知れず、安堵の吐息をついた。

俺たちは真夏なのに凍えるような、ツンドラのクレバスみたいな部屋から退出した。

インパクトのある見学ではあったが、その実体はばかでかいコイルにすぎないので、そういつまでも瑞々《みずみず》しい感動は引っ張れない。

部屋から出た南雲忠義が振り返ると、しみじみとリヴァイアサンの心臓が眠る部屋を眺めた。

「マンモスの心臓が塔の中心に置かれたのは、果たして吉兆か、それとも凶なのか」

俺はその言葉の真意を尋ねなかった。たとえ問いただしたところで、答えてもらえなかったに違いないからだ。


東堂スーパーバイザーは、氷漬けのマンモスの心臓の展示室からホールに出ると、クレバス見学ツアーに参加した一行を眺めて言う。

「かくも見目麗しいお嬢さん方が大勢お見えになるのは喜ばしいが、お嬢さん方は、わが愛しのマンモスのために何をしてくれるのかな。美味しい珈琲を淹れてくれるくらいなのかな」

不躾で無神経な東堂の言葉に、反射的に言い返したのは別宮葉子だった。

「あら、私は珈琲は淹れませんけど、センターの記事を書き、桜宮市民のＡｉに対する関心を高めるくらいのことはできますけど」

「ワンダフル。失礼しました。それは確かに有用ですね。では、そちらのお嬢さんはいかがですかな」

東堂は、彦根の陰に隠れていたシオンに水を向けた。うつむいてしまったシオンに代わり、彦根が応じる。

「シオンに何ができるか、ですって？　たぶん、あなたがやれる程度のことであれば、何でもできますよ」

「それは心強い。たとえば３Ｄのレンダリングならば何時間でやってもらえるのかな？」

彦根がうなずくと、桧山シオンは不安げな表情で彦根を見る。銀縁眼鏡がきらりと光る。

「ボリュームにもよりますが、32門のＣＴデータ全身像なら、十分もいただければ充分です」

「シット。ミーはその手のジョークは大嫌いでね。二千枚を超えるＣＴのレンダリングが一時間以内にできるはずがないでしょう」

彦根が桧山シオンの肩をそっと抱いて、言う。

「ダメじゃないか、相手の目を見て正確に言わないと、ボンクラ共に誤解されてしまうだろ」

そして東堂スーパーバイザーの顔を見つめながら、挑発的に言う。

「シオンなら十分どころか、五分だって切りますよ」

栗色の髪をさらさらと揺らし、うつむいたシオン。彦根は東堂に、とどめを刺すように告げる。

「でもそんなありきたりの技術に対応させるのはバカバカしい。シオンの真価は、シオンにしかできない特殊技術であるサプリイメージ・コンバート、略してＳＩＣにあるんですから」

「ＳＩＣ？　何だね、それは」

ピーキーヤンキー・東堂の問いに、スカラムーシュ・彦根はうっすら笑って答えた。

「シオンの凄さは、いずれわかります」

隣でやり取りを聞いていた南雲忠義が、話題を変え生真面目に尋ねる。

「ひとつ伺いたいのだが、この仰々しい機械を使うと解剖がいらなくなる、と昨日のテレビで解説していたが、本当ですかな？」

即座に東堂スーパーバイザーは答える。

「それは悪質なデマですね」

ほっと安心した様子を見せた南雲忠義を、東堂はひと言で斬って捨てる。

「解剖で得られる程度の情報ならリヴァイアサンどころか、通常の診断機でも事足りますよ」

「何だと？」

南雲の反射的な問いかけに、東堂は、南雲を指さしながら、俺に尋ねる。

「ヘイ、マイボス、このミスターのＡｉに対する理解度はどの程度なのか、ご存じですか？」

俺が答える前に、南雲が自ら答える。

「Ａｉなどというたわけた考えの大枠は理解しているが、中身はとんとわからん。我々は、あんな記念写真など相手にしない。いついかなる時もご遺体そのものと直面しているのでね」

東堂スーパーバイザーは、目を細めて南雲を見つめ返す。そして言う。

「ミスターの理解は幼稚園児レベルなんですね。でしたら基礎の基礎からご説明します。このマシンの解像度は10ミクロン単位と、顕微鏡レベルに達しています。Ａｉは今や解剖に匹敵するのです」

滔々と語る東堂スーパーバイザーに、押し切られることなく、南雲忠義は淡々と応じる。

「いくらもっともらしい御託を並べられても、私のように頭の固い人間には理解し難いですな」

東堂スーパーバイザーはくすくす笑う。

「そうでしょう、そうでしょう。何しろ、従来の学問のクライテリアから一歩も外に出ようとしない頑迷固陋《がんめいころう》な権威主義者には、とうてい信じられないような新世界ですから」

すさまじい当てこすりや嫌味の応酬に、傍観者であるはずの俺の胃までちくちくと痛み出す。

さすがにむっとした表情を隠しきれなくなった南雲忠義に、東堂はばっさり言い放つ。

「そんなストーンヘッドな御仁にも簡単に理解できるシンボリックな症例を、今からお見せします。ある領域においては、Ａｉはもはや解剖を凌駕しているのです」

南雲も目を細める。そして言う。

「実に興味深いお話ですなあ。せっかくですから、一刻も早く拝見したいものですな」

「オフコース、お安い御用です。ちなみにそれは虐待死の領域の症例です」

「虐待死だと……？　それは解剖でも診断できるだろう」

東堂スーパーバイザーは、肩をすくめる。

「それは、無知蒙昧という土壌から芽生えた自己驕慢、いわゆる〝うぬぼれ〟、というヤツです。ご存じないでしょうが、解剖医は実に多くの児童虐待を見逃しているのです」

南雲は目を見開き、東堂をぎろりとにらみつける。

「度重なる侮辱にも我慢を重ねてきたが、もはや聞き捨てならん。そこまで言うなら、確たる証拠を見せていただきたい」

東堂は、俺をちらりと見た。そして、言う。

「それでは実例をお見せしますので、二階のミーの部屋にどうぞ」

天馬の連れの別宮葉子は、二階に上がりかけた東堂をつかまえて、リヴァイアサンの巨大コイルについて記事にしたいと申し出て、派手好きな東堂を喜ばせた。掲載の了解を取り付けると、天馬大吉を引き連れて、挨拶もそこそこに退去してしまう。目的がはっきりしていて余計なことには見向きもしない。現金なものだが、はっきりした態度は、傲慢というよりはむしろ清々しい。

東堂が二階に向かい、残ったメンバーが従う。

見ると、彦根は一階のホールにひとり佇み、透明な螺旋《らせん》階段を上っていく俺たちの様子を、ぼんやりと眺めている。殿軍《しんがり》を務める俺は立ち止まり、階段の踊り場から彦根を見下ろした。

「お前は見学しないのか?」

彦根は静かに首を振る。

「僕はああいうのは見慣れてますので」

そうだ。ヤツは病理医だった。彦根は続ける。

「実は今日は秘密兵器、シオンをお届けにあがっただけです。これからこの因縁の地でいろいろなことが起こる予感がします。その時シオンは、きっと田口先生のお役に立ちますよ」

俺はうなずく。

「即戦力だからありがたいよ。でも、桧山先生の仕事に支障はないのか?」

彦根は首を振る。

「シオンは今でもジュネーヴ大の画像診断業務を続けていますが、ネットがつながる環境なら、遠隔診断で対応できるので、世界中どこにいても大丈夫なんです」

だとしたら、画像診断センターでもあるＡｉセンターにとっては心強い援軍だ。

俺は素直に頭を下げる。彦根は、俺に向かって手を振った。

「田口先輩、シオンをよろしく頼みます。僕は今、のっぴきならない状況にあるので、しばらくこちらには伺えませんが、シオンがいれば大丈夫。シンポジウムには必ず駆けつけますので」

俺は、ふと不安になって彦根に言う。

「お前こそ、大丈夫なのか？　昔から肝心な所ではひとりで特攻するヤツだからな。何かあったら、遠慮せずに言え。愚痴くらいなら聞いてやれるから」

すると彦根は一瞬、泣き笑いのような表情をする。

「田口先輩、それって反則ですよ」

その言葉の真意を計りかね、首を傾げる。すると彦根は呟くように言った。

「僕は大丈夫です。田口先輩の今のひと言だけで生きていけます」

彦根は遠い目をして、続ける。

「ボリビアの、とある渓谷の露と消えた、イノセント・ゲリラの終焉の地の峻烈さを思えば、僕の置かれた環境なんて、天国みたいなものですよ」

そう言うと彦根は俺を見つめた。俺はヤツの瞳の中に、その渓谷を吹きぬける風の余韻を見たような気がした。やがて彦根は、くるりと向きを変えると、何かから逃れるようにして、足早にホールを出て行く。

その後ろ姿は影が薄く、はかない陽炎《かげろう》のようにゆらゆらと揺れていた。

25章　司法解剖が見落とした虐待

7月25日午前11時
桜宮岬Ａｉセンター

東堂の居室は、読影室という看板がぶっきらぼうに掲げられているだけだった。だが、扉を開いた俺たちは、目を見張った。

そこはメディアミックスのショールームのようだった。壁全面に展開された巨大モニタには、宇宙から見た青い地球が映し出されていた。よく見ると、地上の雲は少しずつ動いている。

「これは、ナマ映像ですか？」

俺が尋ねると、東堂スーパーバイザーは、にやりと笑う。

「さすがマイボス、よく気がつきましたね。ＮＡＳＡの知り合いに頼んで人工衛星からの動画配信をシークレットでやってもらっているんですよ」

「この部屋にいれば天気予報くらいできそうですね」

東堂スーパーバイザーは、苦笑して言う。

「気象庁の予報よりも精度はグッドでしょうね。たとえばルック、ほら、こんな具合です」

計器が並んだ机に座ると、東堂は、パネルを操作した。青い地球に向かって視点が下降していき、ユーラシア大陸が拡大され、東端に弓状の日本列島が認識できた。さらに本州、関東地方と拡大されていく。そして下降は停止した。

「桜宮は快晴ですが、夕方からレインでしょう。降水確率は90パーセントでえす」

「この画像はどこまで拡大できるのかね」

南雲忠義が尋ねると、東堂が答えた。

「お望みならば、この塔と桜宮SCLの間を走る車両の同定もできますけど」

「過去の画像はどれくらいまで見られるのかね」

「詳細はNASAに聞かないとわかりませんが、一年くらいは遡れるはずです」

その答えに、南雲忠義は渋面を作る。何か喜ばしくないことでもあったのだろうか。

俺が南雲を凝視しているのに気づいて、南雲忠義は話を変える。

「世間話はこれくらいにして、本題の症例を教えていただこうか」

「オー、ソーリー。あまりの地球の美しさに、つい脱線しました。ではこれをどうぞ」

モニタに映し出されたのは一枚の鑑定書の写しだった。

東堂は鋭い視線を、法医学会の橋頭堡《きょうとうほ》と化した南雲に向ける。

「これはポリスが直接、島津ボーイに鑑定依頼してきた事案です。司法解剖では虐待死は否定され、頭部出血は両親の主張通り、階段から落ちたためと鑑定しています」

冷ややかな声音で挑発的に言うと、ひとり言のように付け加える。

「ただし、鑑定書の日本語が回りくどく、解読するのに半日かかりましたが」

「それなら、Aiだって何の役にも立っておらんではないか」

気色ばんで言う南雲忠義に、東堂は人指し指を立て、ちっちっち、と言いながら左右に振る。

「とんでもない。ポリスが持参した死亡時CT画像を島津ボーイが読影したところ、サプライズな真実が明らかになったんですから」

俺は唖然とした。この症例は先日、島津が俺に打ち明けた話だ。

だが島津がこの情報を東堂に教える機会はなかったはずだ。

「どうして東堂先生がこのデータをお持ちなんですか？」

東堂スーパーバイザーは、目を細めて俺を見て、うっすらと笑う。

隣で見ていた桧山シオンが俺にささやきかける。

「この画像はイレギュラー回線から取得されているようです」

俺は東堂の得体のしれない情報収集の底力にぞっとする。おそらくハッキングを告発しても、東堂はたちまち、その痕跡を跡形もなく消し去ってしまうだろう。

「大学病院のアクセス認証を突破するなど、ミーからすれば、鍵がかかっていない部屋に入るようなものですからね。そもそもデータというものは、活用できる人間が手にして初めてその真価が発揮されるものだから、データもそうした人物の元に集まってくるものなんですよ」

そう言いながら操作パネルを動かすと、巨大モニタにCTスライスが次々に展開していく。それらが重なり合い、やがてひとつの立体像を構築する。

モニタ上に幼女のデスマスクが浮かび上がる。その生々しさに、俺は思わず目を背けた。

「これは？」

「現在のCT技術を以てすれば、体表所見の再現はかくも簡単なのです。体表検視は、遠隔診断で充分可能なんですよ」

東堂スーパーバイザーは操作を続け、全身の立体画像を展開し、頭頂骨を映し出す。そしてポインターで一条の細い線を指し示した。

南雲忠義が呻く。

「ルック、頭頂骨に古い骨折線がある。これが虐待の証拠です」

「これなら解剖で指摘できているのでは？」

「残念ながら、鑑定書に記載はなかったですね」

東堂が操作盤を操作すると、生写真が画面一杯に広がった。頭部解剖の血塗れのマクロ写真だ。

「実は解剖時でも、よく見ればうっすらと骨折線が確認できるのですが……」

東堂は、モニタ上の矢印で、その線を指摘する。

青ざめた顔で唇を噛む南雲忠義に、東堂は優しく声を掛ける。

「だからといって解剖で所見を見落とした法医学者を責めるのは酷でしょう。こんな微細な所見、ふつうは見逃しますよ。解剖が苦手な領域だと諦めた方が精神衛生上よろしいでしょう」

「たとえそうであっても、見逃しは、決して許されないことだ」

南雲忠義が歯を食いしばって、ようやく口にした。その言葉を、陽気なヤンキー笑いが吹き飛ばす。続いて放たれた東堂の言葉は、強烈な光となって俺たちを貫いた。

「解剖には限界がある。その限界から目を逸らし、盲目的に万能だと言い張る連中が、この所見を見落としたのです。今、法医学者は画像診断を専門家に委ねるべきです」

南雲忠義は首を振る。

「冗談じゃない。司法解剖はすべてに君臨する、絶対的な検査だ」

東堂スーパーバイザーは、目を細めて南雲忠義を凝視した。そして冷たく言い放つ。

「でも、そもそもミスターは、いつわりの解剖症例を重ね、極北市監察医務院を潰してしまった張本人なんでしょう？　極北市では解剖すらしていないというウワサもある。法医学を潰すのは、ミスターみたいな連中だと思いますが」

「なぜ、あんたがそのことを……」

南雲忠義は絶句し、俺は呆然とする。この出来事が表に出た時、東堂はまだ会議に参加していなかったはずだ。

東堂は本革のチョッキの裾を引っ張り、胸を張る。その仕草を見ながら、南雲監察医が呻く。

「そうか、あの時の議事録だな。アレはＡｉ運営連絡会議の席上、さっきの気障《きざ》な銀縁眼鏡の坊やが挨拶代わりに食らわせてくれた、不意打ちみたいな一撃だったからな」

「これでおわかりでしょう。この症例に限らず、司法解剖システムが虐待死を見逃してしまうという構造は致命的で、解消は不可能なのです」

「なぜ、そこまで断言できる？」

東堂は、救いがたい、と言いたげな視線で南雲忠義を見つめる。そして首を振りながら、言う。

「虐待死症候群を確立したのは解剖医ではなく、放射線科医だったんだぞお」

いや、だから〝ぞおさん〟ではなくて……。

青ざめた南雲忠義がぼそりと呟く。

「……そんなバカな」

「法医学者はあまりにも勉強不足ですね。虐待死の診断基準に陳旧性骨折の検出という項がありますが、これは司法解剖が最も苦手とする分野なのです」

「そんなはずはない。画像でわかるものは必ず解剖でわかるはずだ。何しろ解剖は破壊検査で、Ａｉは非破壊検査だから、解剖の方が優れているに決まっている」

東堂スーパーバイザーは天井を見上げて、大きく吐息をついた。

「ミスターは、なんてものわかりが悪いお方なんでしょう。いいですか、解剖は、破壊しない場所のことは何もわからないんです。初動のスキャニングには、破壊しなくてもわかるＡｉの方がはるかに優れているんですよ。陳旧性骨折とは昔の骨折跡のことです。つまり体表に所見はない。司法解剖で傷跡のない腕や足を解剖で切り開きますか？　そんなこと、できないでしょう？　だから司法解剖は陳旧性骨折を見逃す運命にある検査なんだぞお。以上で司法解剖は構造的に虐待死を見逃してしまう検査だという証明はおしまいでえす」

ここで〝ぞおさん〟と〝でえす〟の連打はさすがにキツそうだ。医学的にきっちり構築されたロジックと、人をおちょくるような語尾に翻弄され、南雲忠義はついに黙り込んでしまう。

東堂は、淡々と言う。

「法医学者や捜査担当者が新しいシステム構築をはかるために公正な議論をするようだったならば、ミーも協力したでしょう。だが卑しい現実はどうだったか、というと……」

東堂は、操作盤をクリックする。モニタに映し出されたのは新聞記事の切り抜きだった。

「この案件は司法解剖が重要所見を見逃し、捜査が行き詰まっていました。そこで島津ボーイがAiで虐待の証拠を見つけ出したおかげで事件は立件された。でも新聞報道はこうでした」

東堂は、操作盤を強く叩く。新聞記事の一部が拡大された。

——司法解剖の結果、古い骨折跡が確認され、虐待の裏付けとなった。

東堂は、南雲を凝視した。そして言う。

「ライ・ライ・ライ、全部、大嘘《うそ》です。今の日本では、大メディアは警察の言いなりで、彼らのミスや欺瞞《ぎまん》は暴けない。だから、欺瞞で塗り固められた法医学の聖域を破壊することこそAiセンターの役割だ、とミーは認識しているのです」

俺は震えた。これは東堂の宣戦布告ではないか。

南雲忠義は目を細めて、笑う。

「手厳しいですなあ。素晴らしい理念ですが、現実の社会を動かすには力も必要ですからねえ」

東堂も、目を細め、南雲を見つめる。

「その意見には全面的にアグリーしますが、たぶんミスターが言うところの力と、ミーが考えている社会正義とは、互いに相容れないものなんでしょうね」

南雲はうっすら笑う。

「バカを言っちゃ困る。私が申し上げたことが意味するのは警察の組織力そのものだ。そもそもAiには力がないではないか。厚労省は無視を決め込み、内科学会は言葉尻をとらえて足を引っ張る。肝心要《かなめ》の放射線学会すら、お偉いさんたちは及び腰と聞く。現実はかくの如く、Aiを支える医療領域は四分五裂しているのだよ」

隣で静かに佇む桧山シオンにちらりと視線を投げかけて、言う。

「このお人形さんにどんな力があるか知らんが、銀縁眼鏡坊やの手土産だから、一応は使えるんだろう。ひ弱なAiという苗木をみんなで必死に守ればいいさ。まずはお手並み拝見といこう」

南雲は精一杯の虚勢を張るように続けた。

「一連の流れで、お前さんの意図はわかった。であればこちらも受けて立つ。今日は挨拶代わりなので、これで失礼する。明日から毎日ここに通うので、私も準備が必要なのでね」

「ミーの挑戦を正面から受け止めるとは、さすがは警察庁の切り札ですね。ちなみにミスターの部屋はミーの部屋の右隣ですから、こちらこそよろしく」

そして俺にウインクを投げてきた。

「そして光栄にも、マイボスのセンター長室はミーの部屋の左隣です」

俺と南雲忠義は顔を見合わせる。その時、東堂の腕時計のアラームが鳴った。

「タイム・フライ、もう十一時ですね。ミーは磁場の調整に戻るので、一階にいます」

俺の返答を待たず、東堂は部屋を出て行く。

俺は東堂スーパーバイザーの後を追い部屋を出たが。そこにはもう東堂の影はなかった。

その後、俺は南雲忠義、桧山シオンと一緒に、それぞれの居室を確認した。

ふたつの部屋はがらんとしていて、殺風景な机と本棚がひとつ据えられているだけだった。

南雲は部屋を一瞥すると、大きく背伸びをし、自分の肩を拳で叩きながら、部屋を出て行った。

俺は桧山シオンに、俺の部屋を自由に使っていいと許可した。実際、机と空っぽの本棚だけが置かれた殺風景な部屋だが、ネット回線が引かれているので、業務環境としては充分のはずだ。

シオンは、俺の部屋の光回線でジュネーヴ大の業務ができることを確認すると、すぐにノートパソコンを立ち上げ、一心不乱に読影作業を開始した。

モニタに大量の画像が流れ始めた中、よどみなくレポートを作成している様を、シオンの肩越しに眺めていた俺はやがて、ここに居続けてもシオンに意識されないと悟り、部屋を出た。

顔を上げると、がらんとした吹き抜けの丸天井が見えた。その頂点には天窓があり、そこから落ちかかる光が一階の床の一隅を、ひっそりと照らし出している。

ふと、五階の最上階の講堂を見てみよう、という気になった。エレベーターがないので、五階まで歩いて上らなければならない。

ゆっくり螺旋階段を上りながら、遠い昔、この部屋を訪れたことを思い出す。

正確に言えば、かつて俺が訪れたその部屋は、今はもうない。

碧翠院桜宮病院は炎上してしまったのだから。

誰にも知られずに俺はひとり、深々と吐息をついた。

ためらいながら、重い足取りで階段を上り続けた俺は、ついにその部屋にたどりついた。

重い扉を押し開くと、薄暗い部屋に灯《とも》りが点る。人感センサーらしい。

灯りに照らし出された大講堂の内部を見て、息を呑む。

荘厳《そうごん》な教会みたいな天井に青を基調としたフレスコ画が描かれている。天使と女神がたわむれる図は、美術の教科書で見たことがある。天井からなだらかな曲面に移行した壁には扉の大きさの絵画が側面をぐるりと取り巻いている。三十二枚の壁画は世界各地の神話の寓意がモチーフになっている。つまりこの部屋は、この世界に産み落とされた三十二の神話で支えられている、というわけだ。

よく見るとそれらはタイルを細かく貼り付けたモザイクでできている。

その中の一枚、ステージ横左側の絵画はギリシャ神話に棲息する三つ頭の犬、ケルベロスがモチーフであることに気がつく。〝ケルベロスの塔を破壊する〟という脅迫状の文言が浮かぶ。

頭を巡らせると、ケルベロスの肖像の正面、ステージの右側に美しい女性の半裸像が配置されていた。笑みをたたえたそのふくよかな頬に、えくぼが浮かんでいる。その目はまっすぐに、身を低くして今にも飛びかかってきそうなケルベロスに、静かに注がれている。

愛の女神、プシュケかもしれない。

そうした部屋を取り巻く絵画が、部屋の静謐《せいひつ》さを守っているようにも見える。

部屋に乱入した俺は、明らかにこの部屋ではノイズのような存在だった。

碧翠院をなぞった構造のＡｉセンターだが、この部屋の内装だけはまったく違う。

部屋は、真夏にもかかわらずひんやりしていた。

だからといって、先ほど訪れた、リヴァイアサンの部屋のような不自然な寒さとはまた違う。

かつて、ここに建てられていた碧翠院の風景が、双子の女医に部屋を案内してもらった日に聞いたその時の言葉と共に、鮮やかに蘇る。

——この季節、午後のこの時間だけ、この窓から見える桜宮湾はきらきらしてとても綺麗なの。

跳ね返りで俺に逆らってばかりいたその女性が、俺の前ではにかんで告げたその表情を、今でもありありと思い浮かべることができる。

海風の通り道だからとっても涼しいのよ、とその女性は教えてくれた。

そういえばあの部屋も、ここと同じようにたいそう涼しかった。ひょっとしたらここは構造的に、涼しさを招く部屋なのかもしれない、とふと思う。


季節はあの日とまったく同じ。だが、俺を取り巻く世界の風景は大きく変わってしまった。

俺の中に保存されていた古い音源が、ところどころ雑音で途切れながら再生される。

——この病院は旧陸軍が設計した建物で、ある仕組みを使うと簡単に崩壊してしまうの。

どうしてあの時、あの女性はあんなに嬉しそうに笑ったのだろう。まるで破滅の淵をスキップしながら歩くのが楽しくて仕方がない、という様子で。

その時になって初めて俺は、記憶に保存されていた言葉が、ひとりの女性の言葉ではなく、ふたりの女性の言葉が入り混じっていたものだったということに気がついた。

するとあの時、この部屋に俺は、ふたりの女性と一緒にいたということなのか？

すっかりその事実を忘れ去ってしまっていた自分の記憶のあやふやさに愕然とする。

記憶から画像を呼び戻すが、そこには明るい瞳をした跳ね返りの女性の姿しか映っていない。

かくの如く記憶というものは、いともたやすく捏造《ねつぞう》されるものなのだ。

封印されていた古い記憶が、建物の構造と共鳴するかのように呼び起こされ、古傷のように俺を苛《さいな》む。これは一体、何の因果なのだろう。

遠のいていく記憶を追って深い淵に沈潜し、自分を見失いそうになる。

俺は静かに部屋を出た。胸にうずく、古傷の痛みに耐えながら。

✡

Ａｉセンターに初出勤した俺は、諸々《もろもろ》の手配を済ませ、ひととおりの巡回を終えると、東城大に戻ることにした。その日は不定愁訴外来に診療予約が入っていたからだ。

帰途に俺は、明日からは週二日ではなく週三日、ここに通おうと心に決めた。

ロータリーでバスを待っていると、バスはすぐにやってきた。

本数は一時間に三本はあるようだ。そのうち一本はバスターミナルを通過し東城大学へ向かう直通バスで、今来たバスはラッキーにも、一時間に一本しかない大学への直通バスだった。

ゆるやかに発進するバスのバックミラーの中、銀色のＡｉセンターが蜃気楼《しんきろう》のように揺らめいて、みるみる薄れていく。その様を、俺はぼんやり眺めていた。

26章　プラシボの結末

7月25日午後2時
付属病院1F　不定愁訴外来

俺が不定愁訴外来に引き返したのは、患者予約が入っていたからだ。渡辺金之助さん。起立性低血圧で外来を受診していたが、投薬のせいで全身の掻痒感が生じたと主張している患者だ。元新聞記者だけあって情報収集癖があり、いわゆる情報モンスター患者と化していた。おまけに彼は、俺の可愛い部下である兵藤クンの受け持ちだった。

――部下の尻ぬぐいをするのは上司の務めだからね。

白鳥が会議で言い放った言葉が脳裏をよぎる。そして脳裏の白鳥は更に続ける。

――うん、それでこそ僕の不肖の弟子だよね。そうやって師匠である僕の一言一句を反芻咀嚼することで、自分のスキルが高まっていくんだよ。

ふ・ざ・け・る・な。

俺の脳髄に寄生して、今や俺を乗っ取った観すらあるパラサイト・白鳥に向かって、思い切り毒づいた。

反芻咀嚼って、牛じゃないんだぞ。

……話が脱線した。元の路線に戻ろう。

俺は、情報モンスター患者に、ゾロ薬を処方した。主成分が同じ後発薬品だ。微量成分が微妙に異なるため、ひょっとしたら薬害だと主張している症状が改善されるかもしれない。

そうすればあまり重篤な薬害ではないことも証明できる、という段取りだ。

だが渡辺さんは、薬が掻痒感の原因だと固く信じ込んでいるので、ゾロ薬に変更しても、症状は改善しないと言うに違いない。

そこで俺は、密かにもうひとつ、手を打っておいたのだった。


不定愁訴外来に戻ると、藤原さんがすかさず珈琲を出してくれた。といっても俺のために淹れてくれたものではない。先客の兵藤クンのために淹れたヤツのおこぼれだ。

兵藤クンは俺の自前の豆の珈琲を、旨《うま》そうに飲み干すと、言った。

「それにしても、田口先生の腹黒さには一段と磨きがかかってきましたね」

「いきなりご挨拶だな。俺の腹なんて、どこからどう見ても真っ白なのに」

「そんなことないでしょ。渡辺さんのクレームに対する二段重ねの対応には感心させられました。だってゾロ薬に変更したと患者さんにはしっかり言いながら、その実、投薬したのはプラシボで、しかも片栗粉を主成分とした、薬物成分が存在しないヤツだなんて」

兵藤クンはしきりにうなずきながら感心して、続けた。

「この薬なら絶対に薬害は起こらない。でも渡辺さんは、身体の掻痒感を訴え続ける可能性が高い。主成分が原因だと信じ込んでいて、しかもゾロ薬だと思っているから。文句を口にしたその時、田口先生がずばり言い放つ。それはおかしい。あのお薬は片栗粉なんですから、と」

兵藤クンはくくっと笑う。

「その時にあの爺さんがどんな顔をするか、見物《みもの》です」

俺は兵藤をたしなめる。

「そんなことを言うな。患者さんには誠実に。それがトラブルを回避する、最善策なんだからな」

「でも、田口先生だって時と場合によったら今回みたいに患者さんにウソをつくワケでしょ。結局のところ渡辺さんを欺《だま》したわけだし」

「俺は患者にウソは言わない。あくまでも誠実に対応しているだけだ」

「そんな綺麗事、この僕にまで言わなくてもいいじゃないですか。田口先生の誠実さは、誰よりもよく知っているんですから」

兵藤クンのご機嫌な饒舌の勢いは止まりそうにない。

その時ノックの音がした。

時計を見ると午後二時ジャスト。秒針の狂いさえない、約束の時間ぴったりだ。

どうやら渡辺さんは、相当に几帳面な方らしい。


扉を開けて部屋に入ってきた渡辺金之助さんは、ぎょろりと兵藤と俺を一瞥すると、俺が勧める前に、自分から患者用の椅子に座る。そして薬の袋を取り出すと、俺に突きつける。

「十四日分のはずなのに一日分、余りました。こういうことをする病院は信用できませんな」

「十四日分と申し上げましたっけ。カルテには十五日分と書いてありますけど」

渡辺さんは疑惑の目で、俺の手元のカルテを覗きこむ。

「そのようですな。でも二週間後の来院を予定したんだから、十四日分にするのが筋でしょう」

「そのあたりは医師によりますけど。まあ、些末《さまつ》なことですから、それより薬害の症状である身体の掻痒感はどうですか？　この薬で解決しましたか？」

すると渡辺金之助さんは、笑顔で答えた。

「確かに身体の掻痒感はなくなりました。でも先生は予想していたんでしょう？」

「ええ。微量成分がアレルギー反応の原因の可能性が高いと考えていましたからね」

すると渡辺さんは、ばしん、と机を叩いた。

「いい加減にしろ。この薬は片栗粉なんだから、身体が痒くなるはずがないだろう」

驚愕のあまり、俺の隣で兵藤クンが思い切り目を見開いた。どうやら渡辺さんは、俺と兵藤クンの会話を盗み聞きしていたらしい。

勝ち誇ったように、渡辺さんは言う。

「だいたいこの病院は患者の権利をなんだと思ってるんだ。正確な情報を伝えず、ウソの投薬をして反応を見るなんて許されないぞ。この問題はしかるべきところに訴えさせてもらう」

見苦しいほど兵藤クンがうろたえている隣で、俺は落ち着き払って言う。

「ウソの投薬とか、片栗粉とか、何をおっしゃっているのか、さっぱりワケがわかりません」

「とぼけるな。この間、私が部屋を出た後で、先生は私に片栗粉を出したと言ってたクセに」

兵藤クンの目がうつろにさまよう。

俺は、渡辺さんが俺に手渡した薬袋を取り上げ、飲み残しの錠剤をつまみあげた。

「渡辺さんが飲んでいたのは、この薬ですね」

「そうだ。シートでつながっていたから、その薬で間違いない」

「渡辺さんは、これを片栗粉だと、おっしゃるんですね」

「何をトボケてる。あんたが言ったことじゃないか」

「ではこの薬がどんなお薬なのか、薬剤師さんに直接聞いてみましょうか」

渡辺さんは、一瞬、ぎょっとした顔になる。それからすぐに意地悪そうな顔になって、言う。

「そうはいかないぞ。この間の薬剤師を呼んで、口裏を合わせるつもりだろう」

俺は首を振る。

「最近は窓口で薬剤師さんが薬の中身を説明してくれるので、渡辺さんも覚えているはずです。この間、渡辺さんに対応してくれた薬剤師は男性でしたか、女性でしたか？」

渡辺さんは少し考えてから答える。

「男性だった。背が高かったな」

「では女性の薬剤師さんに来てもらい、どんな薬か教えてもらいましょう。さすがにすべての薬剤師さんと口裏を合わせるわけにいきませんから、それなら信用してもらえますね」

渡辺さんはしばらく考え込む。やがてうなずく。

「そうだな。この間の薬剤師でなければ誰でも構わないぞ」

俺が目で合図すると、藤原さんが電話を取り上げる。

「薬局ですか？　薬について説明していただきたいので、どなたか不定愁訴外来までいらしていただけませんか。ただし田口先生のご趣味で、女性の薬剤師さんをご希望なのですが。ええ、そうです。できれば若くて綺麗な方を」

俺の趣味、だと？　また、そういう誤解を招くような言い方をして。

俺は思わず藤原さんを怒鳴りつけたくなった。だが、ここでそんなことをしたら、渡辺さんの感情を逆撫でしてしまうことがわかり切っているので、かろうじて我慢した。

本当に性悪な女性だ。ぺろりと小さく舌を出して、俺をちろりと横目で見た藤原さんの顔を睨みながら、俺は自分の女運の悪さを密かに呪った。

やがて、白衣姿の小柄な女性がやってきた。

「薬局の田代《たしろ》、と申します」

確かに若いし、確かに綺麗な女性だった。何事も、言ってみるものだ。

「お忙しいところ、お手数をおかけします。この薬がどういうものか、教えてください」

俺が差し出した錠剤を受け取ると、田代薬剤師は灯りにかざして、確認しながら言った。

「メマイトレールですね。めまいや立ちくらみを抑えるお薬で、主に起立性低血圧の際に処方されます。類似薬にタテドクラマンがあります」

そのタテドクラマンが渡辺さんの掻痒感の原因だとにらんだから、クスリを替えてみたのだ。

その説明を最後まで聞くことが我慢できない、という様子で渡辺さんが尋ねる。

「このクスリの主成分は片栗粉ではないのかね」

田代薬剤師はびっくりしたように目を見開くと、首を振る。

「違います。片栗粉の錠剤なんて、当院には置いておりません」

渡辺さんは、呆然として俺の顔を見た。

「お忙しいところ、ありがとうございました。もう結構ですよ」

俺が礼を言うと、若くて綺麗な田代さんは頭をぴょこんと下げ、部屋を出て行った。

美人薬剤師の後ろ姿を名残り惜しく見送ってから、俺は、改めて渡辺さんに向き合う。

「これでおわかりですね。この薬は片栗粉ではありません」

渡辺さんは、「そんなバカな……」と呻く。

「今回のお薬を二週間飲んでも、身体の掻痒感は出なかったようですね。その上、めまいの症状も収まったようで、よかったですね。これからは今回のメマイトレールを服用してください」

「それならどうして、私の診察後にあんなことを言ったんだ？」

渡辺金之助さんは、兵藤クンを睨みつけながら、尋ねる。

「あの時の会話を立ち聞きしたのでしたら、最後まで聞いていただければよかったんです。確かに私は片栗粉のプラシボを出すという提案はしましたが、あれはジョークでした。そもそも大学病院に片栗粉の錠剤がないことは常識なんです。それなのに兵藤先生に感心されてしまい、私の方がびっくりしたくらいなんです」

俺の言葉に目を白黒させている兵藤クンを置き去りにして、俺は渡辺さんに言った。

「医者は患者さんに真実を伝えます。特に、このような部署では信頼関係がすべてなんです」

渡辺さんは、俺の顔をじっと見つめた。やがて立ち上がると深々とお辞儀をした。

「ありがとうございました。これから新しいお薬を飲み続けます。とても具合がよいものでね」

そうして、晴れやかな顔で部屋を出て行った。


渡辺金之助さんを見送ると、兵藤クンはなじるような目で俺を見た。

「ひどいじゃないですか、先輩。この僕まで欺すなんて」

「敵を欺くにはまず味方から、さ。それに、さっき言ったことは本音だぜ。まさかお前がこの病院に片栗粉のプラシボがあるなんてヨタ話を信じ込むなんて、思いもしなかったんだから」

これにはさすがの兵藤クンも、ぐうの音も出なかった。

「すべて丸く収まったので、今さら文句を言う筋合いでもないし、味方から欺けとおっしゃってくれたので、僕を味方だと思ってくれているのもわかりましたから、本当は感謝しなくてはいけないんでしょうけど。わかってはいるんだけど、何か胸がもやもやするんだよなあ」

　ぶつぶつ呟きながら、兵藤クンは部屋を出て行った。

　藤原さんが新しい珈琲を出してくれた。

「お見事でしたわ、田口先生。何だか老獪《ろうかい》さに一段と磨きがかかってきたみたいですね」

　素直には喜べない褒め言葉に、俺は小さく「どうも」と言って頭を下げるしかなかった。

　だが、それはすべて、小さな誤解の集積だ。俺は患者にウソはつかない。欺したのは兵藤クンだけ。それだって仲間ウチのジョークで済ませられる範囲だ。

　それなのにどうして、そんな俺の誠実さが、世間には誤解されてしまうのだろう。

✡

　同日午後三時。田口が不定愁訴外来でのクレーム処理を終えたのと同時刻。

　合同庁舎五号館四階では、白鳥の怒号が響いていた。

「砂井戸さん、これは一体どういうことなんだよ」

　砂井戸は相変わらず、テレビ放映が終了した後の砂嵐の画面のような模様をビン底眼鏡の奥底に映し、外部を遮断しているかのように、固まってモニタの前で動こうとしない。

「言ったよな。今はこの書類だけやればいいって。でもって、今日は聞きたいことがある。おい、あんたは僕が指定したその書類を一体全体、どこへやってしまったんだ？」

「どこへ、と、言われ、ましても……」

　ようやく砂井戸が重い口を開く。どうやら彼には、自分が答えることができる質問フォームがあるらしいことに、白鳥はようやく気づく。

だが、そんな悠長なことなど、今さら考えてもいられない。白鳥は抽斗を開ける。

するると驚いたことに、先日、白鳥が綺麗に掃除し空っぽにしたはずの砂井戸の抽斗がいつの間にか、また書類でいっぱいになっていた。

「どうして、出来もしない仕事をこんな風にほいほい受けるんだ、あんたはさあ？」

砂井戸はぼんやりした視線を上げて、白鳥を見る。その視線はまるで、これまで見たこともないような物体Xを初めて目のあたりにしたウブな小市民のようだった。

「どうして、と、言われ、ましても……」

これでは堂々巡りだ、と瞬時に理解した白鳥は、抽斗を引っ張り出して床に中身をぶちまける。そして書類を一枚一枚チェックしながら、次々にゴミ箱に叩き込む。

「あ、姫宮のヤツめ、この間捨てた書類を申請し直してやがる。しぶといヤツだな。しっかり領収書のコピーを保管していやがったか。でも、まあ姫宮は当然としても、何で隣の医療行政課や庶務課の宴会領収書までここにあるんだろう」

「比留間、局長の、ご命令で、届いた、書類は、全部、受けろと……」

ようやくコミュニケーション可能な返答を得たが、白鳥は激昂してしまう。

「比留間さんの八方美人ぶりにもホント困るよ。これじゃあここは厚生労働省のダストシュート、東城大学医学部付属病院でいえば、田口センセの愚痴外来じゃないか。各課で絶対に通らない領収書を回してきやがって。時間は読めないけど、万が一ここを通れば、あとはエブリシングＯＫの比留間さんだもんなあ、ギャンブルの価値アリってわけだ」

怒りのセリフを吐き捨てながらも、白鳥は書類を冷静に分別し、ゴミ箱に叩き込む手を止めようとしない。やがて一枚の書類のところで手が止まる。

「あ、ラッキー。台紙に貼られていない白紙領収書めっけ」

その領収書をポケットにしまいこむ。更に分別を続け、あらかたゴミ書類処理が済んだところで、ようやく白鳥は、ひとかたまりの書類の束を手にして立ち上がる。

「あーあ、一番優先しなければならない重要な書類を、抽斗の一番下にしまい込んじゃって」

「だって、それは、一番、初期の、書類、でした、から……」

「だって、じゃないだろう、この野郎」

思わず砂井戸の頭をこづこうとして、白鳥はあわてて手を引っ込める。

「おっとあぶない。今は省庁内コンプライアンス・センターが鵜《う》の目鷹の目で巡回しているからな。うっかり手を出したら、パワハラと言われかねない。くわばらくわばら」

それから目を書類に移し、言う。

「何だよ、砂井戸さん、ほとんど終わってるじゃないか。コイツは結構煩雑で面倒臭い書類なのに、必須事項の九割が埋まってる。やればできる子だったんだな、あんたって」

「これも、白鳥室長、の、ご指導、の、賜物、で……」

「言い慣れないお世辞なんか言わないでよ」

照れた白鳥がばあん、と砂井戸の背中を叩く。その勢いで砂井戸は机に突っ伏した。

「あ、パ、パ、パワハラ、だ」

「今のはよくやったという、部下に対する賞賛、親愛の証なんだよ」

「でも、そんな、証拠、は、ありません。私が、パワハラ、で、訴えれば……」

「ご心配なく。そんなこともあろうかと、僕の言動は二十四時間三百六十五日、ポッケに入れたこのICレコーダーで保存してる。さすがのコンプライアンス・センターの巡回員も、前後のやり取りを聞けば、今のではパワハラ認定は不可能さ」

「さすが、火喰い、鳥……」

砂井戸がビン底眼鏡を押し上げながら、ぼそりと呟く。

白鳥はその言葉が聞こえなかったのか、晴れやかな声で言う。

「ここまで終わっていれば、後は一時間くらいで終わるな。頼むから、何としても今日中に仕上げてくれよ。すでにリヴァイアサンの心臓部分は搬入されてしまっているんだからな」

そう言うと、壁の時計を見上げた。

「あ、夕方のワイドショーが始まる時間だ。ひょっとしたら昨日の今日だから、また田口センセが戦車に乗ってる勇姿が流れるかも。一応チェックしておかなくちゃ」

白鳥は、たった一組だけ残した書類を砂井戸の机の上にばん、と叩きつけると、そそくさと部屋を出て行った。

薄暗い部屋にひとり取り残された砂井戸は、固まったまま、机の上の書類を見つめ続ける。その分厚いビン底眼鏡の表面に、朝から変わらないグーグルのモニタ画面が映し出されている。

27章　Ａｉセンター、始動

7月26日午前9時
桜宮岬Ａｉセンター

翌日。何の因果か、Ａｉセンターの実質的な開所日は土曜日になってしまった。

これも俺が兼業センター長であることが大きく関係しているのかもしれない。

俺が土曜日朝のプライベイト、くつろぎの時間を放棄して、すごすごと桜宮岬のＡｉセンターに到着するのと、事務室の電話が鳴ったのはほぼ同時だった。

東堂スーパーバイザーはあちこち忙しく飛び回り、吠《ほ》えるように指示を出しまくっていたし、南雲監察医は電話を取ろうという素振りすら見せなかった。よく考えれば南雲は東城大の正規職員ではないので、電話を取ることはあり得ない、とすぐ気づく。

桧山シオンもＡｉセンターに詰めているはずだが、彼女も院外協力者という立場だから、陣頭指揮を執れるはずもなく、たとえ電話を取ってくれたとしてもその後の対応ができない。

やむなく、センター長の俺が自ら、こうして電話を取るしかないわけだ。

こうしたことがある度に、周囲の者たちがセンター長だのマイボスだの無責任に言い立てることには腹が立ってしまう。電話を取るという雑用をこなすのがむかつくのではない。実質上、電話番程度の地位なのに不当に持ち上げられている、そのアンバランスさがイヤなのだ。

まるで、俺の機嫌を知っているかのように、受話器の相手がいきなり告げる。

「こちら、桜宮市警鑑識課の者ですが、そちら、Ａｉセンターの関係者の方でしょうか」

いきなりの自己紹介に、俺の全身に緊張が走る。だが電話の主は、のんびりした口調で言う。

「昨日、モチを喉に詰まらせて亡くなったご老人がいるのですが、Ａｉをやっていただけませんか。何しろモチの喉詰まり程度のことですから、解剖するというわけにもいかんのです」

俺はちらりとホールを見て、放射線技師が手持ち無沙汰にしているのを確認して答える。

「構いませんが、どうしてモチ詰まりのご老人を、わざわざ調べるんですか」

すると電話口の相手は声をひそめた。

「亡くなったご老人は認知症で、親族の方が納得できないと騒いでおりまして。外傷もなく事件性は薄そうなので、司法解剖するわけにもいかず、承諾解剖も予算は桜宮市では年間十体分しかないので適用できず。そんな折、ウチの部下が、先日のパレードの警護に当たり、Ａｉセンターのことを知っておりまして、そちらに相談したらどうかと言い出しまして」

つまり東堂のショーアップ作戦が早速の宣伝効果をもたらしたわけだ。

電話の相手は一気にまくしたてると、急に小声になる。

「で、ものは相談ですが、市警には予算がありません。できればここは開店サービスでひとつ、ロハでやっていただけたらなあと。厚かましいお願いですが、これも市民のためですので、なにとぞご協力を。というわけで三十分以内にそちらにご遺体を搬送します」

言いたいことだけを一方的に告げると、電話はがちゃりと切れた。

俺は苦笑しながら受話器を置く。

人はタダの物はタダ程度の価値しか認めない。医療現場がＡｉについて、責任ある態度を取らないと、こうして医療外からのフリーライド要請に個別対応しなくてはならなくなる。それはいずれ医療現場に過重な負担としてのしかかってくるだろう。

アンチＡｉの筆頭で、内科学会代表でもある陣内教授にこうした実態を、是非知っていただきたいものだ、とつくづく思う。


きっちり三十分後、警察の黒塗りの遺体搬送車がＡｉセンターに到着した。

警察官と刑事は弛緩《しかん》しきっていたが、まあ無理もない。認知症の老人が自宅でモチを喉に詰まらせたという、単なる事故死なのだから。

Ａｉセンターに詰めていた世界的な放射線科診断医の東堂にお伺いを立ててみたところ、まずＣＴで調べてみて、死因がわからなければＭＲＩか解剖に回すべきなので、この症例の初期対応は東城大学医学部付属病院の島津に遠隔診断で相談すべし、とのありがたいご託宣を頂戴した。

そこで技師にＣＴ撮像をしてもらうことにした。東城大では島津がスタンバっている。遠隔診断は、待ち時間の間も通常業務を並行して進められるので診断医の負担が少なく合理的だ。

桧山シオンには、遺族と警察への説明時に同席してもらうことにしたが、診断や撮像の現場からは外れてもらった。大学という組織はこういう細かいところに結構うるさい。あわてなくても、来週のＡｉセンター運営連絡会議の了承を得れば、後は大手を振ってお願いできる。

俺はまず、搬入された遺体の体表をチェックする。検視官が検討しているから、俺が見直したところで、問題所見が見つかるはずもないのだが、これも手続きだから仕方がない。

案の定、体表所見に問題はなかった。モチを喉に詰まらせただけなのだから、当然だろう。

技師が警察官と一緒に、遺体をＣＴ室に搬送していく。その間、同行してきた遺族の話を聞くことにした。すると南雲忠義が俺についてきた。どうやら事情聴取に同席したいらしい。

警察官に伴われ、姿を現した遺族は中年の女性ふたりだった。ひとりは髪がほつれ、疲れ果てたという様子。もうひとりは身なりがよく、中流家庭のいい奥様、という感じだった。

「お亡くなりになった状況は、どんな具合だったのでしょうか」

俺が尋ねると、疲れ果てた方の女性がぽつりぽつりと話し出す。

「おじいちゃんは二年前からボケ始めて、徘徊するんです。食事の時はつきっきりなんですけど、昨日はちょっと目を離した隙におモチを喉に詰まらせてしまって。すぐ吐き出させたんですけど、救急隊が駆けつけた時には、おじいちゃんはもう……」

そう言うと、疲れ果てた表情の女性は大声を上げて泣き始めた。

「夏なのにおモチを召し上がるなんて、ずいぶんおモチがお好きだったんですね」

俺がそう尋ねると、もうひとりの小綺麗な方の女性が首を振る。

「父はそれほどモチ好きではありませんでした。だからおかしいと思って、警察の方にきちんと調べてほしいとお願いしたんです」

すると泣き崩れていた女性が、きっと顔を上げる。

「お義姉《ねえ》さんは近くに住んでいるのに、全然おじいちゃんの面倒を見なかった。勝手すぎるわ。お義姉さんにとっては血の繋《つな》がったおとうさまでしょ」

「仕方がないじゃない。正幸《まさゆき》が面倒を見るって言ったんだもの」

「正幸さんも勝手よ。出張ばかりで家にいないんですから。お義姉さんたち姉弟は薄情よ。だいたい、おじいちゃんの世話はほんと大変だったんだから。ちょっと目を離すとすぐ押し入れのお布団にもぐりこんで、失禁しちゃうんです。後始末が大変で泣きたくなっちゃう」

「ボケてるんだから、しょうがないじゃない」

俺は他人の家庭の諍《いさか》いにはまったく興味がなかったので、話を打ち切ろうとした。

そこへタイミングよく、CT撮像が終了した、という報せが来た。

「CT撮像が終了しましたので、ご希望でしたら診断をご説明しますが」

ふたりは言い争いを止め、顔を見合わせる。俺は院内PHSで桧山シオンを呼び出す。遺族のふたりは、力が抜けたようにソファに座り込む。ふたりの間には会話はなかった。

CT画像をぼんやり眺めていると、俺に近寄ってきた南雲監察医が小声でささやく。

「コイツは解剖した方がよさそうだな」

「え？　事件性がありそうですか？」

極北市監察医務院では南雲忠義は解剖したふりをしていたが、結局ほとんどしていなかったということは彦根経由で聞かされていた。なので思わず驚いた声を上げてしまった。

声の調子で、俺が考えていることを察知したのか、南雲忠義はにやりと笑う。

「今の言い方は少し違うな。『解剖をすれば死因がわかるから、解剖をしましょう』とひと言、揺さぶってみたらいい」

俺は南雲を振り返って、首を振る。

「私は、患者には誠心誠意、対応しています。その気もないのに、そんなことは言えません」

南雲は肩をすくめる。

「ま、よかろう。ここは警察ではなくAiセンターだ。そしてあんたはここのボスだ」

そう言われてしまうと、今度は俺にプレッシャーが掛かってしまった。

それでも南雲の圧力に対抗できたのは、バックに心強い味方、東堂と島津、そして桧山シオンという優秀な放射線科医軍団が控えていたからだ。

「まずAi画像を読影してもらいましょう。話はそれからです」

南雲に言ってからふと思いつく。

「せっかくですから、こけら落としのシンポジウムの会場になる大講堂を使ってみましょうか」

遺族と警察関係者に五階の大講堂に向かうように告げ、先導して階段を上り始める。その後ろを警察官が後詰めしている。

先日、ひとりで訪れた大講堂は、ひっそりと俺を待ち続けていた。

俺は再び、内装の素晴らしさに心を奪われそうになる。だが、隣で怪訝そうな顔で俺を見ている南雲の視線に気がついて、現実に引き戻される。

プレゼン・システムのスイッチを入れると、スポットライトが壁面に当たる。ギリシャ神話の寓意が描かれているタイルの壁がゆっくり左右に開き、真っ白なスクリーンが現れる。

壁面全体の巨大スクリーンの操作盤は簡明で、使い方は直感的に理解できた。それは家にあるビデオデッキのコントローラーと大差がなかった。

南雲が後ろの方の座席に着席し、ふたりの遺族は広い客席の左側と右側に分かれて座った。

すぐにスクリーンにほの白い灯りが点った。

28章　ライスケーキの悲劇

7月26日午前10時
桜宮岬Ａｉセンター

大スクリーンに灯りが点り、遺族が二手に分かれて座ったのを見て、警官たちが最前列の真ん中に着席する。桧山シオンは、南雲と反対側の後方上段の席に座る。

正面の壇上に立った俺が、コントロールパネルのスイッチを入れると、巨大モニタが明るくなり、見慣れた部屋の光景が映し出された。見ると、部屋の真ん中に島津が鎮座していた。

モニタの向こう側の島津が、俺に向かって大声で語りかける。

「いつまで待たせるんだよ、行灯。撮影が終わったという連絡があったからモニタの前で待機しているのによ。いつになったらＡｉ画像は送られてくるんだ？」

「行灯はやめろよ。部外者のお客さんがいるんだぞ」

島津は目を細め、モニタの向こう側から俺を凝視する。

「すまんすまん。では田口センター長、Ａｉ画像が送られてくるのは、いつ頃になりますかな」

これで言い方を改めたというのだから頭が痛い。俺はコントロールパネルをいじる。すると、共通領域に撮像したばかりのＡｉ画像が存在しているのに気がついた。なるほど、こうしてこのセンターでは撮像画像が一元化され、あらゆる部屋で見られるようになっているわけだ。

「今から転送する」

フォルダの隣の送信用ボタンを押す。ブランクのバーが画面中央に出現し、みるみるオレンジのバーで満たされていく。モニタの向こう側から、島津の声が響く。

「お、来た来た」

ほとんどタイムラグがない。最大級の光ファイバーが設置されているというのは本当らしい。

「画像は取得した。読影に入る。こっちからコンタクトを取るまで雑談でもしててくれ」

そう言うと、画面の明かりが落ちた。オフラインになったらしい。

冷ややかな空気が流れ、すすり泣く遺族の泣き声が響く中で、気楽に雑談しろなどという島津の無茶振りに、呆然とする。まったく、センター長を何だと思っているのだろう。


かっきり五分後、モニタが再び明るくなった。

灯りに照らし出された部屋には撮像した放射線技師と共に警察関係者が揃っていた。

ふたりの遺族は身体を固くし、真っ白なモニタを凝視している。亡くなった老人の面倒を見ていた女性は拳を固めて身を前のめりにしていた。その様は小さな岩のように見えた。

明るくなったモニタの中心に島津の姿が映り込んだ。

「待たせたな、行灯。読影は終わったぞ」

もはやコイツには何も言うまい、と思う。だが進行役なので、やむなく島津に声を掛ける。

「死因はわかったのか？」

島津は首を振る。

「窒息死の可能性は高いが、確定まではできなかった」

「窒息は間違いないだろう。モチを喉に詰まらせているんだから」

俺がそう答えると、島津は身を乗り出し、画面からこちらに向き合って言う。

「それなんだが、行灯、この人はモチを喉に詰まらせて窒息死したんじゃないぞ」

「どういうことだ。口の中にはちゃんとモチがあっただろ」

隣で警察官が声を上げる。

「本官は警察学校で教わった通り、口中を指でさぐり、モチの存在を確認しました」

俺は警察官の顔を見た。それからその隣で渋い顔をしている南雲に視線を投げる。

南雲は俺の視線に気がつくと、肩をすくめた。俺はモニタに向かって問いかける。

「モチによる窒息死ではない、という根拠は何だ？」

クリックすると、四分割画面に、四枚のＣＴ画像が現れた。島津は右上の画面を指す。

「これは通常の頸部《けいぶ》のＣＴ像だ。気管部分が黒く見えるのは空気が存在し、気管が開存しているからだ。つまり、呼吸ができる状態にある画像、というわけだ。で、次はこれ」

左上の画像は、さきほどの気管部分が真っ白になっていた。

「モチを喉に詰まらせると、このように気管がモチで白く塗りつぶされているように見える。この画像なら、モチを詰まらせた窒息死と断定できる。つまりＡｉで死因が確定できるわけだ」

警察官たちは食い入るように島津のプレゼンに見入っていた。

モニタの中の島津は操作盤を操作し、右下の画像をポインターで指す。

「これが今回のＡｉだ。ご覧のように気管は開存している。つまりモチによる窒息死ではない」

「でも、口の中にちゃんと詰まっていたんです」

警察官が言う。島津が言うことが真実なら、捜査判断を間違えたことになるので、必死だ。

島津は冷たく首を振る。

「それでも口の中のモチは窒息の原因ではありません」

「なぜそんな風に断言できるのですか。遺体をご覧になってもいないクセに」

警官の抗議に対し、島津は静かに言う。

「遺体は拝見しておりませんが、大量の画像情報は拝見しています。これらの画像を元にして、三次元再構成した画像がありますので、ご覧ください」

島津がクリックすると、左下の枠に出現したのは患者の頭部のデスマスクだった。

「お父さん」「おじいちゃん……」

ふたりの遺族が同時に声を上げる。それまで気丈に振る舞い、感情を見せなかった小綺麗な女性はしくしく泣き始め、くたびれ果てた女性はうつむいてしまう。

次の動作で、頭部が正中線ですっぱり切断される。画像とは言え、そうした画像は妙に生々しく、少々グロテスクだ。それでも画像が抽象化されていることと、自分や家族の画像を見たことがあるのだろう、ふたりの遺族もそれほど衝撃は感じていないように見受けられた。

その意味では遺族よりもむしろ、警察官たちの凝視の方がすさまじかった。

鼻を通る面で縦に真っ二つにされた頭部では、鼻骨と口中の様子がわかる。そして大脳や小脳も見える。３Ｄ画像は人体をコンマ一ミリ単位で画像の刃で切っていくために、頭の先から足の先までで二千から三千もの枚数になる。それを丁寧に重ね上げれば、人体をこうして三次元再構成できるわけだ。ただしそれには膨大な演算が必要となる。そうした途方もない計算を実行してくれるのが最新鋭のテラ・コンピューターだ。

俺たちの視線は、口の中にある赤い物質に引き寄せられた。

「モチのデンシティを赤く着色し、輪郭を赤線で強調してみました。次に、口の輪郭線を青い線で示してみます」

するると青い身体の輪郭と赤いモチの間に、黒い空気の層がはっきりと見えた。

「ご覧のように、モチは口の中を完全に閉塞してはおりません。なのでモチによる窒息は否定されました。さらにこのモチは市販の形から、ほとんど変形しておらず、嚙んだ跡が見あたらないため、死亡後に口中に押し込まれたと考えられます」

俺たちの視線は、くたびれ果てた女性に一斉に集中する。その身体が小刻みに震えている。

「なお、CTで検索する限り、突然の脳出血や腹部出血は完全に否定できます」

島津の解説が終わった途端、部屋に泣き声が響き渡った。

「だって、おじいちゃんが言うこと聞いてくれなくて。あの日も押し入れのお布団で粗相したの。つい、かっとなって、布団の上からのしかかって怒鳴り続けた。気がついたらおじいちゃんは、ぐったりして、布団から引っ張り出した時には息をしてなかったの」

そう言うと、女性は机に突っ伏して大泣きを始めた。

「もう限界だったのよお」

いつの間にか女性の側に寄っていた南雲が、女性の肩をさすりながら、静かに尋ねる。

「モチを口の中に押し込んだのはどうしてかな」

「おやつに食べようと思ってたの。お年寄りがモチを喉に詰まらせたというニュースをよく聞いてたから、ひょっとしたらごまかせるんじゃないかと思って……」

「由美子《ゆみこ》さん、あなたって人は……」

小綺麗な女性が言うと、髪を振り乱した女性は言い放つ。

「娘面するのはやめて。すぐ近くに住んでいるのに、ちっともウチに来なかったくせに。本当におじいちゃんを殺したのは、あんたたち姉弟なんだから」

警察官は立ち上がると、髪を振り乱し興奮している女性の腕を取った。

義妹が警察官に連行され、部屋から姿を消したのを見送った小綺麗な女性はふらふらと立ち上がる。部屋を出て行こうとして、思い出したように振り返ると、俺たちに小さくお辞儀をする。

それからモニタに映っている、死者のデスマスクを一瞬、凝視し、深々と吐息をついた。

重い扉を押し、遺族が部屋を出て行くと、モニタの向こうから島津が声を掛けてきた。

「とんだ修羅場になっちまったな、行灯」

俺は思いきり脱力感に囚われながら、うなずく。

そして遠隔地にいる島津に向かって言う。

「この部屋はすごいぞ。シンポジウムをここで開催するから、発表者にこの部屋に慣れてもらう必要がある。来週のＡｉセンター運営連絡会議はここで開催しよう。その由をメーリングリストに流してくれないか」

「イエス、マイボス」

島津の即答に俺は顔をしかめる。

「マイボスは止めろ」

島津はモニタの向こうで笑顔になる。

「行灯もダメ、マイボスもダメ、いちいち細かいヤツだなあ」

捨て台詞を吐くと、白い輝点を残し、島津はモニタから姿を消した。

俺は、彫像のように動かなくなってしまった南雲に尋ねる。

「南雲さんは、この症例を解剖すべきだ、とおっしゃっていましたが、体表から見てモチによる窒息ではないと見抜いていたんですか」

南雲は、言う。

「私は、解剖しろと言ったのではない、解剖するぞと遺族を脅してみろ、と言ってみただけだ。こうなってしまった以上、今の質問に答えるのは野暮、というものだろうがな」

俺は、半分は挑発する気持ちで、そして残り半分は純粋な好奇心から、南雲に尋ねてみる。

「ちなみにこの症例、南雲さんなら解剖すればわかりましたか？」

南雲は振り返ると、俺を凝視した。それから、ふう、と笑うと、答える。

「私なら、解剖しなくてもわかったさ。大概の法医学者なら、解剖すればわかる。だが、一部の出来の悪い法医学者は見逃したかもしれない」

そして扉を押して外に出ようとして、振り返る。

「確かに私は、極北市監察医務院ではほとんど解剖しなかった。だが犯罪も見逃さなかった。こんなゴマカシ症例は極北市にもごまんとあって、私は解剖せずに見破っていた。だから極北市警の署長は私に頭が上がらなかったのさ」

南雲忠義は、もう一度、俺の目を覗き込む。

「検視の質も低下している。理詰めで相手を説得できるＡｉセンターは必要悪かもしれんな」

そういうのは悪とは呼ばないでしょう、と言いかけたその時には、南雲の姿は忽然《こつぜん》と視界から消えていた。

ふと、桧山シオンが、風にそよぐ葦《あし》のような風情で、俺のことをひっそり見つめているのに気づいた。一瞬目が合ったが、次の瞬間、シオンは目を伏せた。その時、煌めくようなアルペジオの和音が静かに響いたような気がした。

29章　サプリイメージ・コンバート（ＳＩＣ）

7月29日午前11時
桜宮岬Ａｉセンター

翌週火曜日、午前十一時。何回目かは忘れたが、とにかく何回目かのＡｉセンター運営連絡会議が、桜宮Ａｉセンター五階大講堂にて、今まさに始まろうとしていた。

ただし今回は欠席者も多い。天馬大吉を筆頭とする学生集団、内科の代表の陣内教授、法医学代表の笹井教授。Ａｉに無関心な連中と、潜在的なアンチが欠席している。

ちなみに出席者は、センター長の俺、黒幕の高階病院長、事務部隊の三船事務長、放射線科の実働部隊トリオの東堂、島津、そして桧山シオン。警察関係では南雲・極北市監察医務院元院長と斑鳩桜宮市警広報室長、医療事故被害者の会から小倉さんと飯沼さん、医療ジャーナリストの西園寺さやか。そして厚生労働省からは白鳥調査官と姫宮ホサ。あ、カタカナではなく、補佐、だ。あとはシオンを放射線科医の仲間に入れてしまったために、ひとりぼっちになってしまった孤独なスカラムーシュ、銀縁眼鏡の病理医・彦根新吾。

実際にメンバーを集めてみてわかったのだが、この部屋は会議向きではなかった。壇上では他のメンバーと相対できるが、他のメンバー同士が対面するのが難しい。

そう感じた俺が、次回は東城大学の会議室に戻すと提案したところ、居合わせたメンバーから一斉にブーイングされてしまう。

「いいじゃねえか、行灯。ここがＡｉセンターの本拠地なんだから」

島津が口火を切ると、銀縁眼鏡の彦根がヘッドフォンを装着したまま、手中のクルミでリズムを刻みつつ、ラップ調で言う。

「そうですＹｏ。形式に囚われる形骸主義は破壊せＹｏ、そして我らに愛の手をＷｏ」

何が何だかさっぱりわからない。普段無口な斑鳩までもが同意を示してきた。

「Ａｉセンターを知るいい機会ですので是非、次回もこちらでお願いしたい」

「ミーもしばらくはここに詰めているから、こっちの方がありがたいね」

東堂スーパーバイザーの言葉を受け、南雲まで同調する。

「私もここで構わない。そこのお嬢ちゃんも同じじゃろ？」

南雲に話を振られ、桧山シオンも小さくうなずく。

「……みなさんがいいとおっしゃるのであれば」

とどめを刺すように、久々に登場した白鳥が、隣の姫宮に言う。

「僕だって、古くさい東城大の会議室より、できたてのほやほやで、ぴかぴかのＡｉセンターの、だだっ広い講演会場の方がせいせいするよな。ほんと、田口センセって一般大衆の心情ってものが全然わかってないんだよなあ」

するとと姫宮が眉をひそめて、小声で白鳥をたしなめる。

「室長、このような場で、そのような私的印象をあからさまに公言するのは、公僕たる公務員としてのコンプライアンスに照らし合わせると、いかがなものかと」

「じゃあ姫宮はあの狭苦しい東城大の会議室の方が好みなのか。変わったヤツだなあ」

「いえ、好きとか嫌いとか、そういうことを申し上げているわけでは……」

「なら黙ってろよ。僕は好き嫌いという個人的で大切な意思表示をしているんだから。上司がそういう姿勢でいる時には、同じフィールドで会話に参加するのが部下の礼節ってもんだろ。さあ姫宮、お前の私的印象を聞かせてもらおうか。あっちとこっち、どっちが好きなんだよ」

姫宮の論理回路は、白鳥の無茶振りに、一瞬フリーズしてしまったようだ。

やがて、ぎぎぎ、と相当な力を以て右手を挙げると、部屋を指さした。

「私も、どちらかといえばこちらの方が……」

高階病院長が言う。

「決を採るまでもありませんが、念のため。次回もこちらのプレゼンルームでの会議にする、ということに賛成なさる方は挙手を願います」

俺を除いた全員が手を挙げた。こういうのを、呉越同舟というのだろうか。

俺は途方に暮れ、孤立無援、四面楚歌の壇上でため息をついた。


とまれ、他愛もないイントロダクションで露呈した会議場設定問題は、センター長であり、異論の言い出しっぺである俺ひとりが膝を屈したことで、あっさり解決した。

続いて山積している諸問題の討議に入ったが、驚いたことにこちらも次々と議決していく。たぶん、陣内教授や笹井教授といった、潜在的なネガティヴ委員が不在のせいだろう。

桧山シオンの撮像ならびに読影権限の認定。外部からの依頼に対応するための事務員の補充。地元警察との連携を図る東城大学側の責任者に島津を指名。こけら落としシンポジウムへの発表予定者の選定。その連絡と事務手続きの責任者として三船事務長を選任、了承。その後の三十分間に決定された事項はこれだけに上る。議事録を作成する三船事務長もメモを取るので大忙しだ。

アリアドネ・インシデントの時は、あらゆる会議が停滞した。今回は対照的すぎて驚きだ。

部外者である天馬大吉や別宮葉子がみたら、東城大はさぞや建設的な組織に思えただろうが、こうした会議は、会議出席オタクの俺の経験と照らし合わせてみても経験がないくらい、特殊なケースのため、これが標準と思われてしまうと、未来ある若者に悪影響を与えかねない。

だから天馬大吉が今日、欠席したのは僥倖《ぎょうこう》だったと思う。

だがとうとう、できすぎの進行に破断点が訪れた。

挙手したのは予定調和の破壊者、東堂スーパーバイザーだ。

「ミーたちは先週、このＡｉセンターで遠隔診断を使い、警察からの依頼症例に対応し、事件が隠蔽されるのを未然に防いだが、今後のこともあるので、是非その症例の経緯をこの場で呈示し、メンバーで情報共有した方がいいのではないか」

高階病院長が小さくうなずいたのを確認し、俺もうなずく。

「了解しました。では読影レポートを作成した島津先生から報告していただきます」

島津は俺の無茶振りにも慌てず騒がず、悠々と手元のコントロールパネルを操作し、画面上に先日のＣＴ画像を映し出す。すべてのブースに操作パネルが設置されていて、どの席からでもモニタ画面を動かせるシステムになっているのだ。

島津がライスケーキ症例で気道が確保されている事実を呈示すると、観客席からは嘆息が漏れた。真っ先に反応したのは、医療事故被害者の会事務局の飯沼さんだった。

「素晴らしいです。こうして死因が市民社会に呈示され、それに対し説明が加えられると、医療の質の向上に役立つでしょうね」

するとい白いマスクを装着した医療ジャーナリスト、西園寺さやかが音声サポートシステムを稼働させ、アイロニカルな言葉を電子音声で吐き出した。

「真実ガ、露呈スルノハ、素晴ラシイ、コトデス。デモ、望マヌ過去マデモ、露呈サレル、危険ガ、常ニ、ツキマトウ、デショウ」

それが一体、誰に向けられた発言なのか、誰にも理解できなかった。

続いてシンポジウムでの発表者選定に議論が移ったが、概ね、予想通りのメンバーになった。最初に東堂スーパーバイザーが、マンモスＭＲＩ・リヴァイアサンの自慢、もとい、詳細な説明をしたいと申し出て、承諾された。人類の起源から現在の医療の現状まで話したい、などとのたまうものだから、すかさず「診断機器の進歩によるＡｉの未来展望」という無難なタイトルに押し込んだ。派手好きの東堂を野放しにするリスクは、リヴァイアサン搬送作戦の展開で、この場に居合わせた誰よりも身を以て知っていた俺ならではの即断即決だ。

法医学分野からの演者には南雲を推挙したが、身内で固めすぎるのはよくないという南雲本人の意見に従い、南雲が推挙した上州《じょうしゅう》大学医学部の西郷《さいごう》教授に依頼することになった。

その名を耳にして俺は、懐かしさにめまいを感じる。

厚生労働省の会議絡みで会って以来だから、あれからもう二年が経つわけだが、相も変わらず法医学会は人材難のようだ。何しろ西郷は自施設でＡｉを実施していないのに、ひたすらクレームばかり垂れ流す口舌の輩《やから》であり、そんなヤツしか候補者がいないというのだから。

続いて放射線科領域からの演題を模索した。島津は当日、東京で学会発表があるので難色を示し、桧山シオンを推薦した。シオンも固辞したが、彦根も強く推薦したので、受諾した。その勢いで島津にも、講演を終えたら即座に学会に行っていいという条件で、プレゼンを了承させた。

島津の演題は「Ａｉセンターの可能性」、そして桧山シオンの講演タイトルは「画像診断技術の進歩とその限界」となった。

栄えある講演会のトリには、センター長である俺が指名された。

俺は力の限り抗ったが、場に居合わせたメンバーの全員一致であれば抵抗もできない。最後は往生際の悪い俺に引導を渡すように、高階病院長が言った。

「謙遜も過ぎると、嫌味にしか見えませんよ、マイボス」

そのひと言で抵抗を諦めた。まさに耐え難きを耐え、忍び難きを忍び、という苦渋の決断だ。

ふだんなら相当に紛糾するはずの人選や議題が、さして揉めずに決まったため、Aｉセンターの前途は洋々たるものに思えた。

だがそれは、大いなる誤解だった。この時は、正しい道筋に乗っていたのではなく、多くの人の多様な思惑が珍しくバッティングしなかった、というだけのことだった。


決めるべきことが次々に決まり、とうとう議題がなくなり最後に俺は言った。

「これで今日の議題は終了しました。みなさん、今後のAｉセンターを確立していく上で何かご提案はありますか」

すると南雲が挙手した。俺は驚きながらも指名すると、南雲は律儀に立ち上がった。

「先般、Aｉの実力を思い知らされる事態を経験した門外漢として、専門家諸氏にお願いがある。ああした優れた画像診断のアーカイブスをAｉセンターに構築していただきたい。ここには世界最先端と思われる、素晴らしいプレゼンテーション・システムがあるのだから」

そう言って、南雲は講演会場を見回して、続ける。

「センター症例を蓄積すればよい、などという悠長なことは言っていられない。警察関係者が持っているAｉに対するアレルギーを払拭するには、千例規模のAｉ症例アーカイブスが必要だ」

まさか南雲から、こんな前向きの発言が飛び出すなどとは、思いもしなかった俺はびっくりした。南雲は基本的にＡｉに対しアンチの立場を公言していたからだ。その意味ではエポックメイキングな発言だったが、開所直後に千例を超える症例アーカイブスを構築しろというのは、誰が考えても無理難題だ。

「南雲委員のおっしゃることは理解できますが、現状では難しいかと」

　すると南雲はにやりと笑う。

「田口センター長は以前、この会議で持ち出された件をお忘れですか」

「といいますと？」

「そちらにおられる小太りのお役人がおっしゃっていたことです。碧翠院桜宮病院に保存されていた、日本最古の先行的かつ最先端のＡｉ画像情報が数千例、ここには眠っていると」

　白鳥はうつらうつらしていたが、いきなり自分に話を振られて目覚め、顔を上げる。

「ん？　ああ、確かにあの時はそう言ったけど、ぶっちゃけ、あれは会議の進行があんまりにも思わしくなかったもんだからぶち上げてみたブラフってヤツでね」

　南雲の表情が変わる。

「ただ今の発言は、東城大での公式会議で、厚生労働省を代表して出席したお役人が公然とウソをついたという理解でよろしいのかな。すると役所のコンプライアンス室マターになるが」

　寝惚《ねぼ》け眼の白鳥は、隣の姫宮に小声でレクチャーを受け、大きく伸びをして言い直す。

「ごめんごめん。ウソをついたつもりはないんだよ。データは三千例くらいある。それはホント。でも南雲先生が求めるような用途としてはダメダメなワケ。とても古いデータでＣＴなんて、なんと10ミリスライスだから、今の百分の一の精度しかないんだよ」

最新鋭機種の画像はコンマ1ミリだから、確かに精度は百分の一だ。

俺はがっかりしたが、その時、思わぬ方向から声が上がった。

「ご心配なく。その点はクリアできます」

声の主はヘッドフォンを装着しっぱなしの彦根で、隣に座る桧山シオンの肩に手を置いて言う。

「シオンの特殊技術は、まさにそんなラフなデータを補完し、10ミリスライスの画像からコンマ1ミリの切片画像を展開できる技術だからです」

「理論的には可能だが、現実的にやれるのかね、そんなことが」

東堂スーパーバイザーの問いかけに彦根は余裕たっぷりに答えた。

「自然は急激な変化を嫌い、すべての事象は滑らかに移行します。それゆえ画像積分法により、補間法が成立するのです。どの画像にも情報が変化する方向がベクトルとして内在されている。たとえ10ミリスライスでも、コンマ1ミリ隣の画像はほとんど変化していない。そうした微細な変化が連続しているため、10ミリ先の画像情報のポイントはわかる。二点の差分をとり、ゆるやかな正規分布曲線に当てはめて演算することで、補間が可能になるんです。そうした原理に加えて、シオンの類い稀なる情報処理能と演算遂行能があって初めて現実化する、これがシオンの超絶技法、サプリイメージ・コンバート、略してSIC技術の理論骨格です」

「つまりSICとは、10ミリのCTからコンマ1ミリのスライスを創出する技術なのか」

島津の呟きに彦根がうなずく。

「それは単に、データをでっち上げているだけに思えますが」

低い掠れ声で異議を唱えたのは、斑鳩だった。

もっともな疑念だ。10ミリスライスからコンマ1ミリのスライスを創出するというと聞こえはいいが、要は間に存在する99枚のスライスを「創作」するに等しい。

「いかにも文系の方らしい異議ですね。微分と積分すら、でっち上げと言い出しかねませんが、この理論は数学的に証明されています。その画像診断への応用ですから、理論上は妥当です」

俺たちは彦根の口舌に煙に巻かれてしまった。

コイツと話をしていると、学生時代からいつもこうなってしまう。

だが、数学的事象に強い島津や東堂の表情を盗み見ると、いたく感心している様子なので、どうやら彦根の言っていることは妥当なようだ。

こうした判断法は、自称俺の師匠を名乗る白鳥からの受け売りだ。反射衛星砲的判断法とかいうらしい。ちなみにヤツの提唱する極意のひとつらしいが、ナンバーは忘れた。

俺に言わせれば、それは単なる他力本願的思考法にしか思えないのだが。

そんな些細なことはどうでもいいとして、とにかくこうして会議の流れは決定した。

つまり桜宮Ａｉセンターのデータ・アーカイブスに、碧翠院桜宮病院で蓄積された先行的ＣＴデータをマウントすることが決定されたのだ。

俺はセンター長として決定を下した後で、しみじみ考える。

この地に建立された病院の固有データが今、その跡地に建設された新しいセンターを支える土台としての基礎情報を提供することで輪廻する。

これぞまさに、学術の精華というものだろう。

会議は終了し、メンバーは次々に部屋を退出していく。気がつくと部屋には俺と彦根だけが残されていた。彦根は講堂の円天井を見上げてぽつんとひとり言を言う。

「Ａｉセンターが碧翠院のレプリカならば、そもそも東城大への悪意が建物自体に封入されているのかもしれないな」

彦根は顔を上げたまま俺に言う。

「この間はこの塔の成立する経緯を調べましたが、今日は、このあとセンターの内部を少し散歩させてもらってもいいですか？」

もちろん俺がノーを言うはずもない。だからと言って彦根の、散歩したいという申し出をそのまま信じているわけでもなかった。

「とにかく油断は禁物です。少しだけですけど、輪郭が見えてきた気がするんです」

彦根が笑いかけながら言う、その言葉の中身には全面的に同意せざるをえない。こうやって、コイツはいつも俺の反感が臨界点に達する寸前で回避してきたのだ。

俺はしみじみと彦根を見た。

コイツとは相性がいいのか、それとも相性が悪すぎると諦めた方がいいのだろうか。

✡

Ａｉセンター運営連絡会議から一週間が経過した。

気がつくと、Ａｉセンターは思わぬ人気を博していた。Ａｉセンター運営連絡会議に天馬大吉の連れとしてオブザーバー参加した別宮葉子が機会あるごとに宣伝記事を書いてくれたおかげだ。もちろん先だっての〝モチ詰まらせ殺人事件〟もインパクトがあったが、それ以上に文化面での連載形式の紹介記事『みんなで行こう、Ａｉセンター』の影響が大きかった。

中でもＡｉセンターの内装特集が好評で、浅学な俺は知らなかったが、Ａｉセンターの壁画の巡り歩きをすると、ルネサンス期からバロックに至る絵画の歴史をたどれるようになっているらしい。そんな別宮葉子の記事を手に、Ａｉセンター周辺をうろつく若い女性の二人連れが目に見えて増え出したのは、八月上旬のことだ。

ふだん開放しない五階大講堂の天井画、天地創造がＡｉセンターの白眉だという記事が掲載され、八月二十九日の公開シンポジウムの時、開所記念講演会が開催される会場としてお披露目されると書かれていた。内容に誤りはないが、シンポジウムは、断じて天井画のお披露目会ではない。だが今日もＡｉセンター近くをうろつくうら若き乙女たちを見ると、つい鼻の下を伸ばしてしまうのも仕方がない。

三船事務長は捌《さば》ききれない人数の参加者が押し寄せてきた時の対処に頭を痛めていた。そしてとうとう事前登録制という、これまでなら決して考えないような暴挙に打ってでた。

ところがこれをまた別宮葉子が時風新報桜宮版に掲載したものだから、三船事務長の心配をはるかに超えた多数の応募者が殺到した。このため、東城大学医学部関連企画で初めて、抽選という事態に発展してしまった。

そんな中、Ａｉセンターに対する診断依頼も、二日に一例というハイペースだった。

これも事前予想を大きく上回っていたため、事務員の増強が早急に必要となった。

診断に関しては桧山シオンが一手に引き受けてくれた。シオンは診断すると、遠隔で島津に送り承認を得る。そのあたりがとてもきちんとしていたので、たちまちにして、ひと癖もふた癖もある東城大のメンバーと気難しい桜宮市警の信頼を勝ち取った。

桧山シオンは俺の居室に始終在室していたので、気がつくと俺の居室は桧山シオンに乗っ取られた形になってしまった。だが誰もそのことを不審がる者はいなかった。

こうして俺はセンター長でありながら、自分が率いるＡｉセンター内部での居場所を失った。これは基本的な社会原則に従った結果だった。

その原則とは……働かざる者、食うべからず。

これではさすらいのセンター長だ、などと自嘲してばかりもいられないので、受付事務室に机を確保し、書類整理やら外部からの診断依頼の受付やら、来るべきシンポジウムに何とか入り込めないかというねじ込み電話……驚くべきことに最後のこの仕事が最も多かったが……に対する処理など、外部との連絡に関する雑用全般を引き受ける形になった。

長々とした苦情電話に精一杯対応した後で、俺は受話器を置いてため息をつく。

これでは電話版の不定愁訴外来ではないか。

どうやら俺の基本業務は、どこへ行っても変わらないらしい。

碧翠院から運び込まれた過去のデータベースを元にしたＡｉセンターのアーカイブス作りも、シオンのおかげで順調に捗《はかど》っていた。

どの遺体データの処理を優先させるかについては、南雲の提案に従った。南雲は娘の杏子が、かつて碧翠院のＩＴ関係で仕事をしていた関係で、症例を把握しているのだという。

南雲はデータを三群に分け、百体ずつＡｉナンバーを通知してきた。第一群はシンポジウムまでにアーカイブス化するもの、第二群は時間があれば実施すべき症例。第三群は念のため、データをマウントしておく予備症例だ。

三千例近い碧翠院のデータは、古いサーバー上にあるため接続速度が遅く、画像を即時に呼び出せない。そのタイムラグはプレゼンには不向きだ。だから一部の画像をモニタ上に留置しておけば、Ａｉ画像を即座に提示できる。なので少なくとも三百例はオーダー後、数秒でモニタ上にマウントできる状態に整備されたことになる。

その合計三百例の画像データを、取りあえずモニタ上に移送しておき、そこから一例ずつ、現代風の画像へと処理していく。この作業を遂行したのはシオンが九割、島津が一割弱、そして東堂はほんの数パーセント程度という比率だったらしい。彼らは同時に念のため、情報整理が終了した百例は、過去の症例抄録と対比し、問題がないことを確認していた。こうして準備万端整えられていく中、運命の八月二十九日は、刻一刻と近づいてきたのだった。

30章　暴かれた陰謀

8月28日午後3時
桜宮岬Ａｉセンター

公開シンポジウム前日、八月二十八日午後三時。

俺はひとり、明日のシンポジウム会場となる大講堂に座り、感慨に浸っていた。建物内では、明日の発表者が立ち働いている。

ここまで漕ぎつけた経緯を思い返す。思えば無茶な企画立案、綱渡りの連続だった。

それは、あまりにも突発的に立ち上がった企画だった。シンポジウムでセンターを公開する際、各ブースで自分たちの業績を展示しようということになったのだ。一週間前、南雲委員から提案メールが送信されてきた時には、馬鹿げた話だと思った。何しろ俺自身、そんな提案をされたら真っ先に逃げ出しただろう。まったく、文化祭じゃあるまいし。

案の定、大学の文化祭であれば参加してしかるべき、天馬大吉とその一味には見事に逃げられてしまった。さりげなく天馬に、公衆衛生学の実習研究で特Aを取った発表を展示したらどうかと水を向けてみたが、「あれは桜宮の死因究明制度全般についての発表で、Ａｉに特化していないので今回の趣旨に合いません」という理路整然としたお断りのセリフを覆せなかったのだ。

俺は、果たしてこの展示企画はうまくいくだろうか、という不安にかられていた。

だが、メーリングリストで諮ってみたら、参加同意が相次いだのには驚いた。

メンバーが自発的にやりたいと言うのであれば、俺が止める道理はない。というわけで俺は展示場所の分配リストを作成するというデスクワークだけこなすと、後は各自に丸投げした。

そんな俺を見た藤原さんが「最近、高階先生にいよいよ似てきましたね」などと言う。

上品な嫌がらせを言わせたら、この人は天下一品だとつくづく思う。


机の上に置かれた、シンポジウムのプログラムを、しみじみと眺める。展示内容を見ながら、それぞれの企画に付随した大小色とりどりのさまざまなドタバタ騒ぎを思い出す。そうしていると、賽の河原で小石を積み上げているみたいな気分になってくる。

一階、メインホールの展示責任者は東堂スーパーバイザー。マンモスMRI・リヴァイアサンの心臓部のコイルを公開することにした彼は、そのコイルがいかなるすぐれものか、搬入にどれだけ手間がかかったかを見せるため、申請書類を全部展示しようとした。さすがにそれは思いとどまらせたが、戦車による搬送作戦を報じた新聞記事の展示は止められなかった。

「社会全体に配信された記事の展示を拒否する根拠を、ミーに納得させてくれれば取りやめてもいいですよ、マイボス」と言う東堂を説得できる材料を、俺は持ち合わせていなかった。

こうして一日自衛官として戦車上で敬礼している俺の写真がでかでかと掲載された記事が、会場に多数張り出されることになった。

まるで俺が、自己顕示欲丸出し野郎みたいに思われてしまいそうだ。

二階は、桜宮科学捜査研究所の展示だ。さすが警察だけあって、昨日一斉に参考資料や器材を搬入し、一時間で展示準備を終えてしまった。

南雲が提案メールを投げてくるだけのことはあり、アトラクティヴかつマニアックで、大人から子どもまで、幅広い層に支持してもらえそうな自信作だった。

だが多数の物品と大勢の人々がひっきりなしに出入りしたため、センターのセキュリティ・システムがパンクしてしまった。そのため、搬入時間のセキュリティ・システムを一時停止したが、警察関係の話だったので、石頭の警備会社も、さすがにあっさりと了承した。

充実の展示だが、展示室の直下が超伝導高磁場誘導コイルが安置されている部屋だったため、東堂はおかんむりだった。搬入騒ぎで埃が落ちてくるというのだ。さらに展示の目玉であるDNA簡易鑑定装置設置の際、床にボルト固定するために、ドリルで床に穴を開けた。ところがそれが事前申請なしだったので、これまた大騒ぎになってしまった。

俺はAiセンター長として、一応抗議しておいてから、容認した。

開けてしまったものは仕方がない。現実的対応とは、しばしば妥協と同義である。

辛抱の甲斐あって、指紋採取やDNA鑑定の展示は人気になりそうな気がした。

そんな警察展示に触発されたのか、フロアの壁一面に「東城大学の沿革」という展示をしたのは三船事務長だ。事務方得意のパネル攻撃は出来がよかったが、いかんせん文字が多すぎて、通りがかりの観客の目を引くことは難しそうだ。

東城大VS警察庁の展示合戦は、たぶん警察庁の圧勝に終わりそうだ。

同じフロアの小会議室は、医療事故被害者の会に貸した。医療相談を実施するらしい。展示物はなく間仕切りで三つのブースを作っただけとなっている。

俺と同じ面倒くさがりの島津は、パスしようとした。桧山シオンも申請しなかったが、ここは俺がセンター長権限を行使し、Aiセンターなのだから、Aiアーカイブスを動画展示せよという指令を出した。始めのうち島津は「小者に権力を持たせるとろくでもない」と文句を言っていたが、いざ実際に始めてみると、たちまち凝り性の本性が露呈し、プレゼン動画を一本完成させては俺に鑑賞させ、いちいち感想文の提出を求めてきたので煩わしいことこの上もなかった。

桧山シオンはＡｉアーカイブスの作成に日夜勤しんでいた。これは通常業務なので、ひとりだけ大学祭的熱狂の蚊帳《かや》の外に涼しげに佇《いそ》んでいる風情だった。

みな、忙しそうだったが楽しそうだった。そして概ね、準備は順調に進んでいた。

そう、あのメールが届けられるまでは。

俺はプログラムの隣に置いた、プリントアウトに目を走らせると、げんなりした気分になる。


それはシンポジウムの三日前に届いた一通のメールだった。

オブザーバーの彦根からシンポジウムの前日に予演会を開催した方がいいのでは、という提案で、ちょうど警察の展示が床に無断で穴を開けたトラブルが発生した直後に送られてきたのだ。

提案といえば聞こえはいいが、内容を読めば、慇懃無礼な指令にしか見えない。

だが確かに三百人もの市民を迎えての講演会だから、事前に入念な打ち合わせは必要だ。そんなことにさえ気づかなかった間抜けなセンター長の補佐役を果たしてくれた、ともいえる。それでも俺は、どうしても素直には、それが彦根の真の目的だとは思うことができなかった。

そもそもセンター長である俺に、オブザーバーの彦根がオーダーを出すという時点でナンセンスなのだが、その指令に従ってしまう俺も俺だと思う。

まったく、ムカつくヤツだ。

こうした傾向はアリアドネ・インシデントの時から感じていたが、人間はほんの二カ月前程度のことすらあっという間に忘れてしまうものだということがよくわかった。

人間は物忘れする輩である。

これは、この時に俺が考えた名言である。

俺はメーリングリストに、シンポジウム前日の午後三時に予演会を開催する由を流し、即座に返信を受け取った。発表メンバーは全員出席だった。天馬大吉と別宮葉子からは返事がなかった。医学生とメディア関係者らしい、だらしのなさにも思えたが、まあ大した問題ではない。


大講堂に座り天井画を眺めていると、時はあっという間に過ぎていく。

メンバーが三々五々参集し始め、待ち合わせの十分前には発表予定の演者が勢揃いした。

欠席者は七名。直前にドタキャンしてきた白鳥・姫宮の厚生労働省コンビと、返信のなかった医学生代表の天馬大吉と取り巻きの美女たち。珍しく高階病院長も欠席だ。あとひとりは、この予演会を提案した張本人、彦根。それ以外は勢揃いしていた。

——しかしまあ、自分で提案しておきながら無断欠席するかね。

俺は心中で、姿を見せない彦根に向かってそう毒づいて、壁の時計を見上げる。

時計の針は午後三時を指していた。会場を見回した俺は、講演予定の上州大の西郷教授の姿が見えないので、改めて確認してみたところ、南雲忠義はしぶしぶ答えた。

「法医学代表だった上州大学の西郷教授は所用で来られなくなりまして」

俺はげんなりする。西郷のいつものドタキャン癖だ。特にＡｉ絡みだと、途端にドタキャンを繰り返す。私情と公益性をごっちゃにしてしまう困ったちゃんだ。

俺は南雲忠義に尋ねた。

「法医学分野のご発表はどうしましょうか」

「推薦者の責任を取って、私が代行します。よろしいですか？」

もちろん異論はない。もともと俺は南雲が適任だと思っていたのだ。

今日の会の開催意図は彦根しか知らないので、この後、どうすればいいか、わからなかった。ひとつだけ言えることは、彦根の欠席には、何か意図があるということだ。

無意味な遅刻や欠席は、彦根の場合、百パーセントあり得ない。

「発表予定の先生方は全員お集まりになっていますので、そろそろ始めましょうか」

俺がそう言ったところへ天馬大吉とツレの別宮葉子が現れた。

ふたりは俺に会釈して、こそこそと後ろの席に座る。急に野次馬根性が湧いたのだろうか。

「では、予演会を始めます。リハーサルの順番は島津先生、桧山先生、南雲先生、東堂先生、そして私です」

その時、扉が開いた。顔を出したのは、ヘッドフォンを装着した、銀縁眼鏡の彦根新吾だった。

いつもは身軽な彦根に似合わず、その手には銀色のジュラルミンケースを持っている。

彦根はステージにつかつかと上ると、ジュラルミンケースをどすん、と机の上に置く。

「遅刻したお詫びもしないで、一体何をしようというんだ？」

非難めかして俺が尋ねると、彦根はにっと笑う。

「遅れてすみません。つい今し方まで危機回避作業をしていたもので。実は自衛隊の爆弾処理班に緊急出動を依頼して、Ａｉセンターの破壊工作を水際で阻止していたんです」

「一体、どういうことだ？」

尋ねながら俺は、彦根が独自にＡｉセンターの内部調査をしていたことを思い出す。

彦根は、机の上に置いたジュラルミンケースの中身を見せる。そこには青いボールペンがずらりと並んでいた。

「今朝方、建物を隈《くま》無く探したところ、こんな代物が光ファイバーのラインのハブボックスの中からみつかりました。ボールペン型の小型プラスチック爆弾です」

そして、それを大急ぎでジュラルミンケースに戻し、かっちり蓋をする。

「お見せできるのはここまでです。ケースを開けて見せたらすぐ閉じるように、と爆弾処理班にきつく言われていますので。爆発しても周囲に被害が及ばない、爆弾搬送用の特殊加工ケースですからご安心を。でも、重くて重くて」

場に低く掠れた声が響いた。斑鳩室長の質問だ。

「なぜ、自衛隊に依頼したんですか。爆弾は機動隊の爆発物処理班に頼むのが常識でしょう」

斑鳩が尋ねると、彦根は冷ややかな笑みをこぼす。

「警察が信用できないからですよ」

斑鳩室長は一瞬黙り込む。だがすぐに身を乗り出してきた。

「そんな物騒な物が施設内に設置されていたとは大問題です。だが、その程度の分量の爆薬では建物全体の破壊はできそうにありませんが」

彦根はうなずく。

「この建物はかつて不審火で炎上し倒壊した、碧翠院桜宮病院がモデルになっています。終戦直前に旧陸軍司令本部として接収され、いざという時には、全館暖房用に建物全体に張り巡らした給油管に火を放てば、自壊するように設計されていたそうです。配管に沿ったポイントに爆弾を仕掛ければそれ同等、いや、その時よりもはるかに破壊的な結果を得られるでしょう」

「面白い。妄想もそこまで磨き上げれば、短編小説が書けそうだな」

南雲が混ぜ返す。彦根が机の上にジュラルミンケースをどん、と置いた。

「光ファイバーのハブボックスに仕掛けるとは巧妙な手です。でも、もう大丈夫。仕掛けられた一ダースのペンシル型の小型爆弾はケースに封じこめました。Ａｉセンターは守られたのです」

会場全体が静まり返った。咳払いひとつ、聞こえない静寂が部屋を覆い尽くす。

「今の話が本当なら、爆発物取締法違反、非現住建造物等放火未遂罪等で是非告発を。そうすれば捜査を開始しますので」

斑鳩室長の言葉に、彦根はにやりと笑う。

「ご心配なく。既に桜宮市警の玉村警部補に通報済みですので」

斑鳩室長が唇を噛んで、黙り込む。彦根は朗らかに続ける。

「このことをいち早くお知らせしたくて、集まっていただいたのです。何かご質問は？」

彦根の問いに対して、会場は沈黙で応じた。

彦根は立ち上がる。

「これで破壊工作の企ては無力化しました。みなさん、リハーサルを続けてください。僕はケースを爆弾処理班に渡してきます。たぶん、外でじりじりしながら待っているでしょうから」

そして、小さく、くくっと笑う。

「新たに爆薬を仕掛けようとしても無理ですよ。今夜は島津先生や東堂先生がひと晩中ここに詰めていますし、万一忍び込めても、テラ・システムに捉えられてしまいますから」

それから部屋を出て行こうとして、振り返って俺を見る。

「そうだ、大事な伝言を忘れていました。自衛隊から田口センター長へのメッセージです。また戦車に搭乗したければ、いつでもご連絡をくださいとのことです」

俺は思わず、彦根に手元の書類を投げつけたくなるのを、かろうじて自制した。

Ａｉシンポジウムの予演会という、公式な場での発言としては明らかに公私混同だ。だが、今の彦根はＡｉセンターを破壊工作から守ってくれた恩人だ。これくらいの軽口を受け流せなくてどうする田口公平、と自分に言い聞かせる。

言わずにすませた罵声は、いつまでも心中に苦い澱《おり》のように残り続けた。そんな俺の気持ちを忖度もせず、彦根はジュラルミンケースを引きずりながら、俺たちの前から姿を消した。


彦根の独演会が終わると、あまりの衝撃に取り残された人々は、茫然自失状態になった。

もはや、予演会どころではない。俺は咳払いをして、精一杯明るい声を出す。

「みなさんは本番に強い方たちだとお見受けします。こんな状況ですから、リハーサルなしで、ぶっつけ本番ということにしましょうか」

賛同はなかったが、反対意見も出なかった。みんな彦根の毒気に当てられていた。

気がつくと時刻は午後四時を回っていた。みんなのろのろと部屋を出て行く。

会議室に残ったのは斑鳩、南雲そして西園寺さやかの三人だ。西園寺さやかが残っているのには違和感があった。動こうとしない彼らを横目で見ながら、大講堂を後にした。

その途端、真夏なのに寒気が全身を襲い、急に膝が震え出した。

公開シンポジウムの時に爆弾が炸裂したら、大惨事になっていただろう。

誰が爆弾を仕掛けたのだろう、と考えていたら、〝八の月、東城大とケルベロスの塔を破壊する〟という脅迫状の文面が浮かんできた。あれがこの爆弾を指していたのだとすると、脅迫状の主は開院前のＡｉセンター内部に潜入していたことになる。

俺は目を閉じて、考える。建物に出入りできた人物は限られていたはずだ。

Ａｉセンター、別名ケルベロスの塔でひそやかに進行していた陰謀が、スカラムーシュ・彦根の手によって粉砕されたのとほぼ同時刻。

合同庁舎五号館、厚生労働省の白鳥室長のセクションでは、この日の予演会をドタキャンした白鳥が腕組みをして、ビン底眼鏡の砂井戸を睨みつけていた。

「今日という今日は、絶対に許さないからな。最後まできっちりこの書類を仕上げるんだ。いいか、僕の目の前で、あと一時間のうちに、だぞ」

砂井戸はゆっくりした動作で、床に先刻叩きつけられた、懸案の書類を拾い上げる。

「もしやと思って田口センセのお呼ばれに出かける前にチェックしてみてよかったよ。あれからたった三行しか仕事を進めなかったなんて、信じられないよ。あんたの精神はどうなっているんだよ。あと三行のところで寸止めなんかして、気持ち悪くないの？」

「気持ち、悪くは、ありません」

「いちいち、そんなところにだけきっちり答えるな。いいか、明日は絶対に今日中に、高額物品損害保険の申請を終えてよね。あと三行、書けばいいだけなんだからさあ」

「そこまで、言うのなら、室長、ご本人が、お書きに、なれば、いかがですか」

砂井戸が初めて自分で文頭から文末まで構築したと思われる言葉を耳にして、白鳥は手にしていた書類で砂井戸の頭を叩きそうになり、途中ではっと我に返り無理やり方向転換して、机に叩きつける。

「そしたら、あんたの自立はどうなる？　いつまでパパにおんぶにだっこしてるんだよ」

「わたしの、父は、田舎で、いまだに、健在、ですので、その命が、果てるまで」

白鳥は、自分の職員カードを首から引きちぎり、ぐるぐる振り回す。

「ふざけるな。僕の言葉にいちいち応答しなくてもいい。どうでもいいからとっとと最後の三行を書き上げるんだ。たった今、今ここで、今すぐに、だ」

「室長、〝今〟という、言葉が、ムダに、カブって、ます」

白鳥は一瞬、白目を剝《む》いた。それからすとんと椅子に座る。

「いいか、今すぐ、残り三行を書き上げろ。終わるまで、僕はここから一歩も動かないからな」

砂井戸はビン底眼鏡の向こう側から、じっと白鳥を見つめた。それから、机の上にある万年筆を取り上げると、おもむろにインク壺《つぼ》に差し込んで、毛細管現象でインクがじわじわと上っていくのをじっと見つめる。白鳥は歯を食いしばり、貧乏揺すりをしながらその様子を見守っている。

砂井戸はため息をつくと、紙を取り上げる。そして、万年筆を紙の上に置いた。

白鳥は貧乏揺すりを止めて、息を呑んだ。

砂井戸は、ほう、と吐息をつくと、万年筆を紙から離す。白鳥はがくりとうなだれる。

そんな動作を幾度繰り返したことだろう。すっかり力尽き、虚ろな視線になった白鳥の視野の中、砂井戸の万年筆がきらりと光った。ゆっくりゆっくり、かたつむりがアジサイの葉の上を這っていくような粘液の跡が、抽象画のように紙の上に残されていく。

白鳥は立ち上がると、いつしか砂井戸の背後から、万年筆の筆先を凝視していた。

「よし、あと二行だ、そうそう、次はわかるな。そうだ、あんよは上手、手の鳴る方へ」

白鳥は泣き笑いの表情になりながら拍手をしていた。

そしてすべてを書き上げた砂井戸の両手を取ると、ぴょんぴょんと飛び跳ねる。

「やった、やった、砂井戸が書類を書き上げた。やったねハイジ、砂井戸が書けたのよ」

誰が白鳥に憑依しているのかは火を見るよりも明らかだった。

白鳥はビン底眼鏡の異星人、砂井戸の書き上げた書類を取り上げ、右上に設定された認可印の場所に、シャチハタのハンコをぽん、とついて、その書類を砂井戸に手渡した。

「後は、泣き虫坂田さんとエブリシングOKの比留間さんのハンコをもらえば完了だ。坂田さんには言いふくめてあるし、比留間さんがハンコを拒否したことは、厚生労働省の開闢《かいびゃく》以来一度もない。ここまでくれば、目をつむっても書類申請は完成する。後はあんたがきっちりシメてくるがいいよ」

砂井戸はうなずくと、のろのろと立ち上がる。書類を片手に、扉のところにたどりつくと、扉を開けようとした手を止めて、振り返る。

「どうした、また忘れ物か？」

砂井戸はビン底眼鏡の底から白鳥を覗き込む。そしてぽつんと言う。

「白鳥、室長、ご指導、ありがとう、ござい、ました」

白鳥の胸が熱くなる。

気がつくと白鳥は去りゆく砂井戸の後ろ姿に向かって、万歳三唱の声を張り上げていた。

31章　運命の日

8月29日午後1時
桜宮岬Aiセンター

ついにこの朝を迎えてしまった。

八月二十九日。運命の日の早朝。

俺は日の出と共に目覚めた。

ふだん閉め切っているカーテンを開くと、薄暗い下宿に明るい陽射しが差し込んできた。

俺は部屋のポストに差し込まれた時風新報を取り上げると、ぱらりと開く。地方版の片隅に、今日の告知が小さく載っているのを読みながら、トースターに食パンを放り込む。

今日の公開シンポジウムの参加者は三百名ジャスト。こういう会は出席者の数読みは難しい。三船事務長は一割増しの三百三十人に当選通知を出した。通常は三割増しらしいので、かなり少なめだ。当選者が講演にやってくる確率が高いと踏んだわけだ。

公開シンポジウムは午後一時半からだが、Aiセンターの内部公開は午前十一時からで、落選した人たちも見学できる。ただし大講堂の見学は、応募の当選者に限定されていた。大講堂に人を出せないため、三船事務長の安全第一の判断だった。

記事を読んでいると、チン、という音と共に、こんがり焼けた食パンがトースターから飛び出した。俺はさくり、と焼きたてのトーストを齧じった。

八時に家を出、バスターミナルに向かった俺は、ほとんど待たずにバスに乗り込んだ。市街地の突き当たりで、バスは右カーブを切る。ここから桜宮バイパスで、左手に大海原が見えてくる。潮風に吹かれながら窓を全開にする。

やがて今日の会場、Aiセンターが遠目に屹立している姿が見えてきた。

「次は科学捜査研究所、桜宮Aiセンター入口です。お降りの方はブザーでお知らせください」

俺は、照れくささを押し隠しながらブザーを押す。

驚いたことに一昨日からバスの停留所のアナウンスが変更されていた。

おそらく、今日のこけら落としシンポジウムのための対応だ。このシンポジウム企画が広く桜宮市全体に知れ渡っているということを実感する。

午前八時半にAiセンターに到着すると、センター内では、東堂スーパーバイザーを筆頭に、島津准教授兼Aiセンター副センター長、桧山シオン・テクニカルアドバイザーが、南雲が指定した症例の3Dレンダリングに関する最後の追い込み作業をしていた。

優秀な三人が三日間かかりきりで対応した結果、南雲が指定した二群の症例までの総計二百例のデータのアーカイブス化が終了していた。残る百例は生データとしてマウントされていた。

東堂は俺の顔を見ると、目深にかぶったカウボーイハットを持ち上げて、挨拶を投げてきた。そして振り返ると、バックヤードで働き続けているスタッフに声を掛ける。

「データのレンダリング再構成は、終わりにしよう。ここまでで何例になった？」

「ちょうど二百例、終了しました」

シオンの涼しい声が答えた。

「その中に、何か妙な所見のある症例はあったかな」

「ざっとスキャンしたところ、どの症例も真っ当な病死か外傷死ばかりでした」

その言葉を聞いて、東堂スーパーバイザーは苦笑した。妙齢の麗人の口から、真っ当な病死か外傷死などという物騒な言葉が飛び出したことに、違和感を感じたのだろう。

東堂スーパーバイザーは、カウボーイハットをかぶり直すと、腕をぐるぐると大きく回す。

「グッド。では、作業は終わりにして少し早いが展示会場に向かおう」


午前十一時。Ａｉセンターの前庭で女学生ふたり組に、作務衣姿の老人が声を掛けていた。

「君たち、Ａｉセンターのシンポジウムのチケットは欲しくないかね？」

ふたりは驚いたように顔を見合わせて、一瞬躊躇する。そしてうなずいた。

「本当ですか？　実はあたしたち、桜宮美術学院の学生なんですけど、Ａｉセンターの大講堂の壁画と天井画を見てみたくて、ダメモトで来てみたんです」

作務衣姿の老人は、懐から二枚の参加証を取り出した。

「それならこのチケットを差し上げようか」

「信じられない。本当にいいんですか？」

ふたりの女学生は両手を取り合って、はしゃぎながらうなずく。

「もちろんだ。ただし、ひとつお願いがあるんだが」

今さらイヤと言えなくなって、二人は不安げな表情を浮かべ、作務衣姿の老人の言葉を待った。

すると老人は懐から別の紙を取り出し、ふたりのうちの片方に手渡した。

「そんなに大した頼みではない。今日のシンポジウムで、ひょっとして、何か番号を言ってほしいという問いかけがあるかもしれない。そうしたらその紙に書いた番号を言ってほしいんだ」

「そんな問いかけがなかったら、どうすればいいんですか?」

するど作務衣姿の老人はうっすらと笑って答える。

「その時は何もしなくていい。私の条件はこれだけだ。な、簡単だろう?」

ふたりはうなずき、笑顔でチケットを受け取ると、並んで、桜宮岬の方へ歩いていった。シンポジウム開始まで展望台で時間を潰すつもりなのだろう。


午後一時。

ガラガラなのでは、という危惧と、会場に入りきれない観客が暴動を起こすのでは、という相矛盾する心配を抱えた三船事務長が、胃薬を飲みながら、五階シンポジウム会場の大講堂入口で待機していると、次々に抽選に当たった観客が螺旋階段を上がってきた。

これで、閑古鳥が鳴くという心配が消失した。あとは効率のよい観客収容に意識を集中できる三船事務長は、その実力を遺憾なく発揮する。受付に配した部下の女性三人に適切な指示を与え、自分は一足先に会場に入ると、大講堂に入場する観客を手際よく詰め込もうとする。その前を女学生が笑いながら、通り過ぎていく。

「ほんと、ラッキーだったよね。入場券をもらえるなんて」

「ほんとほんと。頼まれ事はきちんとやらないとね。みーちゃん、忘れたらダメだよ」

「あたしが?　ヤコがやってよ」

「だってチケットを受け取ったのはみーちゃんじゃない」

「そんなあ」

雑然とした会話をしながら、観客たちは壁画を眺め、天井を見上げて賛嘆の声を上げる。

会場入口では出入りする人たちが、すったもんだしている。その様子を俺は、東堂スーパーバイザーの居室のモニタで眺めていた。

三船事務長からは、講演会が始まるまで、部屋から出ないようにと言いくるめられていた。

「センター長に所内をうろつかれたら、混乱します。田口センター長は先日の戦車搭乗ですっかり有名人になられ、女子大生のファンクラブができているくらいなんですから」

それが事実なら、是非ともファンの女子大生とやらにお目に掛かってみたいものだと思いつつも、どうせデマに違いない、とイジケ虫が頭をもたげてきてしまう。

モニタでチェックしてみると、客の入りは予想以上だった。東堂の展示が効率よく観客を捌いてくれているおかげだろう。

反対に科学捜査研究所のブースは人の流れが悪い。指紋採取だのＤＮＡ鑑定を実際に実施するだの、マニア心を刺激するサービス満点の展示の上、対応する時間も労力もかかるので、あっという間に大行列になった。遅々として進まない行列に、文句も言わずに並ぶ様は、日本人の礼儀正しさと辛抱強さの表れだ。

だが、うまくしたもので、廊下で待たされる待ち時間を潰すには、三船事務長苦心作の壁掛け展示がぴったりハマっていた。小さい文字で読み難いが、大量の情報を伝えるパネルが隅々まで読まれる可能性は、こうした状況以外では考えられなかった。

つまりこれは奇蹟《きせき》のコラボレーションだったわけだ。

我慢強くない人種は脇道にそれ、島津のＡｉ画像の立体展示を自分で動かし賛嘆の声を上げていた。要するに、多少の見込み違いこそあれ、今回の公開行事は概ね好評だったのである。

そんな中で医療事故被害者の相談ブースだけはひっそり静まり返り、人の気配がしなかった。

モニタには、ところどころ空席が見受けられるが、ほぼ埋まった観客席が映し出されている。

開始十分前。指示された時刻になり、俺はモニタの電源を落とし、東堂の部屋を後にした。


シンポジウム受付では三船事務長が汗を拭きながら、俺に報告した。

「参加証回収率は九十五パーセントで、会場に入りきらない人が訪れています。幸い、大講堂の内装見学だけで帰った方もいるので、立ち見はさせずに済みそうです」

それは三船事務長の手腕の賜物だ。なので、俺は素直に三船事務長を賞賛した。

「まさに事務長の見込み通りでしたね」

三船事務長の顔がぱあっと明るくなる。この瞬間、三船事務長のシンポジウム・ミッションは無事に終了したのだ。後は事故なく終えるというメンテナンス業務を残すのみ。

俺はもう一度、三船事務長の労をねぎらうと、隣の控え室に向かう。

部屋の扉を開くと、ひと癖もふた癖もあるメンバーが顔を揃えていた。

その中のリーダー格、東堂が立ち上がると、右手を差し伸べながら、ニカッと笑う。

「お待ちしておりました、マイボス。ショータイムのお時間です」

俺はその右手を握り返しながら東堂の背後に佇む彼らに向かって、センター長らしく、重々しく宣言した。

「お待たせしました。それではみなさん、会場の方へ参りましょう」

やれやれ、という表情で、東堂の隣に座っていた高階病院長も立ち上がった。

32章　Ａｉシンポジウム開幕

８月29日午後１時30分
桜宮岬Ａｉセンター

驚いたことに、俺が会場に足を踏み入れると、期せずして拍手が起こった。それからひそひそ声で、田口センター長よ、とか、ほら、戦車に乗ってた、などというささやきが聞こえてきた。どうやら俺のファンクラブができたというのは本当だったらしい。というわけで俺は、いっぺんに舞い上がってしまった。そんな俺に、高階病院長が背後から声を掛ける。

「田口先生は、すっかり桜宮の人気者になられたようですね」

振り返ったわけではないが、賭《か》けてもいい。この時、高階病院長の顔に、いつものひねこびた微笑が浮かんでいたことは間違いない。

観客席の最前列は講師席だ。二列目は関係者席で、そこだけぽっかり空いた空間に、メンバーが次々に着席する。最前列、左端から東堂スーパーバイザー、島津、桧山シオン、そしてひとつ空けて俺。右隣に作務衣姿の南雲忠義が座る。一番最後に悠然と俺の左隣に座ったのは東城大の顔、高階病院長だ。

それぞれ背後に自分のスタッフを従えるように、二列目左端から彦根、隣の天馬大吉の両脇には時風新報の敏腕記者、別宮葉子とツイン・シニョンの女子医学生、冷泉深雪と両手に花だ。ひとつ席を置いて斑鳩がほぼ観客席中央に端然と背筋を伸ばして座り、右側には医療事故被害者の会事務局の飯沼さん、その右端に白いマスク姿の西園寺さやかが並んだ。

観客席の三列目からは、ほとんど空席なく一般客で埋め尽くされていた。驚いたことに、半数以上は女子大生か、それに近い年代の妙齢の女性たちだった。

そうこうしているうちに、開始時刻になった。

三船事務長の司会に従い、まず高階病院長が登壇した。まばらな拍手が起こる。

「Ａｉセンター創設記念公開シンポジウムにようこそ。Ａｉセンターは死因究明制度が崩壊寸前の現在の社会制度を立て直す、有意義な仕組みです。本日はＡｉセンターの今後につきましては、諸専門家の方々にご講演いただきます。どうぞ最後までごゆるりとお楽しみください」

さらりと挨拶を終え、席に戻る。こういったことをやらせたら天下一品だ。

トリを務める俺に、すさまじいプレッシャーがのしかかってきた。


順調に幕開けをしたシンポジウムだったが、いきなり想定外の事態となった。

トップバッターの東堂がホワイトボードを引っ張り出すと、難解な数式を羅列し始めたのだ。観客層の反応を見て、ＭＲＩの原理から語り起こさなければ理解してもらえない、と判断したらしい。その判断に異論を差し挟むつもりはないが、かといってフーリエ変換だのリーマン球面などといった、あまりにもＴＰＯをわきまえない専門用語をちりばめた話に邁進するのはいかがなものか。当然のごとく、耳を傾けようと努力していた女子大生や近縁の妙齢の女性集団は、一人抜け、二人抜け、気がつくと会場の半分近くが空席になってしまった。

東堂の話は佳境にさしかかったが、予定時間を超過していた上にこの状況なので、僭越ながら座長の俺は、ノーベル医学賞に最も近い男と呼ばれる医学者の話の腰を折らざるを得なかった。

東堂は、話を中途で止められて始めはきょとんとし、やがて憮然とした表情になる。

だが俺が壁時計を指さすと、ようやく時間オーバーに気づいて、すごすごと壇上から降りた。

「永遠に終わらないかと思っちゃった」

「だから途中で出ようって言ったのに」

「でも、ほら、約束があるから」

「ほんとにみーちゃんって律儀ね。あたしならバックれたけどなあ」

後方の席の女子大生の、ほのぼのとする会話を背中で聞いていると、東堂が俺に小声で言う。

「マイボス、ミーは不愉快だ。本日は忌引きさせてもらいたい」

憤然と席を立った東堂を見ながら、どんな言い訳でも聞いてあげられるのに、よりによって突然の忌引きだなんてあんまりだ、これでは事務方を納得させるのは不可能ではないか、とつい愚痴をこぼしたくなった。

そんな悩みを抱えながら、俺は次の発表者を指名した。南雲は立ち上がり、説明を開始する。

「死因究明の最後の砦《とりで》は解剖です。法医学者は日夜、死因究明のため解剖という、辛い業務に勤しんでいるのです」

東堂とは対照的に、南雲の話は面白かった。解剖現場で事件の真相を明らかにしていく物語はテレビドラマのようで、東堂の話で、半分腰を浮かしかけた観客の心を呼び戻した。

そして最後まで、Ａｉのエの字も言わなかった。ここまで徹底すれば、敵ながら天晴《あっぱ》れだ。

だが、その反動で次の島津のプレゼンは、南雲が無視したＡｉの素晴らしさを、実際の映像を駆使して見せつけることになった。つまり、南雲の行為はまったくの逆効果になったわけだ。

島津は十分間の講演で、十例のＡｉ症例を呈示した。その大半が司法解剖で見逃した所見を、後から画像で指摘した症例ばかりだったので、会場は次第に不穏な空気に包まれていった。

最後に島津は言った。

「解剖は不確定で危険な検査です。一度実施したら二度はできないため再現性がない。情報取得は実施者の腕前に依存しているし、監査もできない。一方、Ａｉはどうか。画像は繰り返し診断でき、複数の医師の意見も聞ける。優れた読影医にコンサルトでき、事後に第三者による監査も可能です。このようなＡｉシステムこそ、死因究明制度の土台に据えるべきなのです」

最初のうちはにやにや笑いながら聴いていた南雲だったが、やがて真顔になり、最後の方は壇上の島津を睨みつけていた。斑鳩は腕組みをして、細い目を閉じている。眠っているようにも見えるが、外から見ても判然としない。

普段同じようなことを声高に主張している銀縁眼鏡の彦根は、ヘッドフォンを耳に装着して、自分の世界に浸っている。

島津は講演を終えると、即座に退席した。東堂の時間超過のせいで、ぎりぎりの時間になってしまったようだ。腹に据えかねたのか、直後に南雲忠義も席を立ってしまう。

むさ苦しい男性講師陣が次々に会場から姿を消していく中、桧山シオンが壇上に上がる。会場からは、ほう、とため息が漏れ、一陣の涼風が吹き抜けていったような錯覚に囚われる。

その中にはふとどきな男性の吐息ばかりでなく、会場の七割を占める女性のも混じっていた。

桧山シオンは、激した島津の講演を受け、静かに話を始めた。

「診断技術の進歩に伴い、診断技術は時空を超え四次元診断の領域に達し、過去の事象の診断も可能になりました。たとえばエジプトのツタンカーメン王の死因は、最新鋭のＣＴで診断されました。現代の技術が太古の死者の死因さえも明らかにしたのです」

桧山シオンの講演は初めて聞いたが、理路整然とした美しい論理展開に陶然とさせられる。

その声は涼しげで、いつまでも聞いていたい、と思わせる。それなのにシオンはムダなことは一切語らず、そのため講演は半分の時間を残して終了した。

座長役の俺は形式的に質問の有無を会場に尋ねる。ここまで質問はひとつもなかったから、おそらく今回もそうだろうと踏んでいた俺の予想は、見事に裏切られた。

発言希望のブザー音に続き、シオンの涼しげな声とは対極のような、ざらついた電子音声が会場に響いた。

「死因診断ガ、技術デ、過去ニ、遡レルナラ、Aiハ、過去ノ犯罪ヲ、暴ケマスカ？」

声の主は西園寺さやかだ。桧山シオンは小首を傾げ、彦根を見た。

彦根が小さくうなずいたのを見て、シオンは答える。

「Aiは真実を照らし出す光です。中立性、透明性、迅速性、公平性に優れるので、そうしたことが可能になるのです」

西園寺さやかは、電子音声システムに内蔵された笑い声を上げた。ガラスを爪で引っ掻いたような、不愉快な不協和音が響く。

背筋に鳥肌が立つのを我慢しつつ、俺は間に入る。

「ご質問はシンプルに、そして穏やかにお願いします」

「偏ッタ情報ヲ、垂レ流シタラ、困リマス。Aiニ、医療ノ罪ヲ、自ラ暴クヨウナ、潔癖サガ、アルトハ、トテモ思エマセン」

桧山シオンはとまどった表情を浮かべる。だが、静かに応じる。

「たとえば解剖の写真はこの講演会のような場ではお見せできませんが、Aiなら可能です。そうした透明性と中立性は、診断への信頼を増すことになります」

西園寺さやかは桧山シオンを凝視した。そしてキーボードを叩いた。

「先生ガ、自分ノ言葉ヲ、信ジテホシイ、ト思ウノナラ、実証シテ、クダサイ」

「どうすればいいのでしょうか」

「具体的ナ、Ａｉ画像ヲ示シテ、ソノ症例ノ、死因ヲ暴イテミテ、クダサイ」

シオンは座長役の俺をちらりと見た。俺はうなずいて、リクエストに応じるように、という無言の指示を出す。もともと桧山シオンの講演は時間の余裕がある。なのでこれはＡｉの素晴らしさを観客に実体験してもらえるいい機会だと判断したわけだ。

　壇上のシオンが言う。

「わかりました。どの症例にしましょうか」

「Ａｉノ実力ヲ、見タイノデ、症例ハ、らんだむニ、選バセテ、モライマス」

西園寺さやかは振り返ると、観客と向き合う。そしてノートパソコンを操作する。

「ドナタカ、一カラ三百マデノ、好キナ数ヲ、言ッテミテ、クダサイ」

　一瞬、静寂が流れた。そんな中、女子大生らしき女性が声を上げた。

「二百三十七番」

「えらい、よくやった、みーちゃん」

なぜか賞賛の言葉が聞こえた。

その瞬間、嫌な予感に襲われた。百番までの症例は、プレゼン用にレンダリングが済んでいる。

そして百番台は予備で、モニタに画像展開が可能だし、データチェックも済ませてある。

だが二百番台は生データが単にマウントされているだけで、チェックもされていない。

桧山シオンは黙ってコントロールパネルを操作する。

百枚ほどのＣＴスライスが画面に展開する。それを見て、西園寺さやかが言う。

「相当昔ノ、ＣＴ写真ノヨウデスネ。マズ死因ヲ確定シ、ソレト並行シテ、桧山先生ノ特技デアル、さぷりいめーじ・こんばーとデ、３Ｄ再構成ヲ、オ願イシマス」

桧山シオンは素っ気なく答える。

「わかりました」

それから目にも止まらぬタイピングの速度で演台に設置されたキーボードを打ち始める。

衆人環視の中で、みるみるモニタ上のＣＴ画像が変形していく。西園寺さやかは立ち上がり、壇上に歩み寄ると、シオンの傍らに腕組みをして寄り添う。

シオンはその気配に一瞬顔を上げたが、すぐに画像解析作業に没頭する。

西園寺さやかが言う。

「素晴ラシイ、集中力、デス。医学ハ、ソシテＡｉハ、スベテノ真実ヲ、明ルミニ、出シテシマウ。医療ダケ、エコヒイキ、スルコトハ、許サレマセン」

ふと気がつくと、桜宮科学捜査研究所のブースを手伝っていた私服警官が、壇上を警護するように取り巻いている。

「コノ画像ノ診断ハ、イカガデスカ？」

西園寺さやかの電子音声に、画像に集中している桧山シオンは、呟くように答える。

「男性で、六十歳は超えています。首筋に小さな疣贅《ゆうぜい》（イボ）がありますが悪性ではありません。腸管の癒着がひどくイレウス状態にある、と推測されます。大腸切除術後の可能性、ペッツが使われていないので手術年代は推定一九八〇年代より以前……あら？」

「何カ、アリマシタカ？」

西園寺さやかの問いかけに答えるように、混沌《こんとん》としたシオンのひとりごとが続く。

「下腹部に異物があります。細長い。はさみ、のような……」

シオンの操作する動作が一段と速まる。

「いえ、違います……金属製のハレーションがないから……非金属」

その時、隣でがたりと音がした。見ると顔を蒼白にした高階病院長が、かすかに震えていた。

怪訝そうに俺と彦根が眺める。その視線が錯綜する中、桧山シオンが言う。

「下腹部の異物の再構築にフォーカスします」

シオンの涼しげな声と共に、俺たちの眼前の巨大モニタ上で、モノクロの古い画像が目まぐるしく生成と消滅を繰り返している。シオンの青味がかった静かな瞳の中に、その残像が冷ややかに映し出されている。

33章　ブラックペアン

8月29日午後3時
桜宮岬Ａｉセンター

シオンの静謐《ひつ》な画像処理を会場の観客は固唾を呑んで見守っている。すると俺の隣で呻き声のような呟きが聞こえた。

「腹部に非金属製の物体？　まさか……」

俺は身体を隣の高階病院長に寄せて、小声で尋ねる。

「お顔の色が冴えませんが」

高階病院長は俺を見た。そして震える声でささやき返す。

「この方は私が手術し、腹部にペアンを留置したまま閉腹した患者かもしれません。その最期は桜宮病院で看取られたと聞いていたが……」

高階病院長の顔面は蒼白だ。

これまでもさまざまな苦難や危機に見舞われながら、その有象無象を平然とやり過ごしてきた腹黒タヌキ、高階病院長の堅牢な鉄面皮が引き剝がされた瞬間を、俺は初めて目の当たりにした。

俺たちの会話に対し背後で聞き耳を立てていた彦根が声を上げる。

「シオン、スクランブルだ。サプリイメージ・コンバートは停止しろ」

桧山シオンの指がぴたり、と停まる。

シオンの側に寄りそっていた西園寺さやかが、桧山シオンの肩に手を置いて、言う。

「コンナトコロデ、止メテ、シマウノ？　桧山先生ハ、愛人ノ言イナリ。マルデ、オ人形ネ」

桧山シオンは、きっ、と顔を上げる。

「彦根先生は愛人などではありません」

「デモ、ソノ指示ニ、従ッテシマウノネ。ホラ、ウシロヲ見テ。ミンナ、見テルワ」

操作盤に集中していたシオンが、西園寺さやかが指し示す観客席に視線を転じると、たくさんの目がシオンを凝視していた。そこへ西園寺さやかの電子音声が覆い被さる。

「Ａｉハ透明性、公益性？　デモ、桧山先生ノ行動ハ、正反対。自分ノ組織ヘノ、忠誠心ダケ。ソノタメニ真実ヲ、隠ソウト、シタ。桧山先生ハ、ウソツキ、ネ」

彦根の声が会場を切り裂く。

「シオン、そんなヤツの言葉になんか、耳を貸すんじゃない」

観客席から飛び出し、演壇に駆け寄ろうとした彦根の華奢な身体は、たちまち屈強な私服警官に制止されてしまう。ヘッドフォンをひきちぎられ、床に押さえつけられた彦根が叫ぶ。

「やめるんだ、シオン。そいつは僕たちの本当の敵だ」

シオンはうつむいたまま、動かなかった。やがて、キーボードに置いた指がゆっくりと動き始める。モニタ上にめまぐるしく、古い画像が浮かび上がっては消えていく。

「……やめろ、シオン。なぜだ」

桧山シオンは指を止めずに顔を上げる。その視線がまっすぐに彦根を射抜く。

「私は彦根先生の人形でした。それでいいと思っていた。でも、もうおしまい。真実にひかりを当てず、隠せと命令するなんて、私の知っている彦根先生ではありません」

シオンの静かな声に、彦根は抗いを止めた。その肩を、私服警官が床に押さえ続けている。

静まり返った講堂に、シオンのタイピングの音だけが響く。モニタ内の画像の色合いがみるみる変化していき、構造物が白い光に溶けていく中、下腹部正中部の物質だけが黒々とした輪郭を徐々に露わにしていく。

「この形状は……はさみ、……いえ、違う……ペアン、ペアンだわ。材質は……カーボン」

シオンが呟く。俺の隣で高階病院長が、がくりと首を折る。呻き声の中から、東城大の知られざる忌まわしい過去、高階病院長の深い悔恨が、吐息と共に立ちのぼる。

——ブラックペアン。

患者が火葬された時に燃え尽きた忌まわしい過去がこんな形で蘇り、東城大の命運に向けてその切っ先を突きつけてくるなどということを、一体誰が予想できただろう。

西園寺さやかが高らかな笑い声を上げる。

俺は立ち上がり、西園寺さやかを制止するため演壇に向かおうとした。

「動カナイデ。罪深イ、東城大学ノ運命ヲ、ソコカラ、見届ケナサイ」

その言葉と同時に、彦根を押さえつけていた屈強な私服警官のうち、ひとりが俺の前に立ちはだかる。俺の動きは止まり、西園寺さやかは、勝ち誇ったように、シオンに告げる。

「あーかいぶすノ、個人情報領域カラ、患者履歴ヲ、呼ビ出シテ、クダサイ」

「でも、Ａiと臨床情報をリンクさせるキーナンバーが……」

「鍵ハ、ですくとっぷ領域ニ、留置シテ、アリマス。ふぁいる名ハ、〝クソッタレ〟」

データを検索し始めたシオンは、あやつり人形に成り果てていた。だが、シオンを支配しているのはかつてのヤマビコ・ユニットの相棒にして絶対君主だった彦根ではなかった。

ただ、征圧者・西園寺さやかに言われるがままに、その細く美しい指を動かしている。

シオンの本質、それは、絶対的な真実にのみ服従する哀しきパペットだったのだ。

「シオン……」

彦根の絶望的な叫び声は、シオンの耳には届かない。シオンが告げた。

「……出ました」

モニタ上のデータを、音声ガイダンスの声が読み上げる。

「患者イニシャル・TI。一九二八年一月生。一九七〇年、東城大学佐伯外科にて直腸前方切除手術。術者・佐伯清剛《せいごう》。助手・鏡博之《かがみひろゆき》。一九八八年、腹部留置ペアン除去術。術者・高階権太《ごんた》、助手・渡海征司郎。一九九九年、心筋梗塞のため死去。死亡診断書作成医・桜宮巌雄」

東城大学医学部佐伯外科の歴史を象徴する名が次々に列挙されていく。この患者は、東城大の歴史の、死せる証人だったのだ。

「亡クナッタ方ノ、オ顔ヲ、見セテ、クダサイ」

桧山シオンはうなずくと、CTスライスから3Dレンダリングでの体表面の描き出しを開始する。一センチ間隔の粗いスライスのために、最初はでこぼこで、とても人の顔には見えなかったが、シオンの指の動きと共に、みるみるうちに人間の顔へと変貌していく。その様は、名匠の手によって、岩の中に眠っていた仏が彫り出され磨き上げられていく過程を彷彿とさせた。

これがシオンの特殊技術、サブリイメージ・コンバートだったのか。

やがて、前面の巨大モニタ上には、目を閉じたデスマスクが浮かび上がる。

その瞬間、俺の後ろから悲鳴にも似た声が上がった。

「お父さん……どうしてそんなところに？」

声を上げたのは、西園寺さやかの隣に座る、医療事故被害者の会事務局の飯沼さんだった。

高階病院長はその声に驚いたように振り返る。

白いマスクの下に会心の笑みを隠し、西園寺さやかの電子音声が言う。

「患者ノ名ハ、イイヌマ・テツジ。コノ方ニ行ナワレタ、ぺあん除去術ハ、最初ニ手術ヲ終エタ体内ニ、アッテハナラナイ、手術器具ガ、残サレテイタ、医療みすガアッタ、コトヲ意味シマス。トコロガ更ニ、ソノみすヲ正スタメ、実施サレタ、ぺあん除去術後ニ、マダぺあんガ、残サレテイタ。コレガ、何ヲ意味スルカ、ワカリマスカ？」

水を打ったような静寂の中、西園寺さやかは最前列に座る高階病院長の顔を覗き込む。

「東城大ハ二度、患者ヲ偽ワリ、自ラノ保身ヲ優先サセタ。ソシテ今、自ラノ医療みすヲ、隠蔽スルタメニ、患者ニ対シテ、不実ダッタ外科医ガ、ココニイル。ソノ医師ノ名ハ……」

そこで言葉を切ると、西園寺さやかはその細い指で、高階病院長をびしり、と指さす。

「——東城大学医学部付属病院病院長、タカシナゴンタ」

違う、と叫びたかった。だがこの場で、そしてこの流れの中で、観衆を納得させることは不可能だ。

それにしてもまさか、二十年前の怨讐をステージに上げてくるとは。西園寺さやかの奇襲攻撃は、俺たちの思惑をはるかに超えていた。

西園寺さやかは顔を上げ、観客席の医療事故被害者の会の飯沼さんに声を掛ける。

「イイヌマテツジサンハ、アナタノオ父サマ、デスネ？」

飯沼さんは糸の切れたあやつり人形のように、うなずく。

「八八年ノ手術ハ、覚エテ、マスカ？」

「はい」

「コンナ手術ダト、知ラサレテ、イマシタ、カ?」

「いいえ。……いいえ、いいえ」

飯沼さんは強く首を左右に振って、声を荒らげる。

「そんなこと、全然聞かされていませんでした」

西園寺さやかが静かに言う。

「コレガAiデス。死後画像ガ、医療みすヲ隠蔽シタ、過去ノ罪人ヲ炙《あぶ》リ出ス。タトエソレガ、東城大ノ魂デ、アッタトシテモ。ソレガふぇあト、イウコトデス」

床に押さえつけられている彦根。西園寺さやかの恫喝《どうかつ》に身動きひとつ取れない俺。

そして、最前列で顔の前で指を組み、肘をついた姿勢で、因果律の相手をただ凝視するしかない東城大のシンボル、高階病院長。医療を守るためにAiを推進していたはずの俺たちは、もはやなす術もなく、西園寺さやかの猛攻に晒され続けていた。

「Aiせんたー開所日トイウ、晴レノ席デ、スベテガ露ワニ、ナリマシタ。東城大ハカツテ、医療みすヲ隠蔽シ、今日マデ生キ存エテキタ。コンナコトガ、許サレル、デショウカ」

会場は寂として声を失った。壇上で傲然と胸を張る西園寺さやかは、もはや完全なる征服者だ。その隣には、かつての主君に反旗を翻した桧山シオンが立ちつくしている。

西園寺さやかはうつむいて身体を震わせ始めた。

泣いている?

いや、違う。彼女は笑いを懸命にこらえていた。やがて我慢できなくなったように、肉声で笑い始めた。その声は艶やかで、掠れた電子音声とは全然違っていた。

34章　天馬、飛翔す

8月29日午後3時30分
桜宮岬Ａｉセンター

西園寺さやかの高笑いが、部屋に虚ろに響く中、背後で声がした。

「そこまでだよ、あんたは少しやりすぎた」

その声の主は、天馬大吉だった。

勝ち誇った笑い声が、ぴたりと止まった。

「誰カト思エバ、落第劣等生ノ医学生ネ」

天馬大吉は客席からつかつかと演壇に歩み寄りながら、言う。

「こんな特別な場で、特別な患者の情報が開示されてしまうなんて偶然であるはずがない。すべてはあんたが仕組んだことだろ、西園寺さやかさん、いや、その真の姿は……」

そこで天馬は言葉を切ると、壇上のマスカレードを指さして言う。

「碧翠院の忘れ形見、桜宮小百合」

俺は仰天した。会場の空気が凍りついた。

だが、天馬の言葉は、俺の驚愕以上に、その部屋に大きな変化をもたらした。

その言葉を耳にして、前列に座っていた斑鳩室長が立ち上がる。壇上の西園寺さやかを見つめていたが、静かに一礼をすると、部屋を後にした。すると彦根を押さえつけていた黒服姿の私服警官たちも立ち上がり、一斉に引き上げてしまった。取り残された彦根は、床に座ったまま上半身を起こし、ステージにひとり傲然と佇む女性を呆然と見上げる。

彦根のヘッドフォンは引きちぎられ、無残に床に転がっている。

俺はその様子を見守りながら、なぜこんなことになったのだろう、と考える。

するとすぐにその謎は解けた。

天馬の話が正しければ、警察は壇上の女性を逮捕しなくてはならなくなる。すると碧翠院炎上の際の、警察の捜査ミスが明らかになる。死亡者の中に小百合も含まれ、死亡診断書まで発行されているのだから、遺体同定が不適切だったという問題が掘り起こされてしまう。

桜宮病院の最期には得体のしれない話が多すぎる。そこがクローズアップされたら、桜宮市警の一大スキャンダルにもなりかねないだろう。

つまり桜宮小百合には自分の存在を明るみに出せない、という決定的な弱点があったのだ。

何しろ彼女は、この世界に現存してはならない存在なのだから。

その弱点が、天馬大吉の一撃であっけなく露呈してしまった。だから、現実の暴力装置である警察は早々に撤退してしまったわけだ。

西園寺さやかは、ふう、と大きくため息をついて顔を上げる。それから観客席に向かって言う。

「ミナサン、碧翠院桜宮病院事件ヲ、ゴ存ジデスカ？　コノ医学生ハ、私ガ、ソノ病院ノ一員ダト、言ッテマス。アノ火災デ桜宮一族ハ、全員死ニマシタ。スルト私ハ、幽霊ニ、ナリマス」

耳障りな電子音声の笑い声は、小百合の最後の抵抗にも思える。

「桜宮家は東城大に恨みを抱いていた。あの火事は東城大の破壊工作に失敗した挙げ句の惨劇さ。でもあの時、燃えさかる部屋から脱出した人間がいたんだよ。それがあんただ」

「根拠ガ、アリマセン」

「ＤＮＡ鑑定をすればいい。この下の階に展示ブースがある」

「小百合先生ノ、ＤＮＡガ、アリマセン」

西園寺さやかの、電子音声に内蔵された金属的な笑い声は、ヒステリックで耳障りだった。

天馬は首に下げた十字架を外し、高く掲げる。

「これはあなたの双子の妹、すみれ先生からもらったロザリオだ。中には髪の毛が三すじ入っている。お姉さんの葵さん、すみれさん、そして小百合先生、あなたの髪の毛だ」

そう、確かに髪の毛さえあれば、ＤＮＡの同定は可能だ。不愉快な笑い声が突然、停止した。

天馬は続ける。

「これで、あなたが小百合先生と同定されたら、死者が蘇る。そうなったらあなたも無傷ではいられない。あなたがあの病院で犯した罪は多く、重い。僕はそのことを全部知っているんだ」

天馬の声が会場に余韻を残して響いた。

西園寺さやかはしばらくの間、凍りついたように動かなかった。やがて首を振りながら、ため息をつくと、手にしたノートパソコンを突然投げ捨てた。

床に金属音が響く。

それから黄色いサングラスを放り投げ、アクリル製のマスクを取る。

ルージュを引いた真っ赤な唇が浮かび上がる。

それは、俺たちの目の前で、医療ジャーナリスト・西園寺さやかが消滅し、その代わりに桜宮の亡霊が冥界から蘇り、死者の塔に降臨した瞬間だった。

まさか、捜し求めていた桜宮一族の生き残りが、こんな足元で暗躍していたなんて。

俺は呆然と小百合の姿を見つめた。

地の底から響いてくるような、低い声が重々しく聞こえてくる。

「だからすみれにあれほど、ペットの始末はきちんとつけておきなさいと忠告したのに。この期に及んで、まさかあんたが祟《たた》るとはね。本当にすみれは、詰めが甘いんだから」

小百合は、首に掛けたペンダントを外した。

「昨日はハブボックスへの工作を封じられたけど、仕掛けはあれだけではないわ。Ａｉセンターの心臓、リヴァイアサンの電磁コイルめがけて、桜宮の怨念を落下させてあげる。クエンチで吹き飛んでしまえばいいのよ、こんな腐った塔」

俺は思わず身をすくめた。

だが、そのことには当然気づくべきだった。まさか、リヴァイアサンにまで仕掛けが施されていたとは。ことは、アリアドネ・インシデントの時に思い知らされていたのだから。

後悔したのは刹那だった。

俺の目の前で、小百合はペンダントを握り締め、起爆装置をかちかちと鳴らしている。

だが何も起こらなかった。

「……どうして？　何で？」

小百合は狂ったようにペンダントを握り締める。

床に座って、小百合と天馬のやり取りを眺めていた彦根が腰を上げる。

髪をかき上げ、ヘッドフォンを拾い、装着しながら言う。

「リヴァイアサン目がけて落下するはずの赤い爆弾は、今朝、回収させてもらいました」

小百合は呆然と彦根を見つめた。そして言う。

「なぜ、わかったの」

彦根はうっすら笑う。

「展示にかこつけてA・iセンターのセキュリティを外させたからです。あなたなら絶対に展示物搬入の、どさくさに紛れて破壊工作用の物品を運びこむだろうと考えたんです。むざむざ、そんな絶好のチャンスを、指をくわえて見逃すような方ではありませんから」

「そんな気配、全然感じなかったのに……」

「そこは苦労しました。少しでも事前調査の気配をさせたら、用心深いあなたには感づかれてしまいますから」

小百合は彦根を睨みつけて、尋ねる。

「なぜそれを、昨日の予演会の時に報告しなかったの？」

彦根はくくっと小さく笑い声を上げる。

「そんなことをしたら、あなたは、一晩で別の方法を考え出してしまうでしょう。それなら予測範囲内ではしゃいでもらった方がいい。自衛隊爆弾処理班の出動要請をシンポジウム開催直前に設定したのは、ギャンブルでした。これ以上身動きが取れなくなる今朝の明け方、出たとこ勝負に出たわけです。リヴァイアサンの居室の天井に設置された落下式のペン型爆弾を見つけた時は、ジャックポットをぶち当てた気分でしたね」

小百合は、静かに言う。

「これは絶対にバレないと思ってたわ」

彦根は含み笑いをする。

「あれだけいろいろ重ねたら誰だってわかりますよ。リヴァイアサンを見学した後で、大量の未チェック物品を搬入して、二階の床にドリルで穴をあけさせたその真下には未設置のスプリンクラーの穴と電磁コイルが一直線に並んでいる。そんな条件を全部ひっくるめてひとまとめにしてみたら、中学一年レベルの簡単な一次方程式でしたよ」

彦根の哄笑《こうしょう》の中、小百合はペンダントを投げ捨てる。そして顔を上げると、髪をまとめていたガーネットの髪飾りを外した。そして彦根を見つめながら、静かに言った。

「ここまで追い詰められるなんて思いもしなかったわ。でもさすがにこちらは見抜けなかったようね。できればこの手は使いたくなかった。だってマリツィアの傑作が台無しになるんだもの」

小百合はガーネットの髪飾りを螺旋のようにひねる。

次の瞬間、観客席から悲鳴が上がり、彦根の笑い声が途絶えた。

天地創造の天井画の中心にいる運命の女神、その額を飾るガーネットが突然、発火したのだ。

客席に炎のかけらが降り注ぐ。観客は一斉に立ち上がると、非常口に殺到する。

小百合はその阿鼻叫喚のさまを眺め遣りながら、静かに告げた。

「これでトータル一勝二敗、だけど勝負は私の逆転勝ちね、軽率なスカラムーシュさん」

壇上から彦根を見下ろし、うっすらと笑う小百合。

彦根が震える声で言う。

「悪あがきはやめろ。爆薬はすべて除去してある。小爆発の単発では、塔の破壊は不可能だ」

小百合は声を上げて、大笑いをし始めた。

「あんなちゃちな爆弾なんて、思いつきでちょっと遊んでみただけ。ケルベロスの塔の破壊戦略の本命は最初からこっちよ」

小百合は周囲の壁を見回して、ぽつりと言う。

「壁画の出来があまりによかったから、できれば残してあげたいなあ、なんて欲が出たのよね」

それから小百合は人差し指を高く掲げて、天井画を指さした。

「もともと建築段階から、天井の壁画には発火装置が仕掛けてあったの。だから、塔が完成したその瞬間には、すでに桜宮一族の勝利は確定していたってわけ。あとはゆっくりと、熟した果実を味わい尽くすだけ」

発火した女神の額から、炎が周囲に広がっている。

「天井画と壁画の内装タイルの芯《しん》はコークスで作られているから、着火すれば建物全体が巨大な溶鉱炉になってしまう。その上、柱の接ぎ目は溶燃剤にしてあるから、炎が回れば塔は瓦解する。早く逃げないと、地獄の業火で焼け死ぬか、崩れた塔の下敷きで圧死してしまうわ」

その言葉は、かろうじて自分を支えていた彦根の最後の気力を完全に奪い去った。

床に崩れ落ちる彦根を高みから見下ろし、小百合は朗らかに言い放つ。

「これですべてが終わったわ。さっきは碧翠院のＡｉで東城大の過去の悪業を暴き、その魂を打ち砕いた。今度は東城大の未来、Ａｉセンターを物理的に破壊する。これで桜宮一族の怨念はこの地で昇天するの」

小百合は、自分の傍らに佇むシオンの肩を抱いて言う。

「さあ、行きなさい。これからは自分の足で歩くのよ」

肩を押されたシオンは、ふらつく足取りで後方の扉に向かう。途中、自分の足元に跪《ひざまず》いている彦根の姿をちらりと見遣る。

一瞬、足を止めたが、意を決したように顔を上げ、決然と歩き出す。

その様子を見つめる小百合の姿は、巻き上がる黒煙に見え隠れしている。

やっと小百合の呪縛から解放された俺は、座席から飛び出すと、腑抜《ふぬ》けのようになった彦根の肩を摑み、強く揺する。だが敵の破壊戦略を看破したと思った矢先に裏をかかれ、完膚無きまでに叩きのめされた彦根の目は、虚ろだった。

そこへ天井から地獄の業火が降り注ぎ始める。

振り返ると、殺到した観客が非常口でひしめきあっている。三船事務長の懸命な声が響いているが、秩序は完全に失われている。

ここは地獄だ。

顔を上げると、壁画に描かれたケルベロスの肖像が、黄泉の世界からの逃亡は許さない、と言わんばかりの目つきで、俺たちを睨みつけていた。

その時、最前列に座り、みじろぎひとつしなかった高階病院長がゆらりと立ち上がった。

「桜宮小百合さん。お目にかかれて光栄です」

黒煙の途切れ目から、紅蓮《ぐれん》の炎に照らし出された小百合が、傲然と高階病院長を見下ろしていた。俺は彦根の肩に手を当てたまま、ふたりの対決を凝視した。

小百合は、大きな目を見開いた。そして高階病院長に向けてゆっくり笑顔になる。

「桜宮小百合としては、初めてのご挨拶だったかしら。初めまして、こちらこそ光栄よ。以後、お見知りおきを。あ、でもあなたたちにはもう、明日はないけど」

小百合は優雅にお辞儀をすると、けたたましく笑う。高階病院長は、小百合に言う。

「ひとつだけ、教えてください。あなたは一体、何のためにこんなことをしたんですか？」

小百合は蒼い目をして、高階病院長を見つめる。そして深々と吐息をついた。

「やっと、私たちと向き合ってくれたわね」

「どういう意味です？」

「あなたたちは、ひかりの世界に生きている。患者からの感謝の気持ちは独り占め。私には、そんなあなたたちが眩《まぶ》しかった。でもその明るさは、私たちが闇を引き受けていたから生まれるの。東城大のサテライト病院だった私たちの病院には、手の施しようがなくなった末期の患者ばかりが送られてきた。そう、碧翠院には桜宮の死の怨嗟が満ちあふれていた」

小百合は遠い目をして、目の前の高階病院長のはるか向こう側を見つめていた。

沈黙が広がった。建材が炎に爆《は》ぜる音だけが思い出したように響く。

やがて小百合がぽつんと言う。

「それなのに、あなたたち東城大からは、最後まで私たちに感謝の言葉ひとつなかった」

高階病院長は呻吟するように言う。

「それは申し訳なく……」

小百合は、片手を上げて高階病院長の言葉を遮った。ぱちぱちと炎が爆ぜる音がする。

「でも、そんなことはどうでもいいの。それが私たち一族の役割なのだから。許せないのは、あなたたちが私たちの領域に土足で踏み込んできたこと。少しでも稼ぎを多くしたいという卑しい心で、ね。思い上がって道を踏み外し、許し難い間違いを犯したのよ」

高階病院長は、唇を噛んで黙り込む。

数年前に高階病院長が打ち出した方針を思い出す。桜宮のゆりかごから墓場まで、東城大学医学部が面倒を見ます、というキャッチフレーズ。その時、死因究明に関与する方針も打ち立てられた。Ａｉセンター創設はその一環でもあったのだ。

「冗談じゃない。あんな風に軽薄に死の闇を引き受けたりされたら、桜宮家が懸命に支えてきたすべてが台無しにされてしまうんだもの」

目を見開き、吠えた小百合は高階病院長を睨み、びしりと指さす。

「あなたは桜宮の秩序を滅茶苦茶にしたの。鈍感なあなたには自覚がなかったんでしょうけど。でもね、その鈍感さこそが、あなたの最大の罪なのよ」

高階病院長はうつむいて、小百合の話を聞いていた。やがて顔を上げる。

「確かに私は間違えたのかもしれません。でも桜宮家に対する敬意を忘れたことはありません」

小百合がぎらりと高階病院長を睨みつける。指を差したままで、言う。

「この期に及んでそんな綺麗事を言うなんて、見苦しいわよ、高階権太」

高階病院長はうっすらと笑う。

「綺麗事ですって？　そんなもの、今さら言って何になるというのですか？　東城大の目玉であるＡｉセンターが炎上した。責任者の私は、どっちみちもうおしまいなんですから」

「それなら、何でそんなことを言ったのよ」

「私の気持ちが、そして東城大の真実が、桜宮一族に届いていないとわかったからです」

小百合は目を細めて笑う。

「最後は自己満足なのね」

「そうかもしれません。こうなってしまった今となっては、ね」

混乱した観客は姿を消し、残っているのは何もできずに立ちすくむ俺、膝をついたまま動けないでいる彦根、そして桜宮一族と因縁深い天馬大吉、連れの別宮葉子と冷泉深雪だけだ。

壇上には白い仮面をかなぐり捨てた桜宮一族の当主、桜宮小百合が仁王立ちしている。

その時ふと、黒煙が渦巻く中、壁画にもたれている女性の影を見たような気がした。

確かめようとした瞬間、小百合の罵声がステージ上に俺の視線を引き戻す。

「最新医療を司るなどとほざき、足元も覚束ない医療を中途半端に実施して、自己満足を肥大させるだけ。そして困った患者はこっちに丸投げ。そんな態度のどこに敬意があるのよ」

高階病院長は笑みを崩さない。

「それが役割分担というものです。そうすることこそが、あなたたち桜宮一族への敬意だったんですよ」

小百合は目を見開き一喝する。

「このクソ親父」

そして目を細めて、続ける。

「いいかげんになさい。素直に土下座でもすれば、まだ可愛げがあるものを」

高階病院長はうっすらと笑って応じる。

「土下座しろ？　冗談言っちゃいけません。そんなことしませんよ。あなたはさっき、私の過去を暴いたことで東城大の精神を砕き、Ａｉセンターを崩壊させることで東城大の未来を破壊したと言った。でもそれは大間違いだ。たとえ私が打ち砕かれても、東城大の魂を砕くことはできません。Ａｉセンターが破壊されたくらいでは、東城大の未来は破壊されたりはしない」

「この期に及んでカラ威張りだなんて、見苦しいわよ」

高階病院長は立ち上がると、大笑いを始めた。その様子を、小百合は目を見開いて凝視する。

「私が跪いてまでして敬意を払おうとした相手、それはあなたではない。あなたの父上、銀獅子《ぎんじし》の桜宮巌雄先生に対してです。あなたなんぞ、世間知らずのお嬢ちゃん、桜宮の当主の資格などありません。それどころか、あなたは次の世代の東城大にも敵わない。東城大の魂、Ａｉの未来はその輝きを失っていないんですから」

高階病院長は呵々大笑しながら、立ちすくんでいる俺と彦根の肩に腕をかけ、ぐいと引き寄せる。そして俺と彦根を両脇に従えると、昂然と言い放つ。

「ご覧なさい。これが東城大の良心、そして医療の未来。打ち砕かれることのない希望です。彼らが生き残り続ける限り、東城大の命運は決して尽きることはありません」

俺は、高階病院長の啖呵に呆然としながら聞き惚《ほ》れる。

炎が爆ぜる音の中、ばらばらと建築材の破片が降り注ぎ始めた。

俺と彦根を、交互に凝視していた小百合は目を細めて、うっすらと笑う。

「なるほど。腹黒タヌキの後釜は、優柔不断な懐刀とクソ生意気なスカラムーシュなのね」

小百合が言い終えたその瞬間、天井から太い梁《はり》が炎に包まれながら落ちてきて、ステージ上の小百合と観客席の俺たちの間を遮った。

「いかん、限界です。避難しますよ、田口先生」

俺は、高階病院長の呼びかけに我に返り、足元にうずくまる彦根をどやしつける。

「この程度でギブアップか？　お前の野望はそんなチャチなものだったのか」

俺は彦根の頬を張る。

「目をさませ。自分の足で立ち上がれ。お前の片翼、シオンは自分の足で立ち去ったんだぞ」

その声に、彦根の目の光が蘇る。

「ギブアップ？　冗談じゃない。前線基地をひとつ落とされただけ、本当の闘いはこれからです」

「その意気だ。一緒に逃げるぞ、とっとと走れ」

彦根はゆっくり歩き始める。そこへ、天馬の腕から押し出された別宮葉子と女子医学生の冷泉深雪が合流する。俺たちはもつれ合うように、出口に向かう。

炎が側面の壁画にまで下りてきている中、ケルベロスの肖像画だけが、冷え冷えとした黒ずみを残しながら、周囲の赤々とした炎に照らし出されている。

振り返ると、炎の中、小百合が高笑いをしている。渦巻く黒煙にその姿が見え隠れしている。その影へ飛びかかる、ひとつの黒い影。

落第医学生、天馬大吉だった。

ふらつく冷泉深雪を抱えながら避難していた別宮葉子が叫ぶ。

「天馬君、逃げて」

俺は引き返そうとする別宮葉子の華奢な身体を抱き留めながら、出口に向かう。別宮葉子は泣き叫びながら抗うが、俺は全身の力を振り絞り、その動きを封じる。

燃えさかる天井が落ち、床に飛び火した。壁にしつらえられたタイル画も次々に炎を吐き出し始める。警報音声が降り注ぐ。

「火災デス。避難シテクダサイ。火災デス。避難シテクダサイ」

「田口先生、早く」

一足早く出口にたどりついた高階病院長が叫ぶ。俺は別宮葉子の身体を引きずり、後方の扉に運ぶ。振り返ると、天馬大吉が小百合に追いすがっている。

別の電子音声が流れる。

「自動消火装置、作動シマセン。自動消火装置、作動シマセン」

西園寺さやかの声と同じ電子音声。一瞬、ケルベロスの塔、Ａｉセンターが西園寺さやかこと桜宮小百合に支配されてしまったかのような錯覚に囚われる。

ステージは完全に黒煙に包まれ、天馬と小百合のシルエットさえも見えない。

めた俺は階段を一段ずつ下りていった。


「逃がさないわよ、小百合」

女性の声が響いた。空耳だろうか。

もう一度振り返るが、そこには炎と煙の渦しか見えない。

泣き叫ぶ別宮葉子と冷泉深雪を両腕に抱え、ふらつく足取りの彦根を励ましながら、殿軍を務める俺は階段を一段ずつ下りていった。

外に出ると、五階の窓から真っ赤な炎がちろちろと顔を出していた。俺たちは桜宮岬へと避難する。背後では、どさりどさりと落下する物音がしたかと思うと、三階と四階の窓から真っ赤な大蛇が顔を出し、建物にまとわりつき始める。

炎に包まれたAiセンターはかつての碧翠院桜宮病院と瓜二つだ。怨念の建物が、熱を加えられた飴細工が溶けるようにぐにゃりぐにゃりと崩れ落ちていく様を、俺たちは呆然と見つめた。

桜宮一族の怨念が、東城大の歴史に巻き付き侵食していくかのようだ。

白光が天空を貫いた。次の瞬間、遅れてきた爆音が響きわたった。

リヴァイアサンの心臓、9テスラのニオブチタンコイルが、クエンチを起こし大爆発したのだ。それは東城大の断末魔のようだった。その風圧が、ケルベロス・タワーから少し離れた桜宮岬の突端に避難した俺たちがいる場所にまで到達する。俺は周囲をそっと見回してみる。

俺の隣には別宮葉子、冷泉深雪、そして彦根と高階病院長が佇んでいた。

その背後では、文化祭の後夜祭でフォークダンスの出番を待ちかねているかのような、有象無象の観客たちが、Aiセンターの末路をうっとりと眺めていた。

35章　飛べ、綿毛

8月31日
桜宮岬

翌日、焼け跡から遺体は見つからなかった。メディアは、この火災による死者はいなかったと報じた後、沈黙した。

講演会会場にはメディア関係者も相当いたのだが、警察が箝口令《かんこうれい》を敷いたらしかった。

それは当然のことだ。かつて死んだとされた女性が冥界から蘇り、塔を炎上させた挙げ句の果てに、その姿を消してしまったなどという、そんな与太記事を書けるような蛮勇を持ち合わせた記者など、今の時代には、もうどこにもいないのだから。


それから二日後の午後。焼け跡に佇む、男の影があった。

傷心の彦根新吾だった。

「それにしても、実に見事に崩壊させられましたね」

低く掠れた声が、背中から響いた。彦根は振り返らずに答える。

「僕はあんたに負けたわけじゃない」

「わかっています。勝ったのは小百合さんの執念です」

彦根は振り返ると笑顔になる。

「それがわかっているならひと安心だよ、斑鳩さん。でもあんたは何もわかっちゃいないのさ。

Ａｉセンターというシンボルタワーは確かに崩壊させられた。でもおかげで、Ａｉは綿毛となり、世界に飛び散った。もう誰にも止められない。つまりこの勝負は、僕の勝ちってワケさ」

斑鳩は目を細めて、言う。

「負け惜しみを言う元気はあるんですね。安心しました。では次は最終決戦、ナニワの地にて」

彦根はにやりと笑う。

「府知事は高階先生みたいにヤワじゃない。桜宮のようにはいかないよ」

斑鳩はうっすらと笑う。

桜宮湾からの海風が、ふたりの間を吹き抜ける。

ひかりあふれる空間と闇の世界が一瞬交錯し、海風の音だけが世界を満たした。

相対したふたりは、息を止めて凝視し合った。

そこへ作務衣姿の南雲がやってきた。その姿を見て、ふたりの緊張が緩んだ。

「ちょっと相談があるんだが」

「ご覧の通り、今はしばし別れの最中なのですが。お急ぎですか？」

「ああ、少々急いでいる」

南雲がうなずくと、斑鳩は彦根をちらりと見る。

彦根は鞄から一冊の本を取り出すと、斑鳩に手渡す。

「餞別《せんべつ》です。最近、Ａｉの入門書を出版したので」

彦根は斑鳩に背を向けるとヘッドフォンを装着し、片手を上げる。

「いずれまた」

口笛でメロディを奏でる彦根の姿を見送ると、斑鳩は改めて南雲と向き合った。

「さて、ご用件は何でしょうか」

南雲が顎を右手で撫でながら、言う。

「出先の検視官からの連絡でな。体表損傷のない遺体検視をしているが、Ａｉを実施したいそうなんだ。ついては桜宮市警でＡｉ方面を取りまとめている斑鳩室長の許可がほしいんだと」

「検視官はＡｉセンターが崩壊したことを知らないんですか？」

「近所の開業医がＡｉ撮影に協力してくれるそうだ。読影は東城大放射線科の島津が対応してくれるというところまで話はついているらしい」

南雲は斑鳩の顔を覗き込む。

「というわけだが、どう答えればいいかな」

斑鳩は一瞬、拳を震わせ、目を細めた。

それから、ふうと吐息をつくと、答えた。

「警察からの費用負担はできかねますと説明し、それでも協力してくださるのであれば、現場の判断を私が止める道理はありません」

南雲はうなずくと、斑鳩の顔をまじまじと見つめて、言う。

「ケルベロスの塔は崩壊したが、Ａｉウイルスはパンデミックになってしまったようだな」

南雲は、斑鳩に背を向け、桜宮ＳＣＬへ戻っていく。

その後ろ姿を見送った斑鳩は、彦根から謹呈されたＡｉ入門書を草むらに叩きつけた。

周囲の草を拳で払い、蹴り上げる。雑草の破片が飛び散る中、息を荒らげ憤然と言う。

「何が綿毛だ。ひとつ残らず、焼き尽くしてやる」

斑鳩の耳に、彦根の高笑いが響いた。

シンポジウムの翌々日。

〝八の月〟が終わろうとしている。

✡

Ａｉセンターの焼け跡を、俺は高階病院長と公用車の後部座席から眺めていた。たった今、俺たちは東堂スーパーバイザーを成田まで見送り、その帰り道に、桜宮岬に立ち寄ったのだ。

リヴァイアサンが破壊され、Ａｉセンターの存続が不可能になったことを知った東堂は、その日のうちに帰米を決めた。

「マイボスには申し訳ないが、職場がなくなってしまってはねえ」とさみしそうに呟いたのが、何とも意外だった。誰が見ても、それは当然の判断に思えたからだ。

東堂は思いのほか、Ａｉセンターを気に入ってくれていたらしい。別れ際に、Ａｉセンターが復活すれば、即座に戻ってくると約束してくれたくらいだ。

その時には真っ先に声を掛けると約束したが、その約束が果たされる日は、もう二度とこないだろうということも、お互いによくわかっていた。

俺と東堂が固く握手を交わした、空港での別れの場面を思い出し、一抹の淋しさを感じていると、高階病院長が車窓から焼け跡を眺めて、しみじみ言う。

「それにしても、ものの見事に焼け落ちたものですねえ」

高階病院長の言葉は、妙に晴れ晴れとしていた。

「結局、最後は桜宮一族の執念にしてやられました」

俺の相づちに、高階病院長はうなずく。

「彼らのターゲットが、この私だったとは。そうとわかっていたらフィクサー役に徹したのに。危機に浮かれて、のこのこ最前線に出張って行った時点で、敗北は決まっていたんですね」

俺は高階病院長の言葉をしみじみと反芻する。

その通りだが、高階病院長自ら前線に出陣しようと思ったのは、同志が頼りなかったせいだ。だとすると高階病院長の失敗は、俺たち全員の失態だ。高階病院長を温存できなかった時点ですでに、東城大の敗北は決まっていたわけだ。

俺と高階病院長は黙りこんで、焼け落ちた虚飾の塔から、大海原に視線を移した。

俺は言う。

「桜宮一族の生き残りはやはり小百合の方でしたね。脅迫文を送りつけたのも彼女でしょう」

そう言った俺の脳裏に、一通の脅迫文の文章が蘇る。

——八の月、東城大とケルベロスの塔を破壊する。

すると高階病院長はしきりに首をひねりながら言う。

「でも小百合先生が自己顕示欲にかられて送ってきたと考えるのは、何だかしっくりこないんですよねえ」

「なぜですか？」

「脅迫文を送っても、彼女には何ひとついいことがないからです。わざわざあんなものを送りつければ、警戒され破壊工作がやりにくくなる。あの塔を建築した時点で破壊工作の根幹は完成していたから、影響は少なかったのかもしれませんが、リスクが増えたことは間違いありません。小百合さんであれば、そんなムダは徹底的に避けたように思うんです」

俺は少し考えて、うなずいた。確かに高階病院長の言う通りだ。

もともと小百合は人前に顔を出せない上、味方もおおっぴらに募ることができない亡霊のような存在だ。対する東城大は堂々たる正規軍だ。そんな相手と闘う前にわざわざリスクを増やすのは決して賢いやり方とは言えない。その行動は、冷徹な小百合の印象と齟齬を来している。

すみれと小百合のことをよく知っている俺でも、高階病院長の疑念には全面的に同意せざるを得ない。わざわざ脅迫文を送りつけ、実施の難易度を上げた上でやり遂げて、相手に向かって舌を出してみせるという派手な活劇は、小百合よりもすみれの方が似合う。

脅迫文の送り主がすみれであれば、すべてはぴたりと納まるのだが。

だが、そんなことはあり得ない。

今回、小百合の生存が確認されたその瞬間に、シュレディンガーの猫だったすみれの生存曲線は、暗黒の一点に収束してしまったのだから。

それでも俺は、その考えを口にせずにはいられなかった。

「ひょっとしたらあの脅迫文は、すみれが私たちに対する挑発と忠告を兼ねて、冥界の底から送りつけてきたのかもしれませんね」

高階病院長はまじまじと俺の顔を覗き込む。

「どうしたんですか、突然オカルトめいたことを言い出して。いいですか、碧翠院の焼け跡には四つの死体があり、昔亡くなった家族のエンバーミングされた遺体が一体、含まれていた。つまり桜宮の双子のうち、ひとりだけは逃げおおせることができたわけです。そしてその生き残りは、私たちの目の前に姿を現した小百合先生で決まりです。すみれ先生が生き残っている可能性は、もはや皆無です」

「それはそうなんでしょうけど……」

俺は大海原を眺めながら、続ける。

「でも、すみれは生きている、という気がするんです」

高階病院長が答える。

「それは、ケルベロスの塔が焼け落ちてしまったからかもしれません。冥府の通り道を守護する番犬を焼き殺せば、冥界から蘇ることも可能ですからね」

今度は俺が高階病院長をまじまじと見つめる番だった。

その視線に気がついて、高階病院長は言う。

「いや、やめましょう。お互い、オカルト趣味はないはずですから」

俺はうなずいた。だがその時、炎の中で聞いた声を思い出す。

——逃がさないわよ、小百合。

改めて思い出すと、あれはすみれの声に似ていたような気もする。だとすると高階病院長の言う通り、地獄の番犬ケルベロスが桜宮の業火に焼かれている隙に、冥界を遡航《そこう》してきたすみれが、小百合を本来いるべき冥府へ連れ戻しに来たのかもしれない。

……いや、やっぱりよそう。

世は科学による合理的世界で、もはや霊魂や地獄が存在する隙間はない。それが現実だ。

そしてその現実世界では脅迫状の予言通り、八の月にケルベロスの塔は崩壊させられた。

ただそれだけのことだった。

「そういえばＤＮＡ鑑定がどうの、という話もありましたね。あれはどうなったんでしょうか」

炎の中で、天馬が小百合に突きつけた証拠だが、俺は首を振る。

「天馬君が持っていた、桜宮一族のロザリオですね。あれはケルベロスの塔から命からがら脱出した際になくしてしまったらしいです」

「つまり、科学的に生者と幽霊の区別をつけることはできなくなったわけですね」

俺はうなずいた。高階病院長は、ふと思い出した、というように言う。

「あの医学生はお元気でしょうか」

「ええ、元気なようです」

伝え聞いたところでは、天馬大吉は、夏休みが終わっても相変わらず授業にきちんと出席しているという。たぶんヤツは、いい医者になるに違いない。

「大丈夫ですよ、アイツは殺しても死なない、しぶとい留年生ですから」

俺は根拠のない断言をする。

「炎の中で小百合先生に飛びかかって行った時には、驚きましたけど」

炎の中、小百合に挑みかかった天馬は、碧翠院に備え付けられた隠し通路を使ってこの世界に生還した。天馬を見つけたのは、炎を恐れずケルベロスの塔に舞い戻った別宮葉子だ。

だが焼け跡からは、小百合の遺体は見つからなかった。そして天馬は、炎の中で何を見たのかを黙して語ろうとしなかった。

高階病院長は気を取り直したように、明るい表情で続ける。

「そういえば彦根君も、元気を取り戻したようですね。萎れている姿は、彼には似合いません。いくつかの破壊工作を看破し、防御できたのは彼のおかげです。あとひと息だったのに」

俺は首を振る。

「アイツもまだまだですよ。破壊工作を見抜いたのは、ヤツじゃなかったんですから」

「それじゃあ、東城大を危機から救ってくださったのは誰なんですか？」

俺は目を閉じて、答える。

「万能の便利屋です」

火災の後、訪ねてきた4Sエージェンシーの城崎から詳しい説明を聞かされた俺は、その概要を高階病院長に告げた。桜宮小百合の仕掛けを見破ったのは、実は城崎だったのだ。他人を操るスカラムーシュ・彦根は、今回は自ら城崎のあやつり人形に徹していた。

「そうだったんですか」

ぽつりと高階病院長は呟いた。それから車中に置かれた新聞を取り上げて、言う。

「それにしても、この一連の事件報道は、実に不自然ですね」

火災について大々的に報じたメディアは、それ以降、事件の詳細を報じることをやめていた。したがって社会的にはこの事件は、なかったことのように扱われていた。

「ええ、アリアドネ・インシデントの時と同じような匂いがします」

俺が呟くように言うと、高階病院長は目を細めて、うなずいた。

ふたりとも考えていることは同じだ。

警察による情報統制。

メディアが沈黙しているのは、それ以外に考えられない。市民のツイッターなどから、情報が漏れてもおかしくないはずだが、それすら欠片《かけら》も見当たらなかった。

だが、それは当然だ。あのシンポジウムで見聞きしたことをそのまま書けば、碧翠院が炎上した際に、死者検索をいい加減にし、ひょっとしたら犯罪者でもある一族のひとりを取り逃がしていたという、桜宮市警の失態が明らかになってしまう。一度処理した事件が蘇るなど、プライドが高い彼らにとってはとうてい許されることではない。

それが警察の威信、というヤツだ。

こんな流れを見ている限り、強力な情報統制が進んでいるというウワサはどうやら本当らしい。

その時、携帯が鳴った。表示された番号を見て、高階病院長の顔が曇る。

「これは珍しい。厚生労働省の白鳥さんからです。何かあったんでしょうか」

高階病院長がバックミラー越しに目配せをする。運転手が電話をハンドフリーのシステムにつなぐと、会話が車中に流れる。

——高階センセ、保険請求申請に必要な手続きがあったら、一刻も早く送ってくださいね。

高階病院長は深々とため息をついた。

「ありがとうございます。でもそれはムダになりそうです」

——どういうことです？

「実は今回の件で、米国の画像診断機器メーカーに確認を取ったんです。どうも今回の一件は、高額物品損害保険に入っていても費用は支払われないようです」

——まさか。それって本当ですか？

俺も初耳だった。それでは何のために保険を掛けたのだろう。高階病院長は、淡々と続ける。

「そもそもリヴァイアサンは厳重なセキュリティ下に置かれるべき物品なので、事故や破損などあってはならない、特別対応が必須事項だったそうです。火災であれば保険を掛けていない方が却って免責されるんだそうです。物品保険を掛けた時点で、コイル購入の特別条項に抵触し、逆に損害賠償責任が生じてしまうらしいんです」

「それじゃあ保険の意味がないじゃないですか」

思わず俺がそう言うと、受話器の向こうの声がすかさず反応する。

——おや、田口センセもご一緒でしたか。ほら、僕の愛弟子も同じことを言ってるじゃないですか。そんなの非常識ですよ。

いや、白鳥と同じ考えだからといって、俺を常識的だと評価するのはいささか軽率だろう。

高階病院長はため息をついて言う。

「でも、現実はすでにそうなってしまっているようですね。最近では、医療事故賠償保険が賠償後、保険を掛けた医師や病院を損害賠償で訴えるケースが出始めています。保険会社が経営リスクを減らすため、こうした条項をメーカーと締結し、エンドユーザーに損害賠償をふっかけるという、賠償逃れの構図ができつつあるようで」

——つまり保険契約さえ締結していなければ、弁償責任から逃れられた、と言うんですか？

「そうなんです。先方に、高額物品損害保険の契約を締結していると告げた途端、手のひらを返すみたいにそう言われてしまったんですから」

しばらく無言が続いたが、やがて電話は唐突に切れた。

高階病院長は受話器を見つめていたが、やがてそれをポケットにしまいこむ。

「不撓不屈《ふとうふくつ》の火喰い鳥も、さすがに今回はお手上げのようです」

俺はうつむいて、現在の東城大を取り巻く環境を考える。

事件報道はほとんどされなかった。あの現場でのやり取りも、相当の人が目撃していたはずなのに、そうした事実が表に出ることはなかった。

にもかかわらず、なぜか過去の医療事故隠しの件だけは、ツイッターに流れ始めた。その情報に対し、始めはおずおずと、やがて大胆にメディアが追随していった。追い打ちをかけるように、事件後の検証でＡｉセンターの設計の不備を指摘され、東城大に対する批判が強まっていく。

厳しい非難が高階病院長に向けられる中、東城大の評判も悪化し、来院患者数が激減していた。そこへとどめを刺すように、今回の巨額損害賠償の件がのしかかってくるわけだ。

この件はおそらく、東城大学医学部付属病院の致命傷になるのだろうという予感を、俺と高階病院長は共有していた。

車中の重苦しい空気の中、高階病院長は深々とため息をついた。

「風が冷たくなってきました。そろそろ戻りましょうか」

俺はうなずき、しみじみ思う。

考えてみれば、この一連の事件は、ひと夏の出来事にすぎなかった。

何という、波乱に満ちた夏だったのだろう。

公用車は静かに発進する。背後には、はるかなる桜宮湾から続く大海原が広がっていた。

✡

白鳥は力なく、電話を切る。

保険条約を締結してあると、却って損害賠償を請求されてしまう、だって？

よかれと思って砂井戸を急かしたのは、一体何のためだったのか。

白鳥は以前、東堂から聞かされたコイルの総額を思い出す。Ａｉセンターが火災で焼失した上に高額コイルの弁償までさせられたら、東城大はもはや破産するしかない。

白鳥は絶望的な気分で、砂井戸の居室に入る。

すると珍しく砂井戸が、白鳥が入ってきたのを見て、ごそごそと動いた。

「どうしたんだい、砂井戸さん？」

「いえ、別に……」

白鳥の心に誰かがささやきかけた。考える前に、右手が砂井戸の腕を摑んでいた。

ふだんぼんやりしている砂井戸に、こんな力があるなど、思いもしなかった。

白鳥はその馬鹿力に負けずに、抽斗から砂井戸の腕を引っ張り出す。

その手には一枚の書類が握り締められていた。

「砂井戸さん、あんたひょっとして……」

むしり取るようにして、白鳥がその書類を奪い取ると、砂井戸は脱力する。

気がつくと砂井戸はしゃくり上げ、涙をこぼしていた。

「だって、あの日、白鳥室長に、言われて、坂田局長の、お部屋に行った、んです。そしたら、いくら押しても、部屋の扉が、開かなくて……」

「まさかそれで、そのままハンコをもらわずに帰ってきてしまったの?」

「だって、だって、いくら、力をこめて押しても、部屋の扉が、全然……」

白鳥は砂井戸の肩を叩く。

「バカだなあ、砂井戸さん。局長室の扉は押しても開かない。引かないとダメなんだ。それはこの部屋の扉だって同じだろうに」

砂井戸はビン底眼鏡の底で、わずかに視線を揺らす。

そしてがくりと首を折る。

「申しわけ、ありません。Aiセンターが、燃えて、コイルも、ダメになったと、いうことを、新聞で、読んで、これから一体、どうすれば、いいかと……」

白鳥は砂井戸の肩をばんばんと叩く。

「よくやった、砂井戸さん。あんたは保険契約を締結しそびれたんだな。やったぞ、大逆転だ。これで東城大は生き延びることができる」

砂井戸の肩を叩き続ける白鳥に、砂井戸が言う。

「い、痛、痛い、パ、パワ、パワハラだ、パワハラだ」

「ああ、あんたはなんてイカしたヤツなんだ。チューしてやりたいよ」

白鳥は砂井戸をきつく抱きしめ、ところかまわずキスの雨を降らせ始める。

「や、やめ、やめて、ください、セ、セ、セク、セクハラだ、セクハラだ」

砂井戸のとぎれとぎれの悲鳴が、がらんとした部屋にいつまでもこだまし続けていた。

最終章　東城大よ、永遠に

9月9日
東城大学医学部付属病院4F　病院長室

Ａｉセンターが崩壊し、東堂が桜宮を去ってから九日が経った。

夏が終わりを告げたある日、高階病院長は俺を病院長室に呼んだ。

病院長室の窓からは、桜宮湾の煌めきが眩しい。

高階病院長はしばらくの間、俺を見つめていたが、静かに告げた。

「長い間、田口先生には無茶なお願いばかりして、大変なご迷惑をおかけしましたが、本日、この依頼を以て最後にしたいと思います」

俺の中で、不吉な予感がざわめいた。

「まさか今回の件で病院長を辞任される、とか言うつもりではないでしょうね。だとしたら、私は高階先生のお願いなんて聞きませんよ」

先日、ブラックペアンの留置事件で遺族が、東城大学医学部と高階病院長を相手取り医療事故裁判を起こした。再びメディアの集中砲火を浴びた東城大にはもはや、患者を引き戻すだけの力はなさそうに思えた。

高階病院長はさみしそうに笑う。

「バチスタ・スキャンダルの時のように、私をなかなか自由の身にしてくれない田口先生の執念深さは存じ上げています。ですから私の一身上の都合などでは、最後のお願いなんてしません」

「それじゃあ、どういうことですか？」

「実はこのたび、東城大学は、大学病院運営から撤退することにしました」

「え？　撤退ってつまりは大学病院が倒産するんですか？」

俺は思わず聞き返す。自分が耳にした言葉が、にわかには理解できなかったからだ。

高階病院長は首を振る。

「大学病院は独立行政法人ですから倒産できません。ですが閉院はできるんです。このままでは診療をすればするほど赤字が膨らむばかり。勇気ある撤退を考えなければならなくなってしまったのです」

「でも、桜宮の医療を支えてきた東城大が撤退するとなると、その影響は計り知れません。ここはひとつ、三船事務長の改革案を採用して、もう少しだけ、頑張ってみませんか」

そう言いながら、ああ、これって自分らしからぬ発言だな、と思う。

だが、桜宮を長年支えてきた東城大の大学病院がなくなってしまうなど、想像もしなかった。俺はずっと、こんな病院、いつか辞めてやるぞ、と思っていた。だが俺が辞めても大学病院は存続し、たまに酒場で大学を辞めた仲間と古巣の悪口を言い合うくらいのことはできるだろうと思っていた。だが、そんな悪口すら言えなくなったら、俺たちはどうすればいいのだろう。

デラシネ、根無し草という言葉が浮かぶ。

デラシネになるのは俺たち医療従事者だけではない。毎日病院に通ってきてくれている患者もまた、デラシネになってしまう。

そんなことを、目の前の腹黒タヌキの高階病院長がむざむざ容認するとは思えなかった。

そう言って俺が責めると、高階病院長は深々とため息をついた。

「この決断に至るまでには、あらゆる道を模索しました。でも最後は、私の過去の不実がネックになってしまうんです。つまり私では病院の再興は不可能なのです」

「もう、どうしようもないんですか」

「ええ。三船事務長とも散々話し合いました。彼も納得しています」

あの三船事務長まで……。俺は絶望感に包まれた。

「そこで田口先生に最後のお願いがあるんです」

俺は顔を上げた。

「何でしょうか」

高階病院長が口を開こうとする前に、俺は右手を挙げた。

「あ、ちょっと待ってください」

そう言って、目を閉じる。過去の出来事が走馬燈のように脳裏を駆け巡る。

俺は目を開けた。深呼吸をしてから、咳払いをする。

俺を見つめる高階病院長のロマンスグレーの髪を見下ろしながら、ひと言、告げた。

「その依頼、お引き受けします」

高階病院長は開きかけた口をぽかんと開けたまま、目を見開いた。

「田口先生……」

そう言ったきり、高階病院長は俺のことをじっと見つめ続けた。

この部屋に呼び出された時から俺は、それがどれほど無茶な依頼であろうとも絶対に引き受けようと決めていた。これまで酷い目に遭わされ続けてきた、腐れ縁の上司のラスト・リクエストに対応できなくては、腹黒タヌキの懐刀の名がすたる。

高階病院長は、俺を凝視していたが、やがて穏やかな笑顔になる。

煙草に火を点け、深々と紫煙を吸い込む。

ゆっくりと煙を吐き出しながら、高階病院長は言った。

「相変わらず、そそっかしい方ですね。こんな大変な依頼を、内容も聞かずに受けるなんて」

「仕方ないでしょう。高階病院長の最後のお願いなんですから」

高階病院長は目を閉じる。そして煙草を灰皿で揉み消すと、俺を再び見つめて言った。

「ありがとうございます。では……」

咳払いをして、高階病院長は言う。

「今回のＡｉセンター焼失の一件と、一九八八年に私が犯したブラックペアン遺残事故の責任を取り、私は病院長の職を辞任すると同時に病院長権限にて東城大学医学部付属病院の、桜宮市からの撤退を宣言します」

ああ、これでひとつの時代が確実に終わったのだ、と思う。高階病院長は、淡々と続ける。

「さて、ここからが本題です。もし世論が東城大学医学部付属病院の撤退を黙認すればそこまで。でも、もしもそこで市民から再建を願う声が上がってきたら、その時は田口先生がトップとなり、新生・東城大学医学部付属病院を院長代行として率いて、再起動させてください」

俺は口を半開きにして、唖然とした。心底、息が止まるかと思った。

そんな俺を高階病院長がじっと見つめているのに気がついて、大あわてで言う。

「じょ、冗談じゃありません。そんな大役、この私に務まるはずなど……」

「おや、どんな依頼であろうと、私のラスト・リクエストは黙って受けてくれるのでは？」

「いくらなんでも、病院長代行なんて、そんな……だいたい、私には実績が……」

「構いませんよ。どうせ一度は潰れた病院なんですから」

「そこまで腹をくくっておられるのなら、何も今、あえて病院を潰す必要はないのでは？」

「それではダメなんです。ケジメをつけなければ、社会が納得せず、再建への道も閉ざされてしまいます。〝捨ててこそ浮かぶ瀬もあれ〟という偈《げ》は、剣道の極意でしてね」

クソ、腹黒タヌキめ。しおらしい顔をして、とんでもないヤツだ。

だが、もはや俺には選択肢はなかった。

しばらくうつむいていたが、やがて可笑しくなってきた。

俺はくすくす笑いながら顔を上げる。そして、大きくうなずいた。

「わかりました。高階病院長のラスト・リクエスト、しかと承りました」

うろたえることなどなかった。これまでだって、俺はずっとこんな調子だったのだから。

高階病院長はほっとしたような笑顔で言う。

「田口先生なら、きっと引き受けてくださるだろうと思っていました。私も、ようやく肩の荷が下ろせました。これでやっと趣味の釣り三昧の生活を楽しむことができます」

それから真顔になって、言う。

「たとえ市民からの支持があったとしても、再建は茨《いばら》の道でしょう。ですので私の最後の配慮として、田口先生に心強いサポーターをお願いしておきました」

心強いサポーター？　何だかすごくイヤな予感がする。

「誰ですか、それは？」

「まずは田口先生の右腕にして、いまや腹心と呼んでもいいお方、黒崎教授です」

ば、ばかな。相手は東城大学医学部最古参の教授なんだぞ。俺はあわてて両手を振る。

「お心遣いは大変ありがたいですが、黒崎教授がそんな申し出を承諾されるとは思えませんが」

高階病院長は心の底から嬉しそうな笑顔で言う。

「田口先生はご自分の人徳を把握されていないようですね。実は黒崎教授にはすでに打診済みで、非公式ながら即答で快諾をいただいています」

俺は仰天した。なにが哀しくてぺーぺーの俺の部下になってくれるというのだろう。

確かに黒崎教授は、リスクマネジメント委員会では俺の部下のポジションで臥薪嘗胆《がしんしょうたん》している。だがそれは、リスクマネジメント委員会という、枝葉末節の組織だからだ。プライドの権化、黒崎教授が、病院再建委員会という、東城大の看板を背負って立つようなメインの組織で、俺が院長代行になるその風下に立つのを良しとしたなどとは、とうてい信じられない。

だが、高階病院長のサプライズはまだ終わっていなかった。

「もうひとりの助っ人は、間もなくお見えになりますよ。ほら、ウワサをすれば……」

その言葉が終わらないうちに扉が開き、ずかずかと小太りの男性が入ってきた。

「田口センセ、今度は病院再建委員会で院長代行に就任するんだって？　ついに僕の不肖の弟子が東城大の権力の階段を上り詰めたってことは、とってもめでたいよ。というわけで高階権太・元院長に頼まれて、首席アドバイザーとして赴任することになったんだ。よろしくね」

めまいがしそうなほど華やかな言葉の奔流に圧倒されてしまった俺は、〝というわけで〟という言葉は一体どこに掛かるのだろう、などとぼんやり考えていた。

あっという間に高階病院長の肩書きを「元病院長」にしてしまった挙げ句の果てに、本人が死ぬほど嫌がっているファースト・ネームまで添えやがって。

そんなだから、厚労省での出世街道から足を踏み外してしまうんだぞ、お前は。

俺の心中の悪態は、当然、白鳥に届くはずもない。

「あれ、何だか雰囲気が暗いね。ははあ、さては僕が少しばかり遅刻したのを根に持っているのかな。仕方がないんだよ。出がけに庁内コンプライアンス・センターの調査員から緊急呼び出しを食らっちゃってさあ。部下に対するパワハラとセクハラ疑惑だってやんの。ばっかみたい」

部下に対するパワハラとセクハラ？

まさかこいつ、ついに姫宮さんを毒牙に……。

俺と高階病院長は同時に怒気を発した。白鳥がそれに気づいて、言う。

「やだなあ、誤解だよ、誤解。僕を訴えた相手は姫宮じゃなくて中年のおっさん、新参の部下の砂井戸ってヤツだから心配しないで」

中年のおっさん相手に、パワハラならまだしも、セクハラするなんて。

白鳥がそっち系のヤツだったとは。

——俺は、こんなヤツのアドバイスを受けなければならないのか。

俺は、気づかれないようにほんの少し白鳥から距離を置く。

白鳥はそんなことをまったく気にせず、滔々と続ける。

「そうだ、田口センセにはまず、グッドニュースをお知らせしておかないとね。先日、高階センセが心配してたコイル弁償問題は、ウチの敏腕部下が高額物品損害保険契約をペンディングにしたせいで助かったという話はこの間、高階病院長、あ、間違えた、高階元病院長には、あ、違う違う、あの時は病院長だったから最初のままでいいのか、まあ、とにかく高階センセに電話で説明したよね。というわけで弁償事案が消滅してことなきを得たから東城大の前途は洋々さ。でもその優秀な部下が今回僕を訴えやがった。全く、何がどうなってるんだか」

「能天気なことを言わないでください。赤字まみれの経営状態は全く変わらないんですから」

俺は白鳥の暴走を食い止めるべく、話の腰を折る。

考えてみたら、これが病院長代行としての初仕事だというのだから泣けてくる。

「それも心配ないよ、厚労省のエースの僕が、すごい企画を見つけてきたんだから。うくく」

白鳥が気味悪い含み笑いをしながら、新聞を差し出す。

「ねえ、田口センセ、このニュースのこと、知ってた？」

一面記事の見出しに、『コールドスリープ法案、今国会に提出か』とある。

俺が首を振ると、白鳥が笑顔で言う。

「この法案通過に伴い、第三セクター方式で未来医学探究センターという公益法人を立ち上げ、厚生労働省の天下り組織にしようという動きがある。それを桜宮に誘致すればいい。業務を含めた一切を委託すれば、とりあえずあぶく銭が東城大に入るから、ひと息つけるよ」

「白鳥さん、あんたって人は……」

高階病院長は唖然として、絶句する。

もはやコイツに掛けるべき言葉は、見あたらない。だがあくまでも国民の税金を食い物にしようという発想が徹底しているその様子は、端で見ていても、いっそ清々しい。

こんな調子で、果たして俺はやっていけるのだろうか。不安に震えたその時、俺の中に起死回生の妙案が浮かんだ。これぞまさしく、窮すれば通ず、というヤツだった。

俺はそのアイディアのあまりの素晴らしさに、思わず小躍りしたくなった。

そんな俺を不審げに見つめる高階病院長の視線に気づいた俺は、咳払いをすると改めて高階病院長に向き直る。

「種々のご配慮、ありがとうございました。確かに黒崎教授と白鳥調査官の二枚看板があれば、盤石です。あとはお任せください。でもできればもう一人、再建委員会を手伝っていただきたい人材がいるんですが、高階病院長からその方を説得していただけませんか？」

高階病院長は満面の笑みを浮かべて、うなずく。

「お安い御用です。私がお役に立てるのであれば、精一杯説得させていただきますよ。というか、万難を排して絶対に説得してみせます。誰でもどうぞ何なりと」

「ほんとですか？」

「おや、失礼ですね。これまで私が田口先生との約束を、破ったことなどありましたか？　私はあまり大っぴらに言ったことはありませんが、一度口にした約束は破ったことがない、というのがひそかな自慢なんです」

「それを聞いて安心しました。その方は、高階病院長自らお声を掛けてくだされば、簡単に説得に応じてくださるはずです」

「そうですか。一体、どなたを説得すればいいんでしょうか」

俺は、にんまりと笑う。そして高階病院長の鼻先に、俺の人差し指を突きつける。

「は？」

いつも他人を嵌めてばかりいる人間は、自分が嵌められた時には、すぐにはぴんとこないらしい。そこで俺は、いつもの仕返し、もとい、恩返しに、懇切丁寧に解説してさしあげた。

「私が高階病院長に説得していただきたい人材、それは高階病院長、あなたご自身です」

「はあ？」

高階病院長が俺の発言によって、呆然として口を半開きにするのを見たのは、初めてだ。

ふむ、高階病院長は、いつもこんないい気分で過ごしていたわけか。

ようやく自分の危機的な状況を察知した高階病院長は、あわてて両手を振って言う。

「いやいや、いくらなんでも、それはちょっと。それでは世間が納得しないかと」

「あれ、高階先生の密かな自慢は、一度口にした約束は決して破ったことがない、でしたよね？」

一筋縄では脱出できないと悟った高階病院長は、今度は高圧的に言う。

「本気ですか？　一介の講師風情が、病院長である私を部下にしようだなどとは、おこがましい。田口先生なんかにこの私を使いこなせるなどとは片腹痛い。そこまで自惚れているんですか？」

俺は自信たっぷりに、うなずく。

「Ａｉセンターシンポジウム実行委員会で、部下としての高階先生が実に使い勝手がいいことを知ってしまったもので」

さりげなく過去の実績を披瀝《ひれき》する。

次々に俺が繰り出すアクティヴ・フェーズ攻撃に、次第に追い詰められていった高階病院長は完全に逃げ道を失い、立往生してしまった。こういう細かいテクニックは、そもそも高階病院長直伝の秘術だ。

これで完璧だ。愛弟子の手に掛かって打ち倒されるのであれば、上司も本望だろう。

がくりと肩を落とした高階病院長は、ぼそりと言う。

「また最後の最後で田口先生にやられてしまいました」

「ほんと、詰めが甘いですよね」

高階病院長は苦笑する。

隣で今のやり取りをワクワクしながら眺めていた白鳥が、朗らかな笑顔になる。

「すごいよ、田口センセ。ついに高階病院長に対して、面と向かって下克上を達成するなんて。まさにBravo《ブラヴォー》!だね。これじゃあもう弟子だなんて迂闊には呼べないな。こうなったら、この僕も遠慮なく、田口センセの駒として、使い倒してもらおうかな。これって出藍の誉れってヤツだよね。それじゃあ田口センセのコンサルタント役就任の名刺代わりに、強力な情報屋スタッフを揃えてあげる。なーんて、実はとっくに手配済みなんだけどさ」

白鳥は扉の外に向かって声を掛ける。

「みんな、入ってきて」

白鳥の声を合図に扉が開き、待機していた人たちがどやどやと部屋に入ってきた。

ふんぞり返った黒崎教授、その両脇に付き従うように藤原さんと兵藤クンが並んでいる。

黒崎教授がぎょろりと俺を睨みつける。

「また、順番を間違えおって。まず高階を口説くとは、ものの道理がまったくわかっておらん。こういう場合にはまず、いの一番でワシの所にくるべきだろうが」

「その前に僕の院内情報網をしっかり掌握してからにすべきでしょう」

嵩《かさ》にかかって俺を非難する兵藤クンの肩を押さえて、藤原さんがねっとりと言う。

「あら、あたしが仕切るナースネットを無視して、東城大を運営していけるのかしら?」

三人のクレームが一斉に噴出した後、黒崎教授がコメントを取りまとめる。

「お前のように頼りないヤツに率いられるとは、東城大も災難だ。仕方がないからワシたちが、お前が転ばないように、みっちりと監視してやる」

振り返ると、高階病院長は新たに煙草に火を点けながら、苦笑している。

部下が上司よりふんぞり返るであろう、そんな連中を引き連れて、一度は潰れた東城大学医学部付属病院の復興をしなければならないなんて、茨の道どころか、ガラスの破片があふれる瓦礫《がれき》の山を裸足で歩くようなものだろう。

だが、それもいいではないか。所詮この世はそんなものなのだから。


俺は病院長室の窓に歩み寄ると、窓の外の景色を眺めた。

自分の姿をハーフミラーになった窓に映し見る。すると一瞬、俺の姿が三つ頭のケルベロスに見えた。これから俺は冥界と現世の間を行き来する番犬になるのだろうか。あるいは、大学病院と市民社会の境界線を綱渡りするピエロだろうか。

いずれにしても、それは長く険しい道になるだろう。だが、俺は覚悟を決めた。

大丈夫、心配ない。いつでも俺は、そうやって綱渡りで生きてきたのだ。

振り返ると俺は、大勢の人々の温かい視線に包まれていた。

思わず照れてしまい、再び窓の外に視線を投げる。

ふと、この窓から見える桜宮の風景が大好きだったという古い記憶を思い出す。そして、院長代行になるということは、この窓からの景色を独り占めできるということではないか、と気付いて呆然とする。なぜならそれは、俺にとってはずっと願っていたが、とうてい叶わない望みだと思っていたからだ。

願いごとは叶う。ただし半分だけ。そして肝心の願いごとをすっかり忘れ果てた頃に。

どうやらそれが俺の宿命らしい。

桜宮湾の水平線がきらりと輝いた。

俺の眼下で、今、長かった暑い夏が終わろうとしている。

この物語はフィクションです。
もし同一の名称があった場合も、実在する人物、団体等とは一切関係ありません。

海堂 尊（かいどう たける）

1961年千葉県生まれ。医学博士。第4回『このミステリーがすごい！』大賞で大賞受賞、『チーム・バチスタの栄光』（宝島社）にて2006年デビュー。著書には『ナイチンゲールの沈黙』『ジェネラル・ルージュの凱旋』『イノセント・ゲリラの祝祭』『アリアドネの弾丸』『玉村警部補の災難』『トリセツ・カラダ カラダ地図を描こう』（以上宝島社）、『極北クレイマー』『極北ラプソディ』（朝日新聞出版）、『ジーン・ワルツ』『マドンナ・ヴェルデ』（新潮社）、『ブラックペアン1988』『ブレイズメス1990』（講談社）他、多数。『死因不明社会』（講談社ブルーバックス）にて、第3回科学ジャーナリスト賞受賞。現在、独立行政法人放射線医学総合研究所・重粒子医科学センター・Ai情報研究推進室室長。

※本書の感想、著者への励まし等はホームページまで
http://konomys.jp

ケルベロスの肖像《しょうぞう》

2012年7月20日　第1刷発行

著　者：海堂 尊
発行人：蓮見清一
発行所：株式会社宝島社
〒102-8388 東京都千代田区一番町25番地
電話：営業　03（3234）4621／編集　03（3239）0599
http://tkj.jp
振替：00170-1-170829（株）宝島社
組版：株式会社明昌堂
印刷・製本：図書印刷株式会社

ISBN 978-4-7966-9858-0